KB097892

때로는 원수 같고 때로는 친구 같은

엄마와 딸

때로는 원수 같고 때로는 친구 같은
엄마와 딸

초판 1쇄 인쇄	2014년 01월 06일
초판 1쇄 발행	2014년 01월 15일
지은이	리사 스코토라인·프란체스카 스코토라인 세리텔라
옮긴이	심혜경
펴낸이	신종호
디자인	인챈트리 _ 02)599-1105
그림	김대환
인쇄	세연인쇄 _ 031)948-2850
펴낸곳	까만양
출판등록	2012년 4월 17일 제 315-2012-000039호
이메일	kkamanyang33@hanmail.net
일원화공급처	북파크
주소	경기도 고양시 일산서구 구산동 24-1
대표전화	031)912-2018
팩스	031)912-2019

ISBN 978-89-97740-11-6 03840

이 도서의 국립중앙도서관 출판시도서목록(CIP)은 서지정보유통지원시스템 홈페이지(http://seoji.nl.go.kr)와
국가자료공동목록시스템(http://www.nl.go.kr/kolisnet)에서 이용하실 수 있습니다.

잘못 만들어진 책은 바꿔드립니다.

때로는 원수 같고 때로는 친구 같은

엄마와 딸

리사 스코토라인·프란체스카 스코토라인 세리텔라 지음

심혜경 옮김

■ 차례

때로는 원수 같고 때로는 친구 같은

세상의 모든 엄마와 딸들에게

**엄마와 딸이 똑같아지는 건 당연한 일이라고 생각한다,
그렇지 않은가?**

내가 인생을 살아오면서 배운 깨알 같은 지혜가 모두 이 책에 들어 있다. 엄마라는 직책에는 유효기간도, 만기일도, 정년도 없다. 한 번 엄마는 영원한 엄마다.

이 말은, 비록 딸 프란체스카가 다 자라 집에서 독립해 나갔지만 나는 여전히 그 애 엄마 노릇하기 바쁘다는 얘기다. 그리고 기쁘게도 딸애의 가장 친한 친구이기도 하다.

우리는 하루에 두어 번 전화로 이야기를 나눈다. 보통은 그 애가 개를 산책시키면서 전화를 걸거나 내가 개를 산책시킬 때 통화를 한다. 듣고 싶지 않겠지만, 개들은 우리의 비밀을 낱낱이 알고 있는 셈이다. 이 글을 읽을 독자들도 곧 우리의 사소하고 거창한 비밀을 알게 되겠지만.

나의 친정엄마는 여든여섯 살이다. 내가 무려 쉰다섯 살인데도 친정엄마는 여전히 나의 엄마 노릇을 하시느라 지금도 엄청 바쁘시다. 친정엄마와도 주로 전화로 이야기하지만, 아무래도 딸보다는 통화 횟수가 떨어진다. 친정엄마의 잔소리가 언제나 내 머릿속에서 잠자리처

럼 맴돌고 있기 때문이다. 온통 나한테 하지 말라는 참견들뿐이다. 흠집 난 통조림 캔은 사지 마라. 헤어드라이어를 싱크대 가까이 두지 마라. 목이 메는 수가 있으니 스파게티를 먹을 때는 한 번에 너무 많은 양을 포크에 올리지 마라.

엄마의 말은 언제나 똑같았다. 조심해라, 정신 차려라, 자그마한 전기 제품으로도 큰 사고가 날 수 있다 등등.

지긋지긋하지만, 일단 엄마의 목소리가 내 머릿속에 뿌리를 내리게 되면, 내가 어느 곳에 가더라도 항상 나를 받쳐주는 버팀나무가 되었다. 내가 아이를 낳고 엄마가 되자 어느새 나 자신도 친정엄마랑 똑같은 행동을 하고 있었다. 엄마와 다른 점은 내가 가진 자동차가 더 고급스럽다는 정도?

엄마와 딸이 똑같아지는 건 당연한 일이라고 생각한다, 그렇지 않은가?

지금 아마도 프란체스카의 머릿속에는 늘 내 잔소리가 각인되어 있을 것이다. 에그, 가엾은 내 딸 프란체스카!

딸애를 키우면서 나는 강인함 그리고 모녀 사이의 끈끈한 유대감 등에 대해 점차 깨닫게 되었다. 모성애는 그 어느 사랑과도 견줄 바가 없다. 그래서 우리는 딸을 키우면서 친정엄마를 더 애틋하게 생각한다. 그러다가도 한편으론 그들을 창밖으로 확 집어던지고 싶은 마음이 들기도 한다. 물론, 이건 농담이죠! 그러나 사실은 이게 바로 내가 이 책에서 말하고 싶은 요점이다.

이 책은 엄마와 딸 사이에서 실제로 일어났던 우스운 일들을 나의 딸 프란체스카와 함께 쓴 것이다. 이 책을 열면 웃음이 따라 나온다.

정전(停電)으로 우왕좌왕하던 우리의 모습, 서로를 쳐다보며 깔깔대고 웃게 만들었던 손톱깎이 사건, 초록색 재킷을 가지고 난리를 쳤던 사건들을 낱낱이 알게 된다. 우리는 모녀라서 행복해요!

이 글을 읽는 독자들은 딸이 있거나 없거나 두 가지 경우 중 하나에 속하겠지만 결국 모든 여성은 딸이다. 그리고 딸이란 존재 역시 유효기간이 없다.

아이에서 어른에 이르기까지, 여성들의 삶에 대한 이야기도 여기에 담았다. 나처럼 어느 정도 나이를 먹은 중년의 여성들은 이것이 바로 자신의 삶이라는 것을 금방 알게 될 것이다. 왜냐고요? 우리 모두는 똑같은 일들과 씨름하고, 우아하게 늙었다는 걸 과대포장하고 있기 때문이다.

나도 다른 중년 여성들과 별반 다르지 않다. 다만 두 번 이혼을 했으며, 우리 강아지들과 입술로 뽀뽀를 나눈다는 점을 제외하고는 말이다. 이런 사실들은 본질적인 문제와는 별로 관계가 없는 일이다. 나는 그렇게 생각하고 싶다. 괘씸해서 하는 말인데, 우리 고양이들은 내가 자기네한테 뽀뽀하도록 허락하지 않는다. 대체 지들이 살고 있는 집의 주택 융자금을 누가 갚고 있는지 알면서도 그러는 건지 정녕 궁금하다. 저 고양이들, 얄밉게 구는 내 딸 같다.

젊은 독자들은 로맨스를 찾아 헤매는, 새로 계약한 아파트에 옵션으로 받은 생쥐와 벌레들 때문에 신경이 곤두선 내 딸 프란체스카에게 자신의 모습을 투영하게 될 것이다. 프란체스카는 뉴욕 시내로 이사 가서 혼자 살고 있다. 나와는 핸드폰 단축 번호로만 연결된 상태.

마지막으로, 모든 여성들이 나의 친정엄마에게서 자신의 어머니를 발견하기를 바란다. 예를 들어 당신의 어머니가 당신에게 "나한테 그런 말투로 얘기하지 마라."라고 말한 적이 있다면, 내가 무슨 말을 하는 건지 눈치 챌 것이다. 반대로 당신의 딸이 당신에게 그런 말을 했다면, 당신 역시 이 모임에 들어올 자격이 충분하다.

그러면 이제 계속해서 이 책을 읽으시라. 엄마와 나와 딸의 이야기를! 단언컨대 우리는 서로에 대해 진실만을 말할 것이다. 친정엄마에 관한 것도 몽땅 다 털어놓겠다. 여성 3대, 한 지붕 세 가족, 사랑의 축제와 핵전쟁이 동시에 벌어지는 즐거운 우리 집, 개봉박두!

먹고 기도하고 사랑하라!
그
리
고
우당탕 쿵탕!

– 리사 스코토라인

가끔은 웬수, 모녀간의 싸움은 정상- Lisa

모녀간 갈등은 정상적이며 바람직한 일이다.
그것은 때로 사랑이기도 하다.

　　내 딸 프란체스카와 나는 아주 가까운 사이다. 그렇다고 우리가
싸우지 않는다는 뜻은 아니다. 오히려 제대로 싸운다. 당신이 요즘 딸
과 냉전 중이라거나 딸애 때문에 수시로 애를 태우는 상태라 마음이
쓰인다고요? 걱정 마시라. 당신은 지금 제대로 살고 있는 거다.

　　모녀간에 전혀 싸우지 않는 유형은 모녀관계에서 최선이 아니라는
생각을 가지고 출발하자. 나는 딸과 싸운 일로 기분이 언짢고, 죄책감
이 들며, 자신을 못났다고 느끼는 여성들을 아주 많이 알고 있다. 그럴
필요가 없는데도 말이다. 그들에게, 그리고 당신에게 나는 말한다. 그
런 생각일랑 확 뒤집어 버리라고.

　　뭘 뒤집으라고?

　　죄책감이나 미안함 따위의 감정들을 근본부터 뒤집어 버리란 말이
다. 당신이 딸과 싸웠다는 것은 당신이 딸을 독립적이며, 자신의 견해
를 표현할 줄 아는 사람으로 키웠다는 의미다.

　　그렇다!

　　당신은 위대한 엄마다. 그 이유를 말해 드릴까?

　　세상은 용기 없는 사람에겐 그리 만만하지 않다. 특히 여성이라면

더욱 그러하다.

내가 보기에 모녀간 갈등은 정상적이며 바람직한 일이다. 뿐만 아니라 그것은 때로 사랑이기도 하다. 내 전공도 아닌 사회학 이론을 들이대려는 건 아니다. 다만 엄마 노릇을 해 본 사람의 입장에서 하는 말이다. 자, 당신과 딸이 지금 전쟁 중이라면, 좋은 소식과 나쁜 소식이 있다.

좋은 소식은 당신은 그녀를 올바르게 키웠다는 것.

나쁜 소식은 이제 당신이 골치 좀 아프게 생겼다는 사실이다. 영원히.

싱거운 농담 한 번 해봤네요!

프란체스카와 나는 가장 친한 친구다. 그러나 때때로 뜻이 맞지 않아 티격태격한다. 가끔, 아주 잠깐 서로 웬수처럼 대판 싸운다. 대부분의 엄마와 딸들처럼 우리는 상대방이 사용하는 어휘와 몸짓에 아주익숙해 있다. 눈썹 움직이는 각도만 봐도 무슨 생각을 하는지 대번에 알아차릴 수 있다.

둘 중 하나가 삐거덕거리기 시작하면 전쟁이 시작된다.

하지만 우리는 실제처럼 주먹이 오가는 그런 싸움은 결코 하지 않는다. 그러나 차를 몰고 뉴욕까지 가는 시간이 마치 전미 대륙을 횡단하는 것만큼이나 오래 걸린다는 느낌을 받는, 그런 지루한 싸움을 한다.

바로, 그 유명한 말싸움 혹은 입씨름.

우리는 그것을 오래 계속한다. 서로 상대에게 말대꾸를 하며 꼬리에 꼬리를 물고 말싸움의 소용돌이에 휩쓸려 들어간다. 서로의 말투에 유별나게 신경을 쓰고, 그 뉘앙스가 다르네 마네 어쩌고저쩌고 꼬치꼬치 서로를 물고 늘어진다.

말투는 모녀 관계의 아킬레스건(腱)이며, 슈퍼맨의 크립토나이트다.[1]

"난 네 말투가 싫어."라고 말할 때.

마찬가지로 "나한테 그런 말투 쓰지 마."라고 말할 때.

무엇보다도 모녀간에 항상 오가는 말 중에서도 가장 으뜸가는 절정의 스테디셀러 대화는 다음과 같다. "문제는 네가 말한 내용에 있는 게 아니었어. 네 말투가 문제였단 말이야." 문제는 늘 그랬다.

프란체스카가 뱃속에 있을 때부터 프란체스카와 나는 말이 통했다. 그리고 나는 딸에게 징징거리는 건 안 되지만 논쟁하는 건 좋다고 말하곤 했다. 달리 말하면, 원하는 게 있다면 정당한 논거를 마련하란 뜻이다.

그러자 재미있게도 아주 멋진 결과가 나왔다. 프란체스카는 이제 막 걸음마를 뗀 애송이 페리 메이슨(Perry Mason)[2]처럼 자기 욕구를 서슴없이 표출했다. 가끔은 옳은 주장도 했다. 얘기를 잘 들어주기만 해도 아이는 충분히 만족하는 듯했다. 동물원에 놀러갔을 때 선물 가게에서 제대로 때려 보지도 못할 커다란 펀치 볼을 사겠다고 우겼다. 어설픈 논거를 대가며 식사를 끝내고 먹어야 하는 디저트를 식사 전에 달라고 떼쓰기도 했다.

어쨌든, 딸이 어린아이였을 때 내가 가르친 건 생각을 겉으로 드러나도록 표현하라는 것이었다. 내가 어떻게 그런 생각을 했는지는 모르겠다. 나는 딸애가 나에게 바라는 게 있으면 제지하지 않고 끝까지 말

---

1) 영화 '슈퍼맨'에서 슈퍼맨이 접촉할 경우 큰 상처를 받거나 죽을 정도로 치명적인 암석물질.

2) 얼리 스탠리 가드너(Earl(Erle) Stanley Gardner, 1889~1970)의 탐정소설에 등장하는 변호사. 미국의 셜록 홈스로 불리는 인물.

할 수 있는 기회를 주곤 했다. 액면 그대로 무엇이든. 그렇게 해주었다.

딸애가 나에게 욕하는 것도 그냥 놔뒀다. 그 나이에는 불경스러운 게 뭔지 전혀 모른다. 욕이라고 해봤자 그저 "못난이" 같은 정도다. 그래도 아주 쪼끔 상처를 받긴 했다!

우리 딸은 지금도 나와 입씨름할 수 있고, 화풀이도 할 수 있다. 딸애는 내게도 똑같은 권한을 부여해 주었다. 우리는 서로를 아주 좋아하면서도 서로에게 몹시 화를 내기도 한다. '화'라는 밸브장치를 통해서 폭발해 버리기 십상인 '모녀 관계'의 엔진에서 압력을 배출해 스트레스를 해소한다.

결론은, 우리는 마냥 허물없는 사이라서 마구 싸우기도 한다. 그리고 그 반대 또한 사실이다. 갈등은 우리를 강하게 만든다. 갈등은 바로 어렵게 얻을 수 있는 솔직함이기 때문이다. 서로에게 솔직한 만큼 우리 모녀는 가까워진다. 이 책을 계속 읽어나가다 보면 내가 지금 하는 말이 무슨 의미인지 정확하게 알게 된다. 이제 즐겨 보시라.

세상의 모녀들이여! 서로의 말투에 조금만 신경 쓰시기를.

당신은 반주자가 필요 없는 아카펠라 가수 — Lisa

당신이 좋아하는 것은 무엇이든 하라.
이제는 당신 자신을 돌볼 때가 되었다.

지금 막 지리멸렬했던 소개팅을 끝내고 집에 돌아왔다. 이건 비교적 좋은 소식에 속한다. 적어도 데이트로 쳐 줄 수 있는 거니까.

그러느라 나는 토요일 밤에 아이라인을 예쁘게 그리고 뽕브라까지 착용하고 외출했다. 비록 실망스럽게 끝났지만, 난 그래도 이 일을 좋은 쪽으로 생각하련다.

왜?

음, 데이트하러 나가야한다는 생각을 하고 있어서 그러는 것 아니다. 뭐, 나가지도 않지만 말이다. 게다가 딱히 데이트를 하고 싶었던 것도 아니고, 지난 4년 동안 그럭저럭 한 손으로 꼽을 수 있을 정도의 데이트는 했다. 대부분 소개팅이긴 했지만.

별로 영양가 없는 데이트였기는 해도, 뭐라도 도움이 되었겠지.

결론을 꼭집어 말하자면, 내게 섹스의 추억이 남아있다면 그게 그리울 거란 말이지.

하지만 그렇다고 해서 기가 죽거나 한심하다는 생각은 들지 않는다. 그러니 당신이 이런 상황에 처한다 해도 역시 마음에 새겨둘 필요는 없다.

그 이유를 설명 드리겠다.

당신은 혼자가 아니다. 텔레비전에서 구강청정제(연인이 있는 사람에게 필수!)나 밸런타인데이 선전을 해대는 통에 당신이 혼자라는 사실을 불현듯 느낄 수도 있겠다. 그러나 당신은 혼자가 아니다.

내가 있다.

그리고 자의든 타의든 중년의 나이에 남자 없이 지내는 우리와 같은 여성은 많다. 나는 안다. 예기치 않게 나 자신이 독신 생활을 옹호하는 대표주자로 떠오르는 바람에 미망인이나 이혼녀들로부터 진정어린 이메일을 많이 받으니까. 오호, 애재라! 내가 슬픈 까닭은 내가 독신이란 것 때문이 아니라 이토록 오랜 세월을 홀로 지냈다는 사실 때문이다.

게다가 내가 왜 그런 기회를 마다하겠는가, 내가 그 일을 좋아한다면 말이다.

그렇다면 나는 왜 '남자 찾기'라는 신성하고도 역사적인 사명을 수행하지 않는 것일까?

말이 나온 김에 오늘의 소개팅에 대해서 한마디 해야겠다. 나는 내가 만나게 될 남자가 1. 훌륭하고 2. 잘생기고 3. 똑똑할 것이라고 기대하고 있었다. 이 세 가지는 내가 생각했던 것보다 나았다. 그리고 우리는 재미있는 시간을 보냈다. 그가 보드카를 한 잔, 두 잔 마실 때까지는 시시덕대며 그럭저럭 괜찮았는데, 이 남자가 세 잔째 보드카를 마시고 나더니 횡설수설, 눈을 빛내며 불쑥 이렇게 말하는 게 아닌가?

"전에 사귀던 여자 친구가 그립군. 왜 그녀가 나랑 헤어졌는지 모르겠소. 애들은 그녀를 좋아하지 않았지만, 난 정말 그녀가 좋았는데 말이요."

이런, 해도 너무 하네.

이래서는 잘될 리가 없지. 그 남자가 나중에 내게 말했다. 자기한테서 내빼려고 차를 후진하고 있는 여자에게 키스를 하려던 건 그때가 처음이었다고.

그 여자가 아마 나였을 거다. 헤어진 다른 여자가 좋다는 말을 해놓고도 그가 언감생심, 굿나잇 키스를 하고 껴안으려 덤벼들 줄 내가 짐작이나 했겠는가?

이보다 더 나쁠 수 있을까?

없다.

하지만 중요한 건 바로 이거다.

자신의 인생에 뭔가 빠진 게 있다고 해서 삶을 충실하게 꾸려나가는 일에 코를 빠뜨리지 마라. 나의 끔찍한 소개팅을 타산지석으로, 반면교사로 삼으라. 그 남자는 여자 친구를 잃어서 슬프다고 한탄했다. 정말 멋진 여자가 당장이라도 데이트에 응할 태세로 앞에 앉아 있었는데 말이다.

오, 정말이지 데이트가 성사될 뻔했는데.

바꿔 말하면 남자는 인생의 여권이 아니다. 당신이 혼자라고 해서 여행을 중단할 수는 없다. 당신은 당신의 인생을 살아야 하고 행복해질 수 있다.

당신 스스로 당신을 행복하게 만들어야 한다.

어떻게?

생각을 뒤집어라. 당신이 혼자 있는 것이 문제라고 생각한다면 그 생각을 근본부터 바꿔라. 혼자 있는 상황을 덤으로 받은 보너스처럼 사용하라. 당신이 혼자 있다면 하고 싶은 일을 할 때 다른 사람의 허락을 받거나 다른 사람의 감정을 배려할 필요가 없다.

당신은 싱글 가수가 아니라, 반주자가 필요 없는 아카펠라 가수일 뿐이다!

그리고 당신이 지금 해야 할 일은 당신을 행복하게 만드는 일이 무엇인지 찾아보는 거다.

그러니 이것저것 해 보라. 무엇이든 해 보라. 회화를 그려라. 데생을 하라. 피아노 레슨을 받아라. 책을 읽어라. 일기를 써라. 소설을 써 보라. 야간 과정에 등록하라. 자원봉사를 하라. 노래하라. 가구를 재배치하라. 뭔가에 참여하라.

춤!

당신이 좋아하는 것은 무엇이든 하라. 장담하건대 다른 사람을 보살피느라 당신 인생 대부분을 보냈을 것이므로 이제는 당신 자신을 돌볼 때가 되었다. 미장원에 가서 머리에 힘을 주고, 손톱 발톱에도 '돈의 맛'을 보여 주라. 자신을 위해 돈을 좀 써라. 당신에겐 그럴 자격이 충분하다. 새 옷을 사서 떨쳐입고 거리를 활보해 보자.

자신을 돌아보라, 여성들이여!

당신이 해 보고 싶은 것이 무엇인지 잘 모르겠는가. 나를 행복하게 하는 것들을 몇 가지 적어 보겠다. 내 딸, 강아지, 친구, 일, 글쓰기, 독서, 고양이, 대형 텔레비전, 조랑말, 오페라, 초콜릿 케이크.

나는 혼자 살고 있지만 내 삶과 가슴은 충만하다. 그리고 나는 외로움을 느끼지 않는다.

가끔 하는 데이트에 대해서 한마디 하자면, 그런 일이 생기면 정말 좋겠지. 하지만 데이트가 없어도 살아갈 수 있다.

행복하게.

그러니 당신 스스로 행복해져라. 살아가다 보면 보드카에 취해서 횡설수설하지 않는 남자를 만날 수도 있을 것이다. 그렇지만 그런 남자를 찾지 못한다고 해도 상관없다.

주인공은 남자가 아니다.

주인공은 당신이다.

처음부터.

그리고 끝까지 당신이 주인공이다.

그러니 이제부터 새로운 출발이다.

신나게 액셀 밟아 가며 살자!

딸의 옷과 똑같은 옷을 입는 엄마 ― Francesca

웃긴다고 생각하는 게 아니라면 돌려서 말하지 마.
화가 났으면 그렇다고 바로 말해.

우리 엄마는 옷을 참 잘 입는다. 왜냐, 대부분 내 옷과 같은 것을 입으니까.

언제부터인가 나는 엄마가 똑같은 옷을 두 벌씩 구입하고 있다는 사실을 눈치챘다. 내게 줄 청바지를 하나 사면서, 엄마는 자신의 사이즈에 맞는 똑같은 청바지를 하나 더 샀다. 내가 겨울 코트가 필요하다고 하면, 엄마는 의류 쇼핑몰에서 똑같은 것을 두 개 주문했다. 그렇게 하는 게 품이 덜 든다면서.

모녀간에 똑같은 옷을 입는 문제에 대해 어린애처럼 징징댈 생각은 없다. 엄마와 나는 다른 도시에 살고 있으므로, 똑같은 옷을 입고 나가도 남들이 우리를 동시에 볼 리가 없으니까.

나는 정녕 그렇게만 생각하고 있었다.

엄마와 내가 같이 펴낸 따끈따끈한 새 책의 홍보를 위해 나는 처음으로 본격적인 판촉 행사에 나섰다. 우리 모녀는 텔레비전 출연과 3개 주에 걸친 사인회 일정을 짰다. 행사의 모든 것에 대해 조바심이 났지만, 모든 여자들이 다 그러는 것처럼 나의 주 관심사는 무엇을 입을까였다. 나는 한 달 전부터 안달이 나서 틈나는 대로 옷장을 샅샅이 뒤지며 괜찮은 옷을 골라냈다.

엄마에게 전화를 걸어 한참 고민을 털어놓았더니 엄마가 그랬다. "너 멋진 재킷 가지고 있지 않니? 블레이저코트 같은 거. 틀림없이 있을 거야."

열 번 이상의 책 판촉 행사를 했던 엄마의 옷장 속에는 멋진 재킷으로 가득 찼다. 트위드, 헤링본, 스웨이드, 실크, 가죽 등등. 모두 엄마가 갖고 있는 옷들이다. 내게 그런 옷들이 하나도 없다는 사실에 엄마는 무척 놀라워했다. 하지만 그건 사실이었다. 나는 글쓰기로 먹고사는 사람이다. 집이 곧 사무실인 재택근무자의 옷차림이 출퇴근하는 사람들의 복장과는 다를 수밖에 없지 않은가. 그리고 내가 비장의 무기로 간직하고 있었던 정장 외출복은 2차 대전 무렵에나 유행했음직한 구닥다리였다.

그런 사정을 알게 된 엄마가 나를 쇼핑몰에 데려가더니 큰맘먹고 멋진 초록색 재킷을 사 줬다. 부드러운 재질의 옷감에, 재단이 잘된 고급스러운 옷이었다. 그 옷을 입으면 홍보행사에 필요한 자신감이 용솟음칠 것처럼 느껴졌다. 그래서 나는 한껏 고무되었다.

일주일 뒤 엄마와 나는 전화로 다시 옷 이야기를 했다. 엄마는 지나가는 말처럼, 한 치수 높여 자기 걸로 그 재킷을 주문했다고 말했다.

"걱정 마. 우리는 동시에 같이 입지 않을 테니까." 엄마가 말했다.

맞는 말이다.

그런데 정말 그럴까?

행사가 시작되었다. 그리고 나는 펜실베이니아를 떠나기 위해 짐을 꾸린다. 물론 재킷은 새것 그대로, 상표도 아직 떼지 않은 채 여행용

의류 가방 속에 들어가 나와 동행한다. 그리고 나는 멋진 스웨터 몇 벌과 트위드 드레스 한 벌도 함께 가져간다. 이 정도면 충분하겠지.

그러나 우리의 첫 번째 사인회가 열리던 바로 그날 아침, 엄마가 내 침실에 머리를 들이밀고 말한다.

"너 그 초록 재킷 입을 거니?" 엄마가 물었다.

"음, 나는~~ "

"나 그 재킷을 입을까 생각하는 중이거든. 네가 오늘 안 입을 거라 면……. 그런데 저 드레스는 오늘 꼭 입어야겠다. 얘, 너한테 굉장히 잘 어울릴 거 같아."

나는 마지못해 엄마의 말을 인정하고 그 옷을 입는다. 그런데 내가 일찌감치 한 번 허락해 주었음에도 불구하고 엄마는 다음 사흘간의 행사 내내, 지겹지도 않은지 아침마다 같은 말을 되풀이한다. 내가 조금이라도 망설이면 엄마는 그 재킷을 잽싸게 입는다.

에잇, 나 원 참.

"엄마." 넷째 날, 내가 드디어 결전의 미소를 지으며 말한다. "좀 웃긴다고 생각 안 해? 엄마 옷장에는 블레이저코트들이 가득하잖아. 왜 꼭 초록 재킷만 입으려고 하는 거야?"

"웃기다니, 그렇게 말하는 거 싫다, 진짜로 웃긴다고 생각하는 게 아니라면 돌려서 말하지 마. 화가 났으면 그렇다고 바로 말해."

하지만 나는 안다. 우리 엄마가 "그렇다고 바로 말해."라고 말했지만 엄마가 말하려는 뜻은 그게 아니라는 것을. 엄마가 뜻하는 건, "네가 감히 엄마인 나한테 그렇게는 말 못 하겠지."라는 것을 난 수많은 경험을 통해 알고 있었다. 그래서 이번에는 도발을 했다.

"맞아. 나 화났어!"

약간의 거센 말다툼이 뒤따랐다. 그러고 나서 불가피하게 내려진 결론.

"내게 해결책이 있다." 엄마가 말했다. "우리 둘이 동시에 그 재킷을 입지 못할 이유가 없잖니?"

나는 엄마에게 몇 번이나 진지하게 '진심'이냐고 물으며 눈썹을 치켜올렸다. 엄마는 늙었고 나는 젊은데 비교가 되지 않을까, 라는 표정으로 다시 물었다.

"어머, 그거 참 귀엽겠다!"

아뿔싸! 정말 이건 아니다. 엄마와 딸이 똑같이 옷을 입는 것은 내가 아기였을 때라면 모를까, 전혀 귀엽지 않았다. 지금은 확실히 귀엽지 않다.

왜 그런지 모르겠지만, 그 싸움 이후로 우리는 아무도 그 재킷을 입지 않게 되었다.

엄마와 나는 늘 이런 식이었다.

그러나 싸움은 싸움이고 인생은 그와 상관없이 계속된다. 우리는 둘 다 사인회에서 많은 시간을 보내고 있었다. 그리고 나는 우리의 옷차림에 대해 거의 잊고 있었다. 그런데 독자들 가운데 어떤 사람이 아주 훌륭한 질문을 했다.

"당신들 두 사람은 완벽한 인간관계를 획득한 것처럼 보이는데, 가끔 싸우기도 하나요?" 우리 엄마가 나를 향해 환한 웃음을 날렸다. "독자들한테 우리 비밀을 폭로해도 될까?"

엄마는, 약간 엄마 쪽으로 유리하게 각색된 이야기로 재킷 때문에 벌어진 우리의 바보 같은 말다툼에 대해 깨알 같은 설명을 하고는 독자들에게 질문을 던졌다.

"우리가 똑같은 옷을 입으면 귀엽겠죠, 그렇죠?"

엄마는 독자들이 자신의 편을 들어줄 것이라고 순진하게 생각했던 것 같다.

그러니 내가 우리 엄마를 사랑할 수밖에.

물론 우리의 사랑스럽고 똑똑하고 객관적인은 청중은 한목소리로 외쳤다.

"No!"

그러니 내가 나의독자들을 사랑할 수밖에.

우리 수다에 정전(停電)이란 없다 - Lisa

우리는 싸우지 않았다.
다만 서로의 말투를 싫어했을 뿐.

가족을 더 가깝게 만드는 것으로 정전(停電)만 한 사건이 없다.

서로를 죽이고 싶을 만큼.

죽이고 싶다고? 무슨 이야기냐면, 이렇게 된 일이다. 딸 프란체스카가 집에 왔다. 우리 모녀가 함께 로마로 여드레 동안 여행을 떠날 참이었기 때문이다. 나흘 동안 북(Book) 투어를 하고 나흘 동안 관광을 할 계획이었다. 나는 유럽으로 북 투어도 가는 행운의 작가이다. 그리고 더 행운인 것은 프란체스카가 동행한다는 것이다. 그 애는 재미있을뿐더러 이탈리아어도 할 줄 알기 때문이다.

내가 이탈리아어로 말할 수 있는 것은 오로지 '파스타'뿐이다.

내 책들은 서른 개 언어로 번역되었다. 그런데도 난 다른 언어라고는 밀가루로 된 음식이름밖에는 모른다.

본론으로 들어가자. 우리는 일요일 밤에 출발하기로 되어 있었다. 그래서 나는 프란체스카더러 목요일에 집으로 오라고 했다. 딸애를 마중해-강아지 핍도 끌고 왔다-집에 도착해 보니 여름 폭풍우로 전기가 끊겨 있었다.

다행스럽게도 나는 지난해 발전기를 설치해 두었다. 내 집에서 다섯 가지는 무슨 일이 있어도 계속 돌아가야 하기 때문이다. 어떤 것들인지 다 기억할 수 없어서 집안을 돌아다니며 점검을 했다. 내가 어디를 제일 먼저 살펴보러 가는지는 여러분들도 알 것이다.

냉장고는 괜찮다.

주방에 있는 수도와 텔레비전도 괜찮다.

그리고 오븐도 괜찮다. 그렇다, 당신은 이제 나의 우선순위를 알게 되었다.

하지만 에어컨이 전혀 가동되지 않았다.

선풍기조차도 돌아가지 않았다.

이런 소리를 하면 분위기를 망친다는 것을 알지만, 거실의 온도가 32도라는 걸 밝히지 않을 수 없다.

그러다가 생각이 나를 앞지르기 시작했다. 난 그때 정전이 일시적일 거라고 믿어 의심치 않았으므로, 정전이 된 상황이 재미있을지도 모른다고 생각했다. 프란체스카도 맞장구를 쳤다. 그래서 우리는 한바탕 낄낄 웃으며 저녁식사를 준비해서 먹었다. 케이블이 빠져 텔레비전이 작동을 멈출 때까지 우리의 촛불잔치는 계속되었다.

인터넷과 텔레비전이 먹통이라는 것이 내가 딸과 이야기를 나누는데 장애가 되지 않았다. 지금 우리는 두 여자로 이루어진 가족이다. 우리의 수다에 정전이란 없다.

그런데 예상과 달리 해 질 녘이 되어도 여전히 전기가 들어오지 않았다. 더러운 접시들로 가득한 싱크대를 보니 한숨이 절로 났다. 딸애는 거실 온도가 34도나 되는 바람에 짜증을 냈다. 위층 침실의 온도는 한술 더 떴다.

긴 얘기 짧게 줄여 말하면, 잠잘 시간이 되자 우리의 의견이 갈리기 시작했다. 프란체스카는 문을 열어놓고 스크린 도어만 닫은 채로 거실에서 자고 싶어 했지만 나는 안 된다고 우겼다. 사이코패스 살인마들이 침입해 몹쓸 짓을 저지를 거라며 말이다.

우리는 덥고 어두운 실내에서 그 주말의 첫 번째 말다툼을 벌였다.

내가 이겼다. 즉 위층에서 땀을 흘리며 살인마의 침입 없이 무사히 밤을 지내게 되었다는 뜻이다. 그러나 이 일은 곧 프란체스카의 생각이 옳았던 것으로 판명이 났다. 내가 키우는 작고 귀여운 애완견 토니가 열사병에 걸리기 직전이었다. 우리는 아래층 거실로 이사를 갔다.

다행히 사이코패스 살인마들은 아래층에도 얼씬하지 않았다. 그들도 에어컨 돌아가는 집을 사랑해 주시기 때문이리라.

정전 이틀째의 새벽이 밝았다. 그리고 우리는 비지땀을 흘리면서 무더위에 시달렸다. 먹는 것 빼고는 아무것도 할 수 없었다. 우리는 싸우지 않았다. 다만 서로의 말투를 싫어했을 뿐이다. 난 내가 까칠한 사람이라는 것을 안다. 나는 징징거리며 더위와 전기 회사에 대해 불평을 늘어놓았다. 내가 불만을 쏟아내는 동안 프란체스카는 곤경에서 벗어날 아이디어를 집요하게 짜내고 있었다.

낯설다. 대체 이 아이를 누가 키웠담?

정전 이틀째의 낮을 견디기 위한 딸의 아이디어는 에어컨이 빵빵한 곳에 가서 더위를 식혀야 한다는 거였다. 그래서 우리는 쇼핑몰에 가서 별로 필요하지도 않은 마스카라를 하나 샀다.

이게 바로 여자들이 비상시에 늘상 하는 일이다.

나는 기분이 좋아졌음을 깨닫고, 딸의 계획을 다 따르기로 결정했다. 그래서 정전 이틀째의 밤에는 극장에서 톰 크루즈와 카메론 디아즈 주연의 로맨틱 액션코미디 '나잇 앤 데이'(Knight and Day)를 보았다. 우리는 다시 친구가 되었다. 둘 다 톰 크루즈를 좋아했기 때문이다. 프란체스카는 그 정전 기간을 '톰 크루즈 감상 주간'이라고 불렀다.

정전 사흘째의 낮에 나는 전기회사에 전화해 자동응답기에 냅다 고함을 질렀다. 그러나 프란체스카의 사흘째 밤 아이디어는 밖에 나가 시원한 뒤뜰에 앉아 내 노트북으로 DVD를 보자는 것이다. 노트북에는 아직 얼마간의 배터리가 남아 있었다.

내가 또 불만을 토로하기 시작했다. "너 진심으로 하는 말이니? 날도 어둡고 거긴 벌레들이 많아."

딸애가 말했다. "톰 크루즈의 '콜래트럴'(Collateral)을 볼 수 있어. 드라이브인 극장에서 영화 보는 기분일 걸."

"그럼 사이코패스 살인마들은 어쩌고?"

"엄마, 톰 크루즈 감상 주간이잖아."

맞다. 그래서 우리는 강아지 다섯 마리를 데리고 노트북을 들고 밖으로 나가 두 개의 비치 체어에 앉았다. 보름달이 떠서 잔디밭을 훤히 비췄다. 반딧불이들이 우리 주위에서 깜빡거렸다. 마치 공중에 투명한 보석들을 뿌려 놓은 것 같았다.

우리의 힘겨루기와 말싸움은 언제 그랬냐는 듯 흔적도 없이 끝났다.

그리고 우리는 행복하게 어둠 속에 별과 함께 앉아 있었다.

나는 엄마의 편견을 사랑해!- Francesca

우리 엄마는
내 면전에서도 자기 딸 자랑을 퍼붓는다.

며칠 전, 나의 강아지 핍을 산책시키며 늘 하던 대로 엄마와 전화로 이야기를 나누고 있었다. 강아지를 산책시키는 시간은 집으로 전화를 걸 수 있는 가장 좋은 황금시간대이다. 나는 핸드폰에 연결된 헤드폰으로 이야기를 하곤 한다. 그러니까 걸어가면서 혼자 중얼거리는 것처럼 보이는 사람들 가운데 한 명이 바로 나다. 하지만 여기는 뉴욕이고, 이런 일쯤은 일상인 곳이다.

어쨌든 내가 엄마와 수다를 떨며 산책 코스의 절반쯤 걸었을 때 핍이 가죽 끈을 잡아채며 내 앞으로 불쑥 나타났다. 그다음에 핍은 제자리에서 빙빙 돌며 나를 쳐다보고, 귀를 쫑긋 세우고, 눈을 크게 뜬 채 내 팔로 당장 뛰어오를 태세였다. 나는 주위를 둘러보며 무엇이 우리 핍에게 겁을 주는지 살펴봤다.

얼룩고양이 한 마리가 등을 굽힌 채 꼬리를 세우고 우리 쪽을 향해 버티고 서 있었다. 눈에서는 초록 광채가 뿜어져 나왔다. 그래서 나는 생각했다. 아, 어리석은 핍이 무심코 착한 고양이를 놀라게 했구나.

그 고양이가 나직한 소리로 으르렁거렸다.

고양이는 우리를 향해 살금살금 몇 걸음 걸어왔다.

나는 핍을 안아들고 뒤로 물러났다. 그러나 그 고양이는 나를 노려보고 있었다. 내가 멀리 물러날수록 그 고양이는 더 빠른 속도로 나를 향해 다가왔다.

나는 아주 침착하면서도 자신감에 찬 개 조련사의 음성으로 말했다. "이봐, 안 돼. 나쁜 고양이. 그러면 안 돼!"

나의 경고는 소용이 없었다. 고양이가 날카롭게 울며 내 정강이를 할퀴는 바람에 혼비백산해서 멘붕(멘탈붕괴) 직전까지 갔다. 나는 그 시점에서 내가 할 수 있는 가장 유일하고도 현명한 행동을 했다.

삼십육계 줄행랑.

나는 핍을 응급치료가 필요한 강아지인 양 가슴에 안은 채 그 거리를 달렸고, 그 미친 고양이는 나를 쫓아 달렸다. 돌아가는 상황이 너무도 황당해서 우스웠던지라 나는 달리면서 웃기 시작했다. 강아지를 끌어안고 빛의 속도로 달려가며 웃고 있는 내 모습을 보고 깜짝 놀란 행인들 눈에는 더욱 더 제정신이 아닌 사람으로 보였을 터.

그 길모퉁이에 커다란 물웅덩이 하나가 있었고, 나는 순간 그곳이 내가 저 미친 고양이로부터 도망갈 구멍이 되겠다는 사실을 알아차렸다. 나는 그 물웅덩이를 뛰어넘었다. 뭘 믿고 그럴 수 있었는지, 무모한 짓이라고밖에는 할 수 없는 행동이었다. 핍의 나부끼는 귀가 내 시야를 가렸다. 우리는 완전히 성공한 것이 아니었다. 오른쪽 발이 그 물웅덩이의 가장자리를 밟는 바람에 나는 온통 구정물을 뒤집어썼다.

가관이었다.

그래도 내가 물을 튀기며 착지한 것이 터미네이터 고양이를 좌절시키는 데는 성공한 모양이었다. 고양이는 물웅덩이를 보고는 뒷다리로 웅크리고 앉아 있다가 자신의 은신처를 향해 살금살금 돌아갔다.

"무슨 일이냐? 너 괜찮아?" 엄마의 목소리가 귀에서 들렸다.

나는 아직도 귀에 헤드폰을 꽂고 있었고, 엄마와 통화하던 중이었다는 사실을 까맣게 잊고 있었다. 나는 입가에 붙은 개털을 떼어내고, 입속에 들어간 개털을 뱉어가며 최선을 다해 지금 벌어졌던 따끈한 사건을 엄마에게 전했다. "내가 어쨌기에, 뭘 보고 고양이가 그렇게 미쳤는지 몰라! 난 고양이를 무척 좋아하는데. 그리고 엄마도 핍을 알잖아. 핍은 집에 돌아가는 고양이들을 건드린 적이 한 번도 없었단 말이야."

이 말의 마지막 부분은 반만 진실이다.

"네가 그 고양이를 흥분시키지 않았다는 건 믿어 주마. 어떤 고양이들은 그저 상대를 할퀴고 싶어서 안달할 때도 있지. 왜 그 문예창작 교수처럼 말이야." 엄마가 말했다.

"엥?" 나는 엄마가 무슨 얘기를 하는 건가 싶어 제대로 들으려고 귀에 꽂고 있던 헤드폰 줄을 만지작거렸다.

"그 얼간이 문예창작 교수, 너한테 아주 야비하게 굴었던 사람 말이야."

나는 엄마의 편견을 사랑해마지 않는다. 지금 기억이 났다. 대학교 다닐 때, 용기를 내서 문예창작 과목을 수강하기까지 내게는 2년이란 시간이 필요했다. 교수는 똑똑한 여류작가이며 딸 하나를 둔 싱글맘이었다. 나는 그 교수의 워크숍에 참석했다.

어디서 많이 듣던 소리 같지 않은가?

난 그 교수와 궁합이 잘 맞을 것이라고 확신했다.

하지만 현실은 그렇지가 않았다.

그래서 그 교수에게 점수를 딸 수 있는 일은 무엇이나 다 했다. 수업 시간에 정확하게 도착하고, 토론에도 참석하고, 죽기 살기로 과제를 꼬박꼬박 해냈다.

하지만 어찌된 일인지, 내가 말하거나 하는 일마다 교수의 기분을 나쁜 쪽으로 긁어댔다. 우리의 갈등은 첫 번째 스토리 워크숍 시간에 절정에 다다랐다. 교수는 내 작품을 하나하나 폄하하면서 토론을 시작했다. 그녀의 불가해하고도 아찔한 혹평으로 강의실에는 어색한 침묵이 흘렀다. 수업을 듣는 사람 누구도 아무런 말도 하고 싶어하지 않았다. 우리의 관계는 초장에 깔끔하게 손 털고 끝난 사이가 되어 버렸다.

지금 내가 하는 말을 오해하지 마시라. 나도 비판은 받아들일 줄 아는 사람이다. 아무튼 나는 수업이 끝나기를 기다렸다가 비밀이 보장되는 기숙사의 내 방에 가서 엉엉 울었다.

"그래, 엄마. 그때는 정말 대학 생활 가운데 잘나가던 때는 아니었어. 난 결국 그 수업 포기했잖아, 기억나?"

"기억하고말고. 그런데 그 교수의 고급 워크숍을 듣던 다른 학생 네 명도 나중에 그 수업 포기했다는 거 몰랐니?"

"알고 보니 다섯 명이었어."

"옳거니. 그리고 넌 그 수업을 포기하고 그대로 주저앉아 있지만은 않았지. 다음 학기에 너는 학과장이 지도하던 다른 워크숍에 참가했잖아. 그리고 일 년 후에 우등으로 졸업했지. 학위 논문으로 소설을 써서 상도 받았고. 대단한 우리 딸!"

맞다. 우리 엄마는 내 면전에서도 자기 딸 자랑을 퍼붓는다.

엄마들은 참 대단하지 않은가?

"엄마가 하는 말이 어째 내 귀에는 아까 그 고양이가 욕구불만에 찌든 문예창작 교수가 보낸 자객이었단 말로 들리는 걸? 살인 청부업자 고양이!"

엄마가 말을 이었다. "중요한 건, 네가 너 스스로를 믿고 인정하고 있었다는 사실이야. 모든 사람이 너를 다 좋아하지는 않아. 너를 보면 그저 다짜고짜 할퀴고 싶어 하는 사람들도 있단 말이지. 그런 사람들을 무시할 수 있을 정도로 네 자신을 굳게 신뢰할 수 있어야 해."

이도저도 아니면, 적어도 너를 안고 도망칠 수 있을 정도로 너를 사랑해 주는 엄마가 있든지.

산부인과에 가면 나는야 수다쟁이 – Lisa

**이러는 게 나 혼자만의 행동은 아닐 거라는 거,
장담할 수 있다.**

내 엉덩이에는 검은 점이 한 개 있다. 정말이지 내 피부과 의사에게는 이런 은밀한 비밀을 이야기하는 게 내키지 않는다.

그 의사가 이 글을 보게 되면, 나한테 전화를 걸어 음흉한 목소리로 진료 받으러 와야겠다고 말할지도 모르겠다. 그러면 나는 2023년[3] 전에는 예약을 해야겠지. 일요일에는 진료를 하지 않을 테니까.

그래도 나는 해마다 피부과 전문의를 찾아가 엉덩이의 그 점을 보여준다. 정말 아이러니한 일이다, 그렇지 않은가?

내게는 검안경을 쓰고 있는 의사의 눈이 갈색 골프공처럼 크게 보인다. 의사는 그 큰 눈을 이리저리 굴리면서 내 몸 곳곳을 살펴보며 내 피부 건강의 적신호인 검은 점들을 샅샅이 찾아낸다. 아직까지는 별 문제가 없단다. 다행히 나의 검은 점들은 양성이다. 사실 그 점들은 사랑스럽다. 내 배 위에 큰곰자리와 작은곰자리 모양처럼 수놓아진 점들은 정말이지 감상할 만하다.

연례행사로 검은 점 건강진단을 받는 동안, 나는 진찰대 위에 누워 한시도 쉬지 않고 참새처럼 재잘댄다. 그러면 지금 병원에서 검사 중이

---

3) 2023 (MMXXIII). 그레고리력으로 일요일에 시작되는 평년.

란 사실을 덜 의식하게 되니까. 나는 검진을 받으면서 수다를 떠는 데는 세계챔피언급이다. 산부인과에 가면 나는 듣기 지겨울 정도의 수다쟁이가 된다.

어떤 의사가 나를 진찰하게 되더라도 나의 수다 독백을 피해갈 수는 없다. 옷을 벗어야 된다면 시간을 끌기 위해서라도, 혹 옷을 벗을 일이 없다 할지라도 나의 수다 퍼레이드는 끊이지 않는다. 청진기가 내 블라우스 속으로 불쑥 들어오자마자 나는 날씨에 대해 이야기를 하기 시작한다. 나를 진찰하는 의사들은 내 이야기를 듣느라 귀가 짓무르고 머리가 지끈지끈한 상태가 된다.

검진 받는 동안 내가 하는 또 한 가지 행동은 절대 의사와 눈을 마주치지 않는 것이다. 특히 산부인과 의사가 가슴에 혹이 있는지 촉진을 할 때면 눈을 피하느라 난리를 친다. 이러는 게 나 혼자만의 행동은 아닐 거라는 거, 장담할 수 있다. 산부인과 의사가 남자든 여자든, 그 남자나 여자가 당신의 가슴을 검사하고 있을 때면 당신도 미친 듯이 눈을 피할 것이라는 데 내기를 걸어도 좋다.

당신은 그래야만 한다. 당신이 그들을 쳐다보고 있다면 그건 곧 섹스를 하는 거나 매한가지다.

나는 가슴 검진을 받고 있을 때는 피하고, 피하고, 또 피한다. 마치 미국에 처음 와 보는 사람처럼 진찰실을 두리번거린다. 와우, 저 의자 좀 봐! 그리고 저건 뭐야, 책상? 그리고 저기 전화가 있네!

이런, 그다음엔 또 뭐에 대해 생각을 굴려야 하지?

그러고도 나는 계속 수다로 시간을 끈다. 한랭전선, 온난전선, 리사전선, 기후에 대한 온갖 수다란 수다는 다 떨어준다.

자궁경부 세포진 검사를 할 때는 독백 수다의 층위가 한층 더 높아진다. 말굽처럼 생긴 산부인과용 진료의자 발판에 발을 올려놓자마자 일기 예보 채널이 가동되는 것이다. 그리고 그 끔찍한 내시경이 등장하면, 나는 일기 예보뿐만 아니라 뉴스와 교통정보까지 추가해 주는 센스도 발휘한다.

그런데 정작 중요한 사실은, 정확하게 1년마다 검은 점 검사를 하면서도 나의 피부과 의사는 내 엉덩이 점을 발견하지 못했다. 검사를 받는 데는 속옷을 벗을 필요가 없기 때문이다. 나는 그 이유를 모르겠다. 아마 의사들은 엉덩이가 태양을 볼 일이 한 번도 없을 것이므로, 거기에 점이 있다는 골치 아픈 소식에 접하지 않아도 될 것이라고 안일하게 생각하는 것일까? 내 엉덩이에 검은 점만 없다면, 청바지를 입을 때마다 오-이다지도-예쁜 허리 살이 누출(노출이 아니다!)되도록 허리를 구부릴 수 있겠는데 말이다.

그 비주얼 한 번 끝내주겠군!

배관공 엉덩이[4]는 배관공에게서만 볼 수 있는 게 아니다. 내가 하는 말이 뭔 말인지 이해가 되시려나? 당신도 한 번 보시라.

아무튼 내게는 검은 점 하나와 걱정거리 하나가 있다. 피부과 의사에게 전화를 걸어 봐야 할 것 같다. 하지만 그 점이 과연 걱정거리가 될 만한 것인지, 기존의 큰곰자리 작은곰자리 옆에 새로운 별자리가 또 생겼다고 해서 걱정거리가 될 만한 것인지 잘 모르겠다. 내가 언제 그 점의 존재를 알게 되었는지 모르겠다. 언제부터 그 점이 자리를 차지하고 앉았는지는 더더욱 모르겠다. 내 말은, 당신은 얼마나 자주 자

---

4) Plumber's butt. (배관공이 일할 때 웅크리고 앉아 일할 때처럼) 바지 윗선이 아래로 당겨져 드러나는 엉덩이.

신의 맨 엉덩이를 보시느냐 묻는 것이다.

너무 사적인 질문 아니냐고요?

이렇게 물으신다면, 내 글을 처음 접하는 분임에 틀림없다.

우리는 모두들 청바지를 입을 때면 '이거 입으면 내 엉덩이가 크게 보일까' 궁금해한다. 하지만 자신의 궁둥이, 옷을 하나도 안 걸친 완전 맨살의 알궁둥이를 보는 사람은 그리 많지 않다. 그렇게 행동하다 보면 골똘히 쳐다보는 데 길이 든다.

안전한 방법은 의사에게 전화를 걸어 진료예약을 하는 것이다. 그런데 의사한데는 뭐라고 하지? 거시기 그 뭐냐, 의사더러 내 엉덩이를 꼭 봐 달라고 우겨대는 끔찍한 환자가 되어야 하느냔 말이다.

어찌해야 좋을지 몰라서 프란체스카에게 물어봤더니, 딸애는 피부과 의사에게 가서 이야기하라고 말했다. 딸애가 필요 이상으로 걱정을 하고 있는 것 같아서 이번에는 내 친구 두 명과 얘기를 나눠 봤다. 그들 모두 프란체스카의 말에 동의했다. 사실 친구 중의 한 명도 한쪽 엉덩이에 점이 있어서 자기 딸에게 말했다.

그녀는 수술을 해야만 했다.

에구머니.

병원에 가기 전에 날씨 상황을 알아보려고 한다.

습도에 대해 벼락치기 공부를 해야만 하겠다.

누가 내 대신 이 지겨운 집안일 좀 해 줘 - Lisa

이젠 잊기로 했다.
어찌해 볼 도리가 없어 신경을 끄고 살기로 한 집안일

나는 누가 깃털이불(dubet)를 발명했는지 모르지만 철자를 보건대 분명 프랑스 사람이다. 그리고 프랑스인들이 페페 르 퓨를 대신해서 앙갚음해 주려고 그걸 발명했을 거라는 게 나의 주장이다.[5]

내가 언제 깃털이불 커버 사기에 휘말렸는지는 잘 생각나지 않지만 1980년대라는 건 기억하고 있다. 그때는 내가 개를 키우기 전이었다. '사기'라고 하는 것은 현재의 사태와 관련해서 하는 말이다. 옛날, 그 옛날에는 그 커버를 세탁해야 할 필요가 전혀 없었고 모든 것이 괜찮았다. 그러나 지금은 매번 그 커버를 세탁해야 한다. 갖가지 동물들과 함께 잠을 자기 때문이다. 문제는 세탁을 하면 그 커버를 다시 이불에 씌워야 한다는 말씀이다.

그리고 깃털이불, 혹은 공연히 있어 보이는 척하려고 새털이불(comforter; '위로해 주는 사람이나 위안을 주는 것'이란 의미도 있

---

5) Pepé Le Pew. 1945년 처음 방영되기 시작한 워너 브러더스사의 대표적인 애니메이션 '루니 툰' 시리즈에 등장하는 프랑스산 스컹크 캐릭터. 지독한 냄새를 풍기면서도 스스로를 멋쟁이로 여기고 검은 고양이 페넬로프를 죽자 사자 따라다닌다. 모든 사람들이 '사랑'에 대해 생각하는 봄철이면 늘 파리를 어슬렁거리며 끊임없이 자신만의 '사랑'을 찾는다. 그러나 그에게는 연애가능성이 있는 상대를 만날 때마다 그들을 돌아버리게 만드는 큰 약점이 두 가지 있다. 고약한 냄새, 그리고 'No'라는 대답을 할 줄 모른다는 것. 그는 여자가 육체적으로 자기를 공격할 때조차 자신에게 구애하는 것이라고 철석같이 믿으며 마냥 행복하게 여긴다. 페페는 프랑스인의 전형이다.

음–옮긴이)이라고 부르는 그 이불 위에 커버를 씌우는 것은 정말이지 불가능한 일이다.

나는 한 시간 이상 실랑이를 해서 이불 커버를 씌운다. 지난번에는 그 짓을 반복하기가 너무 짜증이 나서 포기하고 그 커버를 이불 위에 그냥 얹어 놓고 말았다. 그러고 나니 내 침대가 치즈샌드위치처럼 보였다.

그런다고, 뭐 다를 게 있나? 커버는 결국 이불 위에 덮여 있으면 되는 거다. 그렇게 한다고 해서 고소를 당하거나 쇠고랑을 차기까지야 하겠느냐고.

난 그저 이불커버 씌우기가 힘들어서 그런 것뿐인데.

내가 침대 위에서 작업에 들어가는 일련의 과정을 소개해 보면 이렇다. 먼저, 커버의 한 모서리에 새털이불의 모서리를 집어넣는다. 그런 다음 침대 위로 뛰어올라가 새털이불을 흔들어서 옆쪽과 다른 모서리로 내려가게 한다. 그나마도 그 비법은 새털이불이 커버 속에서 DNA의 이중 나선 구조처럼 비틀려 있는 것을 보고 터득하게 된 것이다. 그런 연유로 해서 나는 새털이불을 빼내서 처음부터 다시 커버를 씌워야 하는 신세가 돼 버렸다. 그 과정 내내 육두문자를 사방에 흘리면서 말이다. 게다가 나는 새털이불을 정사각형으로 착각해서, 커버에 집어넣을 때 가로와 세로에 신경을 써야 한다는 걸 자꾸만 잊어먹는다. 요컨대 결론은, 내가 새털이불을 커버 안으로 다시 집어넣기까지 애면글면, 아등바등, 죽을 둥 살 둥 애를 쓰고 계신다는 말씀이다. 태아를 엄마 뱃속으로 되돌려 앉히는 것이나 다름없다. 반대로 아이를 낳는 산통보다는 덜 괴롭지만, 그와 다를 바 없는 통증이 따르는 유일하고도 험난한 과정이다.

당신도 해 보면 알 거다.

이젠 잊기로 했다. 새털이불 커버와 함께 내가 어찌해 볼 도리가 없어 신경을 끄고 살기로 한 집안일로 할로겐전구 갈아 끼우기도 있다. 나는 주방 상부 수납장에 할로겐 조명을 설치했다. 주방의 작업대를 빛내 주기에는 할로겐 조명이 제격일 거라고 인테리어 업자가 장담했기 때문에. 할로겐 등은 예뻤다. 그렇지만 업자는 그 엄청 조그만, 두 갈래짜리 20와트 전구를 갈아 끼우는 것이 불가능에 가까운 일이란 사실은 결코 내게 말해 주지 않았다.

어쨌거나 당신은 절대 그 전구에 손가락도 대면 안 된다.

이거 농담 아니거든요?

업자가 내게 말하기를, 내 손가락의 기름기가 어찌어찌해서 할로겐전구 표면의 유리에 묻게 되면, 전구가 자발적으로 휘리릭 타버리거나, 아니면 3차 세계 대전을 일으킬지도 모른다고 했다. 그러면서 나더러 키친타월이나 화장실용 휴지로 할로겐전구를 감싼 다음에 엄지손가락과 집게손가락으로 그 감싼 부분을 잡고 한 치의 오차도 없이 구멍에 끼워 넣어야 한단다.

집에서 한 번 이렇게 해 보시죠.

그 전구는 샴페인의 코르크 마개처럼 키친타월에서 톡 튀어나와 공중을 항해한 다음 작업대에 착륙하는 동시에 산산이 부서져 치명적인 파편이 될 것이다. 전구 한 개를 끼우려면 적어도 네 개는 준비해 둘 일이다.

두고 보세요, 내 말이 맞을 테니.

혹시, 만약에 당신이 그 키친타월과 전구 콤보 세트를 지속적으로 쥘 수 있게 되었다면, 그다음에는 전구의 두 핀을 전류가 흐르는 그 작은 구멍에 끼워 보시라. 전구의 핀은 바느질용 바늘처럼 가늘고 뾰족한데 끼우는 구멍은 딱 바늘귀 정도의 크기다.

전구를 끼우고 있는 당신에게 신의 가호가 있기를. 차라리 우주 정거장에 우주선을 도킹시키는 게 훨씬 수월한 일이란 사실을 부지불식간에 깨닫게 될 거다.

전구를 끼우는 곳이 상부 수납장 아랫면에 부착되어 있기 때문에 전구를 갈기 위해서는 몸을 뒤로 젖혀야 한다. 그나마 가장 수월하게 하려면 머리 뒤통수를 작업대에 올려놓는 방법이 있다. 그런 다음에 자동차 아래로 기어들어가 차를 수리하는 정비공처럼 할로겐 조명 본체에 전구를 끼우려고 하지만 속절없이 림보 댄스만 추게 될 확률이 높다. 가장 최근에 전구를 갈았을 때는 배의 근육이 끊어져 돌아가시는 줄 알았다. 복근이 파탄 나기 전에 묘수를 찾아봐야 할 것 같았다.

그래서 나는 새로운 방법을 시도했다. 작업대 위로 기어 올라가 마치 잠이라도 잘 것처럼 상부 수납장의 바닥면을 천장 삼아 마주 보고 누워 봤다. 꼴랑 전구 두 개를 갈아 끼우고는 맛이 갔다. 그리고 지금 나는 할로겐전구와 새털이불 커버에 욕을 퍼붓고 있다.

그리고 그 스컹크, 페페 르 퓨도 미워 죽겠다.

친정엄마와 실버타운 - Lisa

대놓고 거부하지 않은 것만으로도
엄마가 예뻐 보였다.

　　대부분의 가정에서는 머잖아 연로하신 엄마나 아버지가 실버타운
에 입소(?)해야 하는 문제에 직면하게 된다. 팸플릿을 아무리 들여다봐
도 결정을 내리기가 쉽지 않다. 아마도 실버타운 사람들은 절대로 우
리 친정엄마를 거기서 만날 일은 없을 것 같다.

　　이렇게 되기까지의 사연을 알기 위해선 우리 집안에 대한 몇 가지
배경지식이 있어야 한다.

　　우리 엄마는 남동생 프랭크와 함께 플로리다주 사우스 비치에서
살고 있다. 그리고 최근 그들은 집을 파는 문제에 대해 이야기를 하고
있다. '최근'이란 지난 20년 전부터 지금까지를 일컫는 단어다.

　　잘나가는 스코토라인 패밀리는 매사 느릿느릿 움직인다. 동작이
굼떠서 그렇지 우린 그래도 최악의 경기 부진 속에서 집을 팔려고 애
쓰고 있다는 말이다. 부동산 값이 계속 저평가되기 마련인 이런 불경
기에 투자정보가 필요하다면 우리한테 묻기만 하면 된다.

　　우리 친정엄마와 남동생 프랭크가 집을 판다면, 모자가 계속 같이
살아야 할 것인가, 아니면 친정엄마를 실버타운으로 모셔야 할 것인지
가 문제다.

우리 친정엄마를 부양하려면 한 마을이 필요하다.

그리고 나는 그 일이 잘되었으면 좋겠다.

어쨌든 엄마와 동생은 어떻게 해야 할지 아직 결정을 못하고 있다. 두 사람은 같이 사는 것을 즐긴다. 동생은 게이다. 그리고 그의 게이 친구들은 자기 엄마들을 좋아해서 모두 엄마와 함께 행복하게 오순도순 사는 전형적인 행태(?)를 보이고 있다.

프랭크는 놀라우리만치 엄마를 잘 돌보고 있다. 그는 엄마의 진료 예약 시간을 일일이 다 챙기고, 식품점에 갈 때도 늘 운전을 해주며, 저녁 외식을 할 때도 언제나 모시고 다닌다. 부모에게 효도하는 사람들에게는 천국에 특별한 자리가 예약되어 있다. 동생이 일단 천국에 도착하기만 한다면, 무사통과는 물론, 자동차도 맘에 드는 곳에 주차하게 해 줄 것이다.

어쨌든 우리 엄마는 나와는 함께 살고 싶어 하지 않는다. 엄마가 말하는 걸 보면 그렇게 생각하고 있음이 분명하다. "네가 하는 일이라고는 읽고 쓰는 것뿐이잖니."

그 점에 대해서는 입이 열 개라도 할 말이 없다.

그리고 엄마가 가족과 함께 사는 게 더 좋기는 해도, 우리는 모두 프랭크가 언제까지나 엄마를 돌볼 수 없다는 걸 알고 있다. 그리고 지금은 엄마가 건강하지만 언제까지나 건강할 수 없다는 사실도 알고 있다. 그래서 우왕좌왕, 설왕설래, 아주 혼란스럽다. 나는 내가 사는 펜실베이니아와 가까운 곳의 실버타운을 함께 방문해 보기로 마음먹었다. 우리 가족들 중에는 아무도 그런 곳에 가 본 사람이 없기 때문이다. 사실 우린 아주 구식으로 사고하는 사람들이어서 실버타운을

'양로원'이라고 부른다. 이런 용어를 쓰는 것은 적절하지 않은데 아직도 불쑥 튀어나오곤 한다.

거기는 양로원이 아니라 천국이었다.

안내를 받는 동안 레스토랑 두 개와 '선술집' 하나가 입주해 있는 정감 어린 건물이 얼핏 보였다. 선술집에서 대형 텔레비전을 보면서 한잔 걸치면 제격이겠다 싶었다. 우리는 송어 요리, 수생 오트밀을 곁들인 오리고기, 베이크트 알래스카[6]가 포함된 오늘의 메뉴를 읽어 보았다. 자쿠지와 실내 수영장이 딸린 헬스클럽을 돌아보고 예쁜 일인용 아파트를 구경했다. 아파트의 벽은 깔끔하게 페인트칠이 되어 있고, 폭신한 모직 러그가 깔려 있으며, 청소 서비스도 제공된다고 했다. 이집트와 런던을 할인된 가격으로 여행할 수 있다는 안내문도 받았다. 컴퓨터 강좌, 북 클럽, 카나스타[7], 브리지[8], 피노클[9] 클럽, 요가, 에어로빅, 프리 웨이트[10], 그리고 '앉아서 하는 운동' 등의 프로그램도 있었다.

자, 이제 일이 어떻게 돌아가고 있는지 안 봐도 알겠죠?

나는 언제라도 실버타운에 들어갈 준비가 되어있다.

지금 당장이라도.

분부만 내려 주시죠.

---

6) baked Alaska. 계란 흰자와 설탕으로 거품을 낸 머랭(meringue)을 얹은 케이크나 아이스크림에 브랜디 등의 알코올을 뿌리고 불을 붙여 갈색이 되면 즉석에서 서브하는 디저트.

7) canasta. 두 벌의 카드로 하는 카드놀이의 일종.

8) bridge. 카드놀이의 일종. 네 사람이 두 패로 나누어 13번 중 몇 트릭에서 이기는가를 예상하여 돈을 건다.

9) Pinochle(Binocle, pinocle, penuchle) 2~4인이 카드 48장짜리 한 벌을 가지고 하는 판쓸이 카드 게임. 64장으로 하는 베지크(두 사람이 하는 카드게임)에서 유래했다. 참가자들은 판쓸이로 점수를 올리고 카드를 조합해서도 점수를 올린다.

10) free weights. 바벨(Barbell)과 덤벨(Dumbbell)을 이용한 운동.

나를 은퇴시켜 줘요.

나는 충분이 늙었다. 적어도 나는 충분히 늙었다고 생각한다.

실버타운에서 내게 '앉아서 하는 운동'을 알려 줬다. 앉아 있으면서 하는 운동은 날 위해 만들어진 것처럼 내 입맛에 딱 맞았다. 식은 죽 먹기보다 더 쉽다.

그냥 하기만 하면 된다.

예를 들면, 나는 지금 앉아있다, 텔레비전으로 미식축구를 보면서 말이다. 내가 알기로 미식축구는 '서서 하는 운동'이다. 얼마나 구태의 연한 운동법인가. 모두 저리 뛰어다니다니.

대체 저런 운동이 누구한테 필요하냐고요.

아무튼 다시 본론으로 돌아가자. 나는 그곳에 푹 빠졌다. 그리고 프랭크도 그랬다. 그곳에는 거대한 모형 기차 세트까지 있었다. 프랭크는 곧바로 기차를 가지고 놀기 시작했다. 버튼을 눌러 장난감 기관차가 칙칙폭폭 소리를 내며 가짜 숲을 지나갔다. 기차는 조금 달리다 선로를 이탈해서 가짜 관목숲속으로 곤두박질치며 사라졌다.

프랭크는 장난감 앞에서 재빨리 물러났다.

나는 그렇게 된 것을 모두 엄마 탓으로 돌렸다. 엄마 때문에 거길 간 거니까.

왜 아니겠는가? 이런 게 바로 미국식이다.

우리 엄마가 그곳에 대해서 어떻게 생각하고 있는지 지금쯤은 당신도 눈치 챘으리라.

엄마는 그곳을 좋아했다.

엄마가 그곳으로 이사 갈 것인지는 아직 결정하지 않았다. 동생과

엄마는 플로리다로 돌아가서 그 문제에 대해 충분히 생각해 보려고
한다. 일이 어떤 방향으로든 결정되면, 곧 알려드리겠다. 대놓고 거부하
지 않은 것만으로도 엄마가 예뻐 보였다.

　　내 생각에는 실버타운에 들어가면 아파트 '청소 서비스'가 제공된
다는 점에 친정엄마가 홀딱 넘어간 것 같다.

아, 한 달에 네 번이나 응급실에 가다 — Francesca

**어찌해서 나의 어릴 적 보금자리가
고통의 산실이 되었는가?**

　　많은 사람들이 도시는 위험한 곳이라고 믿는다. 하지만 그건 완전히 잘못 알고 있는 거다. 그들은 높은 범죄율, 코너를 돌면서도 속도를 줄이지 않는 택시들, 건축 공사장의 흔들거리는 비계(飛階), 언제 사고가 발생할지 모를 차량, 뚜껑 열린 맨홀, 빈대, 금방이라도 뚝 끊어질 듯 닳아빠진 로프에 매달려 배달되는 피아노를 상상한다.

　　하지만 그런 것들이 왜 도시를 위험하게 만든다는 거야?

　　진짜 위험한 게 뭔지 내가 알려 주지.

　　이번 여름, 교외에 갔다가 죽는 줄 알았다.

　　그저 비유로 해 보는 말이 아니다. 교외는 실제로, 육체적으로 나를 지쳐 나가떨어지게 만들었다.

　　이런 얘기를 하면 어처구니없는 소리로 들리겠지만 실례를 들어 보겠다. 지극히 정상적이며 건강한 20대 아가씨 하나가 교외에 있는 자기 집에 갔다가 네 번이나 응급실에 가는 신세로 전락한 사연 말이다.

　　7월의 어느 긴 주말 연휴에 집에 갔을 때의 일이다. 내가 뒤뜰을 거닐고 있는데 딱! 소리가 났다. 나는 구덩이에 빠졌고, 엄지발가락이 부러지는 소리를 들었다. 누가 마당에 함정을 파 놓았을까?

함정을 파 놓은 것은 엄마의 개, 루비였다.

도로 건설 인부들과 달리 개들은 자신의 작업장 주위에 위험 표지판을 세워 두지 않는다.

나의 발은 곧 부어올랐다. 그리고 나는 진찰을 받아야 한다는 엄마의 뜻에 따라 병원 응급실에 갔다. 나는 어떻게 해서 발가락이 부러졌는지, 우아하게 바나나껍질 벗기듯 자초지종을 설명했다.

따분하고 하품 나오게 생긴 교외의 한 자락에 이런 음험한 구덩이가 숨어있을 줄 내 어찌 알았겠나.

그 주말에는 여름 폭풍우가 우리 집을 덮쳐 전기가 나갔다. 기온은 매일 32도를 웃돌았고, 정전으로 선풍기와 에어컨을 못 돌리게 되니 정말 최악의 상황이었다. 그 와중의 저녁 무렵, 불빛 한 점 없는 집 안에서 나는 핸드폰을 찾고 있었다. 내 핸드폰이 마룻바닥에 있는 것을 발견하고 그것을 집으려고 허리를 구부리는 순간 꽝! 나는 선반에 머리를 부딪치고 나가떨어졌다.

응급실 간호사가 내 차트를 보더니 놀랍다는 듯 눈썹을 찡긋했다. "기록을 보니……당신은 어제도 여기 왔었나 봐요? 어제의 사고와 관련된 증상으로 온 거예요?"

이틀 연속 응급실로 출근하는 꼴이라니, 내 자신이 참으로 멍청하게 느껴지는 순간이었다. 아뇨, 언니, 어제는 구덩이에 빠진 거고 오늘은 선반에 머리를 부딪쳤어요. 오, 참을 수 없는 존재의 가벼움이여!

도심에서 강도짓을 당했다면 적어도 스펙터클한 이야깃거리 하나는 확실히 건졌을 텐데.

나는 뇌진탕 치료를 받고 며칠 뒤에 다리를 절며 맨해튼으로 돌아가 두통과 발가락 부러진 다리를 치료받았다.

그런데 머리에 가해진 충격 때문에 기억력이 급격히 소진된 게 틀림없었다. 8월이 되자, 휴가차 일주일 동안 집에 또 갔으니 말이다. 하루는 엄마와 내가 승마를 하는 몇몇 친구들과 합류했다. 우리는 벌판에서 해를 등지고 바람에 머리카락을 날리며 천천히 달리고 있었다. 내가 타고 있던 말이 앞발을 쳐들고 뛰어오른 것을 생각하면 그 말 역시 무척 기분이 좋아서 기뻐하고 있었던 게 틀림없다. 그리고 다음으로 내가 느낀 건 바람이 말 위에서 느끼던 것과 다르다는 거였다. 사방에서 바람이 불어오고 있었다. 공중을 비행하며 나는 겨우 마음속으로 한마디 구시렁거릴 시간을 건졌다. "아, 이런." 그러곤 나는 흙먼지를 먹었다.

응급실 방문 세 번째.

그 여름 들어 두 번째의 뇌 검사 결과 내 머리에는 아무런 손상이 없었다. 감사합니다! 헬멧 덕분이었다. 그리고 척추와 골반 X선 검사 사진을 보니 골절도 전혀 없었다. (뼈·근육 등이 아닌) 연부조직이 손상되어 아팠지만 그건 시간이 지나면 낫는 거고.

병원에서는 진통제와 근육이완제를 한 보따리 처방해서 내게 들려 보냈다.

정확히 일주일 후, 나는 심각한 위통으로 잠에서 깼다. 나는 늘 찾아가던 단골 의사에게 갔다. 하지만 딱히 정확한 원인을 찾을 수 없었다. 의사는 맹장염 같은 질병일지도 모르니 컴퓨터단층 촬영(CT)이 필요하다고 말했다. 물론 예약하지 않고도 그러한 검사를 받을 수 있는 곳은 딱 한 군데밖에 없다.

응급실 수납창구에 있던 여자가 나를 바라보며 방긋 웃었다. "프란체스카, 맞죠?"

당신은 사람들이 모두 당신의 이름을 알아주는 곳으로 가고 싶을지도 모르겠지만……

네 시간 후, 응급실에서 사귄 새 친구들은 나의 통증치료 경과가 좋지 않았다는 결론을 내렸다.

수시로 나를 찔러댔던 진통제들은 내게 교외생활의 정수를 맛보게 해 주었다. 도시에 살고 있는 스물네 살의 싱글인 내가 어쩌다 '위기의 주부'가 되었을까? 그리고 교외에 있을 줄 알았던, 웃통 벗은 섹시 가이 정원사는 어딜 가야 볼 수 있는 거야?

그러나 진짜 문제는 따로 있다. 어째서 나의 어릴 적 보금자리가 고통의 산실이 되었는가? 교외가 나를 거부하고 있는 건가, 그런 거야? 도대체 일이 어떻게 돌아가고 있는지 모르겠다, 쩝.

아는 거라고는, 도시로 돌아가야 한다는 것뿐이다.

안전한 그곳으로.

행복하게 나이를 먹으며 — Lisa

얼마 안 있어 모두 골동품이 될 것이다.
억만금을 주어도 구하기 어려운.

　　나는 아주 형편없는 협상가다. 지나치게 감정적이다. 정말 원하는 것이 있을 때 원하지 않는 척 할 줄도 알아야 하는데.

　　그래도 오늘은 내 차에 대한 얘기는 좀 해야 되겠다. 내가 처음으로 협상을 해 본 얘기니까.

　　먼저, 내게는 신경을 많이 써 가며 모시고 다녀야 하는 오래된 차가 한 대 있다. 내가 여성호르몬제를 맞기 이전부터 타고 다니던 차였다. 그러니 그 자동차는 여성호르몬제의 도움없이 16만 킬로미터를 달린 셈이다.

　　하지만 16만 3200킬로미터쯤 되자 고장이 나기 시작했고 아마씨도 도움이 되지 않았다. 나는 북 투어를 하려면 장거리를 운전해야 한다는 것을 알고 있다. 그래서 걱정이 되기 시작했다. '점심으로 무엇을 먹을까' 등의 중요한 결정을 하기 전에 늘 자문을 얻던 천재 어시스턴트 로라에게 전화를 걸어 조언을 부탁했다.

　　나는 그녀에게 이렇게 물었다. "로라, 내게 새 차가 필요하다고 생각해?"

　　"그럼요. 당근이죠."

"그런데 그 차 할부도 끝났고, 내가 좋아하는 차란 말이야." 그리고 사실이 정말 그랬다. 그 차는 마더십(mother-ship; 모선母船, 모함母艦)이라고 불리는 커다란 흰색 세단이다.

"알아요. 그래도 당신은 안전해야 된다고요. 북 투어 중에 고장이라도 나면 어쩌려고?"

"그런 일은 안 일어나."

"예외가 있었죠. 두 번씩이나."

탁월한 지적이다. 한 번은 마더십이 코네티컷에 있는 서점으로 가는 중간에 정신줄을 놓아버려 결국 그 서점 주인에게 95번 고속도로의 트럭 정류장으로 나를 태우러 오라고 부탁해야만 했다. 제임스 패터슨[11]에게는 이런 일이 절대 없을 거라고 내가 장담할 수 있다.

그런 일이 있고 보니 내게는 새 차가 필요했다. 난 내가 거래하던 대리점을 좋아하기 때문에 그곳에 갔다. 난 그들 역시 나를 좋아하는 줄로만 알았다. 그들이 나를 좋아했던 건 사실이었다. 그런데 가장 중요한 최종 가격 협상 단계에 이르자 태도가 표변하더니 안면을 싹 바꿨다. 그들은 나에게 신종 SUV 차량에 대해 좋은 조건을 제시했다. 그런데 마더십의 보상가격에는 최저가를 매겼다.

내가 물었다. "어쩜 마더십에게 그럴 수가 있어요? 아니, 나한테?"

말했다시피 나는 너무 감정적이다.

그리고 나는 이런 말도 덧붙였다. "게다가 당신들은 나한테 잘해 줘야 하잖아요."

---

11) James Patterson(1947~) 현재 미국에서 최다 베스트셀러 기록을 가지고 있는 최고의 인기 작가이자, 전자책을 100만 권 이상 판매한 세계 최초의 저자.

그러나 그들은 그러지 않는다. 그들은 비즈니스를 한다. 그리고 비즈니스는 비즈니스일 따름이다. '사랑 따윈 난 몰라'다. 하지만 모든 영업의 기저에는 애정이 깔려 있어야 한다는 것이 내 나름의 철학이다. 그래서 나는 화가 났다. 그들은 지난 10년 동안 나의 마더십을 돌봐주었다, 비싼 돈을 받고. 그리고 마더십에는 그 이상의 값어치가 있었다.

내가 어떻게 했는지 알아 맞혀 보시라.

나는 그 대리점 밖으로 걸어 나갔다.

그리고 다른 곳과 거래를 했다. 바로 그날로 다른 대리점에 전화를 걸었던 거다. 전화를 받은 사람이 '어서 우리 대리점으로 오세요, 우리도 당신을 좋아합니다.'라고 말했다. 사실 우리는 상대를 좋아하면 거래를 할 때 좋아하는 만큼 더 좋은 조건을 제시하게 마련이다. 그들은 마더십의 상태를 점검해 보고는 '지금까지 봤던 16만 킬로미터를 달린 차들 중에서 가장 깨끗한 차'라고 부르며 좋은 조건을 제시했다. 우리는 그런 존재였던 거다.

그래, 바로 이거야.

그런데 내가 막 거래에 응하려는 순간 옛 대리점에서 나에게 전화를 해서는 그들이 아직도 나를 좋아하고 있다고 말하는 게 아닌가? 나는 그들에게 이미 새 대리점과 거래 상담을 하고 있다고 말했다. 하지만 그들은 마더십에 대해 최고의 제안을 할 것이라고 말했다. 그리고 한동안 그들과 오락가락 실랑이를 하다가 나는 전남편과 섹스하듯 예전 거래처로 돌아갔다.

거두절미하고, 내가 새 SUV를 인수하기로 한 날이 되었다. 나는 설명할 수 없는 슬픔을 느꼈다. 마지막으로 마더십을 사진에 담았다. 출발할 시간은 다가오는데 나는 새 차와 마더십 사이에서 오도가도 못하고 미적거렸다. 운전하며 대리점으로 가는 길에 프란체스카에게 전화를 걸어서 물었다.

"내 차한테 작별인사 할래?"

"엄마? 새 차 만나러 가는데 하나도 신나는 것 같지가 않네."

"그래. 난 이 차에 정이 들었어."

"아우, 엄마. 괜찮아. 차 때문에 그런 게 아닐거야. 엄마가 그 차에 얽힌 멋진 추억들이 많아서 그래."

나는 잠시 생각에 잠겼다가 결론을 내렸다. "아니, 차 때문에 그러는 거야."

대리점에 도착했을 때 나는 평평 울고 있었다. 콧물도 같이 흘러내렸다.

영업사원이 다가왔다. 그가 내 꼬락서니를 보더니 미소를 거뒀다.

"괜찮으세요?"

"난 내 차를 너무 좋아해요. 그 차를 포기하고 싶지 않아요."

"그럼 가지고 있으면 되죠." 그가 말했다. 그런 생각은 미처 해 본 적이 없었다. 바보 같은 소리로 들린다는 걸 알면서도 하는 소린데, 애당초 그런 생각은 내 머리에 입력되어 있지 않았다. 나는 한 번도 보상판매 없이 차를 산 적이 없었으니까.

"그런데 돈은 어쩌고요?"

"우린 그 자동차 가격의 일부만 지불해줄 뿐입니다. 내가 당신이라면 팔지 않을 겁니다."

"하지만 나는 혼자 사는 사람이에요. 뭐 하러 차를 두 대씩이나 굴려야 되는 거죠?"

"두 자동차의 용도는 엄연히 달라요. 옛것은 세단이고 새것은 SUV 잖아요."

나는 눈물을 닦았다. "당신 말은 이걸 구두처럼 생각하라는 거죠? 옷차림에 맞춰 바꿔 신는?"

그는 나의 비유법에 어안이 벙벙한 듯 보였다. "아, 예. 그렇습니다."

"정말?" 내 가슴이 행복에 겨워 두근거렸다. 나는 마더십을 계속 가지고 있기로 결심했다. 당신도 보면 알겠지만 마더십은 내게 있어서 바퀴 달린 스트래피 샌들(발등이나 발목에 가는 끈이 달린 샌들-옮긴이)이다.

강경한 자세를 취해 본 첫 번째 협상은 이렇게 막을 내리고 역효과만 가져왔다. 보상 판매할 물건을 가장 좋은 가격으로 흥정해야 하는데, 내게는 전혀 판매할 마음이 없었던 것이다.

마더십을 너무 좋아했기 때문에.

마더십은 지금 행복하게 나이를 먹으며 차고의 한 자리를 꿰차고 있다.

얼마 안 있어 나와 마더십 모두 골동품이 될 것이다.

억만금을 주어도 구하기 어려운.

피부에 빗질을 하다니 - Lisa

**그동안
내가 너무 편협하게 살아왔던 것 같기는 하다.**

방금 어떤 기사를 읽고 여자들이 몸을 빗질하기 위해 168달러를 쓴다는 사실을 알게 되었다. 알게 되어 다행이다. 나는 168달러를 날릴 새로운 방법을 찾고 있었고 지금 그중 한 가지 방법을 알게 된 셈이니까. 그게 알고 보니, 스파에 가서 옷을 다 벗은 다음 짧고 빳빳한 털이 달린 브러시로 온몸을 빗질해 달라고 하면 되는 거였다! 차라리 자궁경부암 검사가 더 재미있을 거 같다.

기사에 따르면 브러시를 사서 집에서 빗질할 수도 있다고 한다. 어떤 여자는 이 일이 '모닝커피' 한 잔을 마시는 것처럼 일상적인 일이라고 했다. 이 사실을 알게 된 것 역시 다행이다. 나에게, 한 잔의 모닝커피를 마시는 것과 같은 일은 오직 한 잔의 모닝커피를 마시는 일뿐이다. 하지만 그동안 내가 너무 편협하게 살아왔던 것 같기는 하다. 기사에 나오는 그 여자는 매일 아침 자신의 피부에 빗질을 하고 있다지 않는가 말이다.

나는 매일 아침 머리 빗는 일조차 하지 않는다.

듣자 하니, 피부를 빗질하는 것은 일본과 그리스에서 행해졌던 고대 의식이라고 한다. 나는 그런 고대 의식들이 모두 좋은 아이디어였다고는 생각하지 않는다. 예를 들면 중국에서 건너온 다른 고대 의식으로 전족이 있다. 그리고 고대 그리스에서 유래한 것 가운데 하나로 민주주의란 것도 있다.

이 이야기가 왜, 어떤 점에서 우리를 어리둥절하게 만들고 있는지 살펴보자.

그 기사에서 어떤 여자는 몸에 빗질을 하기 위해 정기적으로 스파에 간다고 했다. 그녀는 '독소를 배출하기 위해' 그렇게 한다는 것이다.

여기서 말하는 독소란?

나는 독소에 대해서는 충분히 읽을 만큼 읽었다. 독소를 제거하기 위해 사람들은 단식을 한다. 일주일 동안 금식을 하는 것이다. 독소를 제거하기 위해 장세척을 하기도 한다. 여기서 장세척이 뭔지는 굳이 설명하지 않으련다.

하지만 내가 궁금한 건 바로 이거다. 몸 밖으로 내보내야 할 독소는 무엇이며, 그 독소는 어떻게 해서 몸 안으로 들어왔는가?

그 기사에서 스파 주인장이 인용하고 있는 고객들의 말을 들어보자. "치즈 한 덩이를 먹고, 초콜릿케이크 한 조각을 먹으면, 그것들이 얼굴이나 엉덩이로 갈 것이므로, 해독하러 가야 할 필요를 느낀다."

다시 한 번, 우와!

난 과학과는 거리가 먼 사람이라서 초콜릿케이크에 독이 있는지도 몰랐다. 그동안 살아오면서 내가 먹은 초콜릿케이크가 한 트럭분은 될 거다. 내가 좋아하는 음식이고, 나를 중독 시킨 적이 한 번도 없기 때문이다. 아니면 적어도 거기에 독소가 있을 거라고는 생각지 않지만, 장담을 하지는 못하겠다. 지금부터는 눈 똑바로 뜨고 초콜릿케이크를 지켜볼 참이다. 초콜릿케이크, 너희들 다 죽었어!

게다가 나는 사람들이 초콜릿케이크의 독을 빼고 싶어 한다는 사실도 전혀 모르고 있었다. 헤로인이나 뭐 그런 거만 해독하면 되는 줄 알았다. 하지만 초콜릿케이크에는 중독성이 없지 않은가 말이다.

아, 잠깐만요.

잠깐만.

설령 그렇다 해도, 나는 피부에 빗질을 해서 독소를 빼내겠다는 사고가 이해되지 않는다. 초콜릿케이크의 독소를 방출해준다는 그 브러시를 가지고 할 수 있는 유일한 일은 그걸로 입을 막는 것이 아닐까 생각한다.

케이크가 아니라, 브러시로!

그리고 그 스파에서 행해지는 팻걸슬림[12] 트리트먼트 과정에 빗질이 포함되어 있으며, 다른 여자들이 '날씬한 몸을 유지하기 위해' 자기 몸을 스스로 빗질한다는 사실을 알게 된 당신은 행복한 사람이다.

워워.

피부 빗질이 몸을 날씬하게 만들 줄을 그 누가 알았겠는가? 나는 체중을 줄이기 위해 다이어트를 하고 운동을 해야 한다고 생각했다. 그러나 그건 이제 한물 간 이야기가 되어 버린 것 같다. 아침에 일어나서 모닝커피 한 잔 하듯 몸을 빗질하는 게 훨씬 쉬워 보인다. 그래서 나도 시작해 볼 작정이다. 어쨌든 나는 이미 아침마다 칫솔질을 하고 있지 않은가, 피부에 못 해 볼 건 뭐람. 그럼 이제부터 나는 중년말라

---

12) FatGirlSlim. Bliss社의 셀룰라이트 제거 크림. 늘씬해지고 싶고 셀룰라이트를 없애버리고 싶은 부위에 꾸준히 바르면 효과가 있다고 선전하고 있다. 로레알, 클라란스, 리포존 등의 화장품사에서 만드는 슬리밍 제품들과 같은 계열.

깽이가 되겠지?

마지막으로 그 기사는 여성들이 지금 엉덩이를 빗질하고 있다고 보도한다. 보기 흉한 셀룰라이트[13]가 없어질 거라는 기대감 때문이라고 한다. 나는 그렇게 해서 피하지방이 제거될 수만 있다면 샌딩 머신이라도 살 수 있다.

스파 주인장은 빗질이 피하지방을 제거한다고 주장하지만 어떤 의사는 그렇지 않다고 말한다. 그리고 그 의사는 몸에 빗질을 하게 되면 피부에 염증, 홍반과 가려운 뾰루지가 생길 위험이 있다고 말한다.

중년 여성의 마음을 모르는 그 의사는 엉덩이를 한 대 맞아 봐야 한다.

브러시로.

---

13) cellulite. 수분·노폐물·지방으로 구성된 물질이 셀룰라이트를 형성하는데, 이것이 진피층으로 밀고 올라와 피부 표면이 고르지 못하게 보이게 된다.

엄마란 직책에는 유효기간이 없다 — Lisa

엄마는 사랑과 걱정을 그만둘 수 없다.
그건 엄마의 DNA에 들어 있다.

나는 엄마와 딸을 묶어 주는 끈은 사랑과 걱정이라는 나만의 과학 이론을 가지고 있다. DNA의 이중 나선 구조의 꼬여 있는 두 가닥처럼 말이다.

달리 말해 내가 당신을 사랑하면, 나는 당신에 대해 걱정을 한다. 그리고 반대도 마찬가지다.

설명해 보자.

프란체스카가 태어난 순간, 나는 그 애를 사랑하면서도 걱정하기 시작했다. 그리고 나의 사랑과 마찬가지로 내 걱정은 끝이 없었다. 나는 아기가 잠을 너무 많이 자고 있는 건 아닌지 걱정했다. 또 아기가 잠을 너무 적게 자고 있는 것은 아닌지 걱정했다. 울 때, 젖을 먹일 때, 똥을 쌀 때도 똑같았다. 내가 숨을 쉬고 살아 있는 동안 내내 나는 사랑했고, 그리고 걱정해 왔다. 그리고 더 큰 걱정은 물론 아기가 숨을 쉬고 있는지 아닌지였다. 아기의 가슴이 오르락내리락하는지 알기 위해 잠자는 아기를 지켜보는 엄마는 나만이 아니었을 거다.

난 지금도 그러고 있다.

내 이론은 할머니들에게도 적용된다. 그들 또한 엄마들이기 때문이다, 좀 더 위대한.

친정엄마는 프란체스카에 대해 걱정했다. 그리고 그 당시 친정엄마와 나의 화제는 온통 나의 걱정과 친정엄마의 걱정이었다. 그래서 우리는 함께 걱정의 레이저 광선을 이 연약한 갓난아기에게 집중 발사했다. 그 덕에 의심의 여지없이 그 애가 아주 훌륭하게 성장한 것이다.

아니면 죄책감이었나.

하지만 여기서 중요한 건 그런 게 아니다.

중요한 것은 프란체스카도 우리가 자신에 대해 걱정했다는 것을 알고 있는 것이다. 내 말은, 우리가 그녀를 사랑했다는 뜻이다.

이와 마찬가지로 친정엄마가 그다음으로 걱정하고 있는 존재는 나라는 것을 안다. 친정엄마는 내가 너무 힘들게 일한다고 걱정한다. 그녀는 내가 비행기를 탈 때 걱정한다. 그녀는 내가 운전을 할 때 걱정한다. 그녀는 내가 집에 없을 때 걱정하고, 심지어는 내가 집에 있을 때도 걱정한다. 예를 들어 그녀는 내가 포크로 너무 많은 음식을 집어먹어 목에 걸릴 수 있다고 걱정한다.

이런 걱정이 괜한 짓만은 아니라는 걸 살짝 말해 둔다. 당신은 내가 먹는 것을 한 번도 못 보았으니까.

나는 친정엄마가 나에 대해서 걱정하는 것에 대해 죄책감을 느끼곤 했으나 지금은 그러지 않는다.

그녀는 나에 대해서 끊임없이 걱정할 것이다.

친정엄마가 나를 사랑하고 있다는 증거다.

내가 이 사실을 비로소 깨닫게 된 것은, 프란체스카가 뉴욕에서 혼자 힘으로 잘살고 있음에도 불구하고 아직도 내가 딸애를 무척이나 걱정하고 있다는 것을 느끼고 있을 때였다. 딸에게 죄책감을 느끼게 할 의도는 없다. 그리고 내 딸도 죄책감을 느끼거나 그러진 않을 것이다. 하지만 나는 걱정을 그만둘 수가 없다.

엄마란 직책에는 유효기간도, 만기일도, 정년도 결코 없다, 그렇지 않은가?

그리고 이제는 그 걱정이 부메랑처럼 내게 되돌아와서 친정엄마에 대해 걱정하기 시작했다.

에, 시작하지 말자.

그렇지만 최근 들어 친정엄마의 건강문제 때문에 내 걱정, 그리고 내 사랑이 표면으로 떠오를 수밖에 없었다. 특히, 그녀의 코.

친정엄마의 코가 퍼렇게 되었다.

농담이 아니다. 지난번 친정엄마가 나를 보러 왔을 때 나는 첫눈에 엄마의 코가 눈에 띄게 푸른 기가 도는 것을 알아차렸다. 나는 좋은 말로 엄마에게 그 사실을 이야기했다. 그리고 엄마는 내게 쓸데없는 소리 말라고 핀잔을 주었다.

그래도 여전히 나는 걱정이 너무 많다. 엄마의 혈액순환은 좋았던 적이 없었다. 평생 담배를 피웠기 때문이다. 그러나 그녀는 드디어 나이 여든둘에 금연을 했다. 그녀가 후두암을 얻었을 때였다.

아예 안 하는 것보다는 늦게라도 하는 것이 낫다.

어쨌든 친정엄마는 암을 이겨냈다. 놀라고도 남을 일이다. 하지만 엄마는 의사의 말에 따라 밤에는 산소 호흡기를 써야 하는데 그렇게 하지 않으려고 한다. 오늘 엄마와 나의 전화 통화는 이렇게 진행되었다.

"엄마, 왜 산소 호흡기를 안 쓰려는 건데?"

"난 튜브가 싫다. 팝콘 냄새가 나."

"그럼 어때서? 팝콘 좋은데. 팝콘을 싫어하는 사람도 있대?"

"나는 싫다. 그리고 그건 냄새만 그렇다는 거지. 그러니 그 얘긴 그만 좀 하자."

"그래도 그건 의사의 지시야, 엄마."

"그 의사? 그가 뭘 안다고?"

무슨 얘기부터 꺼내야 할지 대략 난감. "의사가 아는 거 다 얘기해볼까?"

하지만 친정엄마는 들으려고 하지 않았다. 내가 결국 목소리를 높이기까지 했는데도 말이다. 엄마와 딸이 자신들의 사랑을 입증하려고 할 때 흔히 이렇게 행동하기도 한다.

내가 당신에게 고함을 지르고 있으면, 내가 당신을 사랑하는 줄 알아라, 이 말이다. 나는 당신의 가슴이 계속 오르락내리락하기를 바라기 때문이다. 당신이 나의 딸이든 나의 엄마든. 아니면 내가 당신의 딸이나 당신의 엄마든. 그 모두가 같은 감정이다. 걱정. 아니면 사랑!

그래서 다음번에 당신의 엄마가 당신에 대해 걱정하면 엄마에게 그만하라고 말하지 마라. 그리고 죄책감도 갖지 마라. 이해하려고 노력하라. 엄마는 사랑과 걱정을 그만둘 수 없다. 그건 엄마의 DNA정보에 입력되어 있다. 그러니 너무 괴로워하지 말고 모든 일을 엄마의 유전자 탓으로 돌려라.

가끔 엄마를 바로잡는 데 딸이 필요하다 – Lisa

내가 생각해 봤는데
엄마는 그냥 엄마 자신이 되어야 한다고 봐.

여자들은 많이 진보했다. 음, 한 가지는 빼고.

머리카락.

내 말은 머리카락에 관한 의식의 진보는 여전히 답보상태로, 곱슬머리인가 직모인가에만 매달린다는 말씀이다.

살짝 비밀을 하나 알려드릴까. 나는 곱슬머리다. 그것도 물결치듯 구불구불한 정도가 아니라 아주 심한 곱슬머리다. 곱슬곱슬한 게 아니라 배배 꼬인 머리다. 자연스러운 곱슬머리가 아니고 부자연스럽게 돌돌 말린 곱슬머리다.

나는 어렸을 때 너무 곱슬머리라서 이마에 머리카락이 나기 시작했다 하면, 그 머리카락들은 중력의 법칙을 비롯한 많은 자연의 법칙을 죄다 무시하고 옆으로 퍼져 가면서 자랐다. 한마디로, 머리카락들은 내 어깨 위에서 세모꼴로 둥지를 틀고 살았다.

나는 그때 어렸으므로 이런 작은 일에 신경을 쓸 줄 몰랐다. 신경 쓴 게 있다면, 아마 내가 멋져서 그런가? 생각했다는 정도. 동네 어른들이 나한테 "어디서 그렇게 머리를 지졌니?"라고 물었기 때문이다.

그리고 아이들은 내 머리를 가지고 나를 골렸다. 학교에서 멋진 소녀들은 텔레비전과 잡지에 나오는 소녀들처럼 모두 스트레이트 머리를 했다. 내가 제일 좋아했던 친구 레이첼도 스트레이트 머리였다.

그때 나는 디피티-두를 발견했다. 그건 헤어스타일을 잡아주는 젤타입 제품이었다. 그 제품은 아직도 생산되고 있다. 나는 온라인으로 들어가 웹사이트를 검색했다. 거기에서 "45년 넘도록 원래 이름을 유지한 젤"이라는 선전을 하고 있는 걸 봤다.

빙고! 바로 이거였어.

디피티-두는 분홍색이나 파란색으로 나왔던 걸로 기억한다. 아마 소녀용이나 소년용을 구별하는 색상이었던 것 같지만 그건 그냥 내 멋대로 생각한 것일 수도 있다. 소년들은 어쨌거나 그것을 사용하지 않았다. 그들은 생긴 대로의 자신들을 좋아했으니까. 개네들은 분명 제정신이 아니었던 게 틀림없다.

소녀들은 9학년 정도가 되면 디피티-두를 잔뜩 발라서 멋을 부렸다. 나는 젖은 머리카락에 골고루 그것을 바르고 머리 위로 빗어 올려 맥스웰하우스 커피 캔으로 감아 두는 법을 완전히 익혔다. 그런 다음 머리핀으로 고정했다.

그렇게 머리를 말고서야 잠을 잤다.

미국 소녀들이 수업시간에 졸았다면 그 이유는 바로 이거였다. 내 머리 모양은 전혀 멋있게 보이지 않았다. 캔으로 감아놓은 부분이 풀어질 때까지는 윗부분이 울퉁불퉁했기 때문이었다. 옆머리는 커피 캔의 둥근 자국을 빼고는 자연스럽게 되었다. 그리고 맥스웰 하우스의 달콤한 향기.

---

14) Dippity-Do. 미국에서 1950, 60년대에 인기를 끓었던 분홍색이나 녹색의 헤어 젤.

지금도 나는 새롭게 시도해 보고 싶은 제품이 나오면 망설이지 않는다. 그런 건 언제나 늘 있다. 이런 곳이 미국이다. 이 나라 여자들은 '000'을 사기만 하면 예뻐지고 인생이 달라지는 것으로 알고 있다.

'U.N.C.U.R.L'에 대한 이야기도 해야겠다. 이건 곱슬머리를 펴 주는 화공약품의 일종인데 냄새가 이상해서 코를 막고 머리에 발라야 한다. 이상한 냄새가 났지만 효과는 대단했다.

이틀 동안은.

그다음엔 드라이어로 말리는 건데, 이건 뭐 모두 다 아는 얘기니까 생략. 우리는 젤과 무스를 연이어 바르면서 드라이어로 머리카락을 곧게 매만질 수 있었다. 이렇게 하는 게 너무 품이 많이 드는 작업인 것 같다는 생각이 슬슬 들기 시작하지만, 아직도 하고 있다. 한 번은 북 투어 중에 너무 피곤했던 나머지 드라이어로 머리를 말리지 못했더니, 홍보담당자가 놀란 눈으로 나를 쳐다보았다.

"대체 머리에다 무슨 짓을 한 거죠?" 그녀가 대경실색해서 물었다.

"곱슬머리 그대로 둔 거예요."

그녀가 말했다. "어쨌든 당신은 책표지에 실린 작가 사진과는 너무 달라 보여요."

나는 눈을 껌벅거렸다. 그건 나도 이미 알고 있는 사실이었다. 나는 내 작가 사진과 딴판으로 보일 것이다. 그게 바로 작가 사진의 요점이다. 그 사진이 작가의 실물과 똑같이 보인다면 아무도 그 책을 사려고 하지 않을 것이다.

작가 사진에 있는 그 여인은 'U.N.C.U.R.L에서 온 직모 소녀'다.

반대로 딸 프란체스카는 곱슬머리로 태어난 것에 늘 자부심을 가지고 곱슬머리를 하고 다녔다.

"엄마, 왜 엄마는 곱슬머리를 안 하고 다녀?" 딸이 어느 날 나에게 물었다. 그리고 나는 왜 그냥 다니지 못하는지에 대해 모두 말해주었다. 그러자 프란체스카가 조용히 말했다. "내가 생각해 봤는데 엄마는 그냥 엄마 자신이 되어야 한다고 봐."

나는 그 문제에 대해 신중하게 생각하는 중이다. 결과는 앞으로 차차 알게 될 것이다.

가끔은 엄마를 바로잡는 데 아이가 필요하다.

사랑, 가장 로맨틱한 도박- Francesca

네가 그래야 한다고 느끼면, 그렇게 해.
절대로 네가 잃을 것보다 더 많이 걸지 마라.

　얼마 전, 친구 둘과 나는 비루한 일상을 훌훌 털어버리고 주말에 애틀랜틱 시티로 탈출하기로 했다. 전에 도박을 해 본 사람이 아무도 없었지만, 행운이 올 것 같은 느낌을 아니까.

　하지만 웬걸, 미로 같은 카지노장을 어슬렁거리는 동안 우리의 자신감은 담배연기보다 더 빨리 사라졌다. 포커는 너무 겁이 나는 방식이었다. 슬롯머신은 절망할 만한 수준으로 확률이 낮아 보였다. 우리 셋 모두 '아가씨와 건달들'[15]에 등장하는 대사들은 죄다 알고 있었지만, 주사위로 하는 도박에 대해 아는 걸 끌어모아 봤자 고작해야 "일곱이 좋다."는 사실 하나를 조합해 낸 게 전부였다.

　힘들게 번 현금이 날아가는 걸 보면서 우리는 계속 이런 위험을 무릅쓰고 싶지 않았다.

　"내 생각에 우린 이런 일에 소질이 없는 것 같아." 한 친구가 말했다. "우리는 도박을 할 성격이 못 돼."

　나는 과연 그녀의 말이 옳은지 궁금해졌다. 내가 이런 위험을 싫어했었던가? 내가 할 만한 도박이라고 생각하는 것은 무엇인가?

---

15)　도박사들이 주인공으로 등장하는 영화.

답은 금방 나왔다.

사랑.

로맨스라면 절대 기회를 놓치지 않으리라. 그것을 커다란 판돈이 걸린 감정의 포커로 생각하라. 그렇다면 나의 약점은 무엇?

헤어진 남친들.

나는 늘 그들에게 나와의 사랑을 성사시킬 기회를 두 번, 아니면, 세 번, 아니면 네 번을 준다. 모든 반대 증거에도 불구하는 나는 "다음 번에는 정말로 돌아올 거야."라고 생각한다.

나는 스스로를 낙천주의자라고 생각해 왔다. 그러나 실상은 도박 꾼의 기질을 지닌 것인지도 모른다.

지난해 이맘때 나는 가장 로맨틱한 도박을 했다. 몇 년 전 그 남자 와 헤어진 이후로 우린 거의 말도 걸지 않았다. 그래도 그는 내 가슴 에 작은 아픔으로 계속 남아있었다. 어느 날 친구의 결혼식에 참석했 다가 샴페인에 취한 그에게 이메일을 날려 내 감정을 토로해버렸다.

알고 보니 그도 똑같은 감정을 가지고 있었다.

기선을 잡은 마당에 그만두기가 아쉬웠던 나는 군사기지에 있는 그를 방문하기로 했다. 그는 환상적인 유니폼을 입고 전투비행사 훈련 을 받고 있었다.

내가 그를 잊기 힘들어하는 까닭을 알려 드릴까?

이건 모두 톰 크루즈 탓이다.

친구들 모두가 그 여행은 그다지 좋은 생각이 아니라고 경고했지 만, 우리 엄마의 생각은 좀 달랐다. "네가 그래야 한다고 느끼면, 그렇 게 해. 넌 어떤 일이 일어나도 대처할 수 있어."

절대로 네가 잃을 것보다 더 많이 걸지 마라.

그래서 나는 그렇게 했다. 나는 법정 허용량보다 더 많은 화장품을 챙겨 들고 비행기를 두 번 갈아타고 나서 그를 만났다. 일주일을 함께 보내면서 관계를 회복하고 보니 그동안 헤어져 있었던 시간이 전혀 존재하지 않았던 것 같은 기분이 들었다. 나는 열두 시간 내내 그와 새로운 사랑을 불태웠다.

나도 모르게 어느새 가지고 있던 돈을 한판에 전부 걸어 버렸던 거다.

하지만 행인지 불행인지, 마지막 날 그는 내게 그래봤자 소용없다고 말했다.

당신이 공공장소에서 울고 싶으면, 주요 군사기지로 쓰이는 공항이 제격이라고 추천 드리겠다. 공항에서 일하는 사람과 행인들이 모두 연민의 미소를 띠고 위로의 말을 건넸다. 교통안전청(TSA)[16] 보안요원은 반입금지 품목이란 이유로 나의 향긋한 보디로션은 비행기에 못 가지고 들어가게 하면서도 울고 있는 나를 껴안아 주기까지 했다.

나는 그들의 호의를 받아들이는 것에 죄책감을 느꼈으나, 내가 군인의 연인이 아니라, 방금 차였기에 울었노라고 그들에게 정정해 줄 마음은 내키지 않았다.

그러나 나는 이겨 냈다. 나는 멋진 가족과 '내가 그럴 거라고 그랬지'라는 말을 하고 싶은데도 꾹 참고 있는 친구들에게로 돌아왔다. 그들은 나를 만나 위로해 주고 공감해 주었다. 그리고 나는 비록 찢어진 가슴과 멍든 몸을 다스리고 있었지만 하고 싶은 대로 해봐서 여한은

---

16) Transportation Security Administration. 미국 국토안보부 산하 교통안전청.

없다. 나는 그동안 하지 못했던 말을 다 털어놓고, 테이블 위에 내 카드패를 다 까놓고, 내 운을 걸어 봤으니까.

그것이 패배로 끝난 도박과의 마지막 한판승이었다. 그래도 나는 도박을 또다시 하려고 한다.

그 일을 생각하면 카지노 게임은 아이들 장난 같이 보였다.

친구들과 나는 결국 블랙잭[17]이 우리 수준에 오락으로 하기에 가장 편안한 게임이라는 데 동의했다. 초보자의 행운으로 우리는 처음 세 판을 이겼다. 네 번째 판에 우리는 낮은 숫자, 13을 받았다. 우리가 전에 이겼던 숫자보다 높았기 때문에 우리는 운을 시험해 보기로 했다.

"한 장 더!"

10이 나왔다. 23. 우리는 졌다.

우리 옆에 있던 사람이 불쑥 말했다. "왜 계속 카드를 받았던 거요? 확률은 당신들한테 불리했어. 그건 아주 멍청한 짓이야!"

딜러인 나이 든 여자가 그 사람을 째려보았다. 그다음에 그녀는 빨갛게 손톱을 칠한 손가락을 우리 쪽으로 가리키며 말했다. "이봐요, 그 사람 말 듣지 말아요. 그건 당신의 패에 달려 있어요. 자, 어서 게임을 해요. 당신이 하고 싶은 대로."

내 주제에 게임을 계속하는 것이 더 좋다고는 말 못하겠더라.

---

17) 총 21점이 되도록 카드를 모으는 카드 게임.

엄마, 내가 해줄게! 고맙지만 싫거든!- Lisa

부모들은
가끔 자기 아이들의 기를 꺾을 때가 있다.

당신이 딸을 올바르게 키웠다면 결국은 딸애가 당신보다 더 많이 당신에 대해 알 것이다. 그건 좋은 소식이자 나쁜 소식이다.

내 딸 프란체스카가 집에 들러서 내가 아주 사랑스러운 버릇 가운데 하나에 빠져 있는 것을 보게 된 것에서부터 이야기를 하자. 그때 나는 주방에서 휴지통을 받치고 손톱을 깎고 있었다.

자녀가 없어서 좋은 점 중의 하나가 바로 이런 것이다. 당신은 자신이 원하는 것을, 자신이 원하는 곳에서 할 수 있다. 집은 온통 당신 차지다.

오 예!

내 경우를 보자면, 욕실에서 해야 할 일들을 모두 주방에서 한다.

한 가지만 빼고.

그것만은.

나는 그 일만큼은 품격 있게 하고 있다.

기본적으로, 나는 세수와 양치질을 주방에서 한다. 주방에서 노트북으로 글을 쓴다. 지금 이 순간에도. 나의 전략은 언제나 냉장고에서 세 걸음 이내에서 생활하자는 것이다. 이걸 보면 당신은 나의 우선순위가 무엇인지 알게 될 거다.

프란체스카는 딸의 관점으로 나를 본다. "뭐하는 거야?"

"손톱이 바닥에 튀지 않게 조심하려고 그래." 나는 손톱을 깎으며 딸에게 말한다. 손톱깎이를 누를 때마다 마음에 들게 깎이고 있다.

"그렇게 깎으면 손톱에 안 좋아. 손톱 다듬는 줄을 써도 되잖아."

딸애는 외할머니에게서 그걸 배운 모양이다. 우리 친정엄마는 손톱 다듬는 줄을 비장의 무기나 되는 양 어디나 가지고 다닌다. "난 그거 없는데."

"내가 가지고 있어. 그거 써 봐."

"고맙지만 싫거든. 너무 번거로워." 나는 계속 깎는다. 톡, 톡. 단단하고 조그마한 반달모양의 손톱 끄트러기들이 휴지통으로 날아 들어간다. 나의 조준은 정확하다. 휴지통은 이제 발톱이 날아들어 오기를 기다린다. 그래서 나는 발을 휴지통 위에 올려놓고 발톱을 공중으로 날린다. 이제 이 일은 오락프로그램 돌리는 거나 마찬가지가 됐다.

딸애가 살가운 목소리로 다시 끼어들었다. "엄마는 손톱을 아주 짧게 깎는 편이구나."

"나도 알아. 그래야 자주 깎을 필요가 없잖니."

"그렇지만 손톱을 기르면 아주 예뻐 보일 텐데."

"손톱 다듬을 시간 없다."

프란체스카는 좀 안쓰러운 표정을 짓는다. "내가 해 줄게, 엄마. 모양을 다듬고, 윤을 내 봐. 멋진 매니큐어도 바르고. 내 손톱 봐. 이거 내가 한 거야."

그래서 나는 딸의 손을 쳐다본다. 그녀의 손은 귀엽다. 손톱마다 예쁘게 모양을 다듬고 최신 유행의 검은색 매니큐어를 칠했다. 그걸 보니 내가 딸애만한 나이였을 때 손톱을 다듬곤 했던 일이 떠오른다. 나도 손톱을 다듬었던 때가 있었는데 지금은 하지 않는다. 왜 중단했는지 모르겠다. 내가 성숙했거나 아니면 칠칠찮아서겠지.

"고맙긴 한데 싫어."

딸애가 실망한 듯하다. 부모들은 가끔 자기 아이들의 기를 꺾을 때가 있으며, 이는 대부분 외모에 대한 것이거나 말장난을 하다 일어난다는 것은 잘 알려진 사실이다. 나는 이 두 가지 중에 하나만 유죄다. 내 말장난은 모두 괜찮다.

긴 얘기는 빼고, 한마디만 하자면, 우리는 저녁을 먹으러 외출하기로 결정한다. 그리고 날씨가 좋은 저녁이므로 나는 발가락 앞부분이 살짝 보이는 토 오픈 슈즈[18]를 신는다. 그것은 요즘 '발가락이 갈라진'[19] 신발로 알려져 있는데, 나는 이 단어를 들을 때마다 반감이 치민다.

당신의 발가락이 갈라지면 성형외과 의사에게 환불을 요구하라.

어쨌든 프란체스카와 나는 새로 깎긴 했지만 매니큐어를 칠하지 않은 발톱을 내려다보았다. 나는 내 발톱이 그리 예쁘게 보이지 않는다는 사실을 인정해야만 했다.

"내가 칠해 줄게." 딸애가 기대에 부풀어 기꺼이 제안해 왔다. "있잖아 그렇게 하면 이 신발에 훨씬 어울릴 거야."

"그렇긴 한데, 우리 너무 늦었어." 내가 말했다. 그리고 우리는 정말 늦었다.

---

18) peep-toe shoes. 미국에서 주로 쓰는 말.

19) toe cleavage. 발등에서 발가락이 갈라지는 부분까지 노출되는 디자인.

"오래 안 걸려." 프란체스카가 매니큐어로 손을 뻗었다. 그리고 나는 신발을 벗었다.

"좋은 생각이 있다. 보이는 발톱에만 바르는 거야."

"뭐라고?" 프란체스카가 놀라서 매니큐어를 손에 들고 돌아보았다.

"발톱 세 개에만 발라."

이거봐요, 이런 때는 그게 이치에 맞지 않나요? 넷째 발톱은 중요하지 않고. 아무도 새끼발톱은 볼 수도 없을 거고. 어쨌거나 그 발톱들은 시들어서 은색이 됐고 확실히 다이어트는 나보다 훨씬 더 빨리 성공한 셈이다.

하지만 프란체스카는 몹시 괴로워 보였다. "제발, 다 칠할게. 시간은 있어. 그리고 보이는 것만 칠하는 건 눈속임이야. 담요 아래에다 먼지를 밀어 넣어 감추는 것과 똑같은 짓이라고."

그래서 나는 두 손 두 발 다 들었다. 내가 아까 말했듯이 나는 딸을 올바르게 키웠다.

엄마가 제일 듣기 싫어하는 말- Lisa

너 다시는 나를 바보 취급하지 마

나쁜 소식을 전해주는 방법은 직설적인 게 가장 좋다. 그래서 친정 엄마가 전화를 받을 때 나는 곧바로 거두절미, 단도직입, 불문곡직하고 서슴없이 말한다. "엄마, 지금도 속을 끓이고 있는 거야? '로 앤 오더'(법과 질서)[20]시리즈가 끝난 거에 대해서 말이야."

엄마는 비웃는다. "하나도 안 웃겨."

"정말이라니까."

"아니야, 넌 농담을 하고 있는 거야."

"아니, 농담하는 거 아니라니까." 내가 말한다. 나는 '애도의 5단계 이론'[21]을 알고 있다. 그 첫 번째는 부정이다. 그래서 난 엄마의 이러한 반응을 충분히 예상할 수 있었다. 친정엄마는 '로 앤 오더'를 종일 본다. 내가 전화를 걸 때마다, 빠~밤 하는 그 드라마의 배경음악이 들린다. 게다가 엄마는 제리 오바치를[22] 열렬히 좋아한다. 그런 까닭에 나는

---

20) Law & Order. NBC에서 방영된 텔레비전 법정 드라마 시리즈. 1990년 9월 13일 첫 회가 시작되어 2010년 5월 24일 20번째이자 마지막 시즌을 마쳤다. 종영 당시 '로 앤 오더'는 '건 스모크'와 함께 텔레비전 최고시청률 시간대 전대미문의 최장수 드라마로 기록됐다.

21) Five stages of grief. '애도의 5단계' 이론에는 부정-분노-타협-우울-수용이 있다.

22) Jerry Orbach(1935~2004). '로 앤 오더'에 출연한 배우.

엄마에게 그 또한 더 이상 나오지 않는다는 말까지는 차마 얘기할 용기가 나지 않는다.

"그럴 리가 없어." 엄마는 믿기지 않는다는 듯 말한다. "모든 사람들이 '로 앤 오더'를 좋아해."

아니, 모든 사람들이 좋아하는 건 '레이먼드'[23]라고 생각하고 있지만 그 말은 하지 않는다. "그건 20년 동안이나 방영됐어. 그러니까 대부분의 다른 텔레비전 프로그램보다 훨씬 오래 살았잖아."

"그만해. 네가 농담하고 있다는 거 알아. 너 다시는 나를 바보 취급하지 마."

친정엄마는 지금 내가 예전에 실제로 했던 농담을 끄집어내 말하고 있는 것이다. 얘긴즉슨 이렇다. 엄마는 복권을 좋아한다. 그리고 내가 작가가 되려고 노력하고 있던 무일푼 시절, 엄마는 나에게 복권을 사라고 부추겼다. 복권을 사는 게 재테크에서 성공하기 위한 기본 계획이 될 거라고 말이다. 누가 그녀를 비난할 수 있겠는가. 왜냐하면 엄마는 복권을 살 때마다 줄곧 회당 500달러짜리가 펑펑 당첨되곤 했으니까. 그래서 한 번은 파워볼[24]이 200만 달러까지 올라가는 걸 보고 내가 엄마에게 전화를 걸어, 복권 한 장을 샀는데 그 번호가 당첨되어 찾아봤더니 없어졌다고 말했다.

그러니 그다음에 어떤 일이 일어났을지는 안 봐도 알 것이다.

나는 엄마에게 당첨된 번호의 숫자 하나하나를 천천히 읽어주었

---

23) Everybody Loves Raymond, '내 사랑 레이먼드'. 2004~2005년에 방영된 CBS 방송의 시트콤 드라마.

24) Powerball. 미국에서 인기 있는 복권 중의 하나로인 로또식 연합복권. 1~49 사이의 숫자 5개, 1~42 사이의 파워볼 숫자 1개를 추첨하며 숫자 6개를 모두 맞히는 게임. 잭팟의 당첨금은 1000만 달러로 당첨자가 없으면 다음 회차로 이월된다.

다. 그리고 다섯 번째 숫자에 이르렀을 때, 나는 엄마가 심장마비라도 걸리는 게 아닐까 생각했다. 이 얘기는 물경 30년 전에 있었던 일이다. 그리고 엄마는 이 일을 결코 잊지 않았다. 뒤끝 작렬. 용서라는 단어는 엄마 사전에 애초부터 존재하지 않았다. 친정엄마에게 용서란 약자들이나 사용하는 말인 것이다.

나는 그래도 다시 엄마를 설득해 본다. "맹세할게. 이번엔 정말이야. 이렇게 생각해 봐, 엄마. 재방송은 언제나 볼 수 있다고 말야."

"그건 같은 게 아니잖아." 엄마가 결국은 내 말을 받아들이며 말한다. 목소리에 실망한 기색이 역력했다. 엄마 심정을 이해 못 하는 바는 아니다.

"나도 그게 끝난 게 서운해, 엄마."

"어쩜 사람들이 그럴 수 있니? 그 사람들 아주 바보천치야!" 엄마는 분노하기 시작했다. 애도의 두 번째 단계. 그리고 이때가 아마 엄마에게 가장 위안을 주는 단계일 것이다.

"음, 그 사람들도 자신들이 한 짓이 멍청했다는 건 알고 있을 거야." 나는 이제 엄마의 건강 상태 같은 좀 더 중요한 주제로 화제를 바꾸고 싶다. 엄마는 밤에 산소호흡기를 끼고 있어야 한다. 하지만 프랭크가 전하는 말에 의하면 엄마가 좀체 협조하지 않는다고 한다. "엄마, 어째서 산소호흡기를 사용하지 않으려는 거유?"

"쓰고 싶지 않으니까."

"써야 돼. 의사가 말했잖아." 나는 걱정이 됐다. 의사는 엄마의 산소 수치가 너무 낮다는 걸 발견했다. 이 사실에 놀라지 않은 사람은 엄마 자신밖에 없다. 우리 스코토라인 가족은 코가 크다. 그래서 엄마는 늘 우리 가족들은 주변에 있는 그 누구보다도 산소를 많이 마시고 있을 거라고 말해 왔다. 알고 보니 우리 가운데 한 명은 그렇지 못하다는 것이 밝혀졌다. "엄마는 산소 호흡기가 필요해, 엄마의 피를 위해서 말이야."

"아니, 내겐 그런 거 필요 없다."

"필요해, 엄마한테는."

"응. 글쎄……그게 말이다." 엄마가 뜸을 들이면서 말한다.

"무슨 말인지 잘 안 들린다. 뭐라고?"

"별일 아닌 것 같긴 한데, 며칠 전 밤에 팔이 아팠어."

어머나. "팔이 아팠다고? 팔뚝? 왼쪽 팔?"

"응. 근데 거기가 아팠다는 걸 어떻게 알았나?"

"그게 심장마비가 온다는 신호란 말이야!"

엄마가 또 비웃었다. "에이, 그건 아니다."

"내 말이 맞거든, 엄마."

"농담하고는. 내가 바보인 줄 아니? 심장이 팔에 들어있는 것도 아닌데."

"엄마, 정말로……" 나는 엄마가 깔깔 웃는 소리를 듣고 말을 멈췄다. "그 말 하나도 안 웃겨, 엄마."

엄마는 웃음을 참지 못했다. "내 말이 맞거든, 똑똑한 딸아."

그리고 엄마는 전화를 끊을 때까지도 계속 웃었다.

오래된 브래지어— Lisa

나는 남편을 새로 얻지 않는 한,
새로운 브라를 사지 않는다.

나는 방금 신문에서 한 이탈리아 란제리 제조사가 주택 건설용 절
연재로 재활용하기 위해 중고 패드 브래지어를 상점에 반품할 수 있는
제도를 시작했다는 기사를 읽었다.

참 잘했어요!(브라비시모! 브라 만세!)

이런 제도를 미국에서도 시행하게 된다면 과연 성과를 거둘까 궁
금하다. 하지만 나는 그러지 못하리라고 생각한다. 왜냐고?

우리는 오래된 브라를 버리지 않기 때문이다.

내 견해를 뒷받침해 줄 만한 충분한 증거는 없다. 그래도 나는 내
가 옳다고 장담한다. 그리고 친구들에게 그들의 낡은 브라를 버리느냐
고 물어보고는 내 이론이 옳았음을 확인하게 됐다. 그들은 모두 내 의
견에 동조했다. 그래서 여자에게도 여자 친구가 있어야 하는 법이다.

나는 낡고 오래된 브라 하나 내던지지 못한다. 이유는 모르겠다.
더 이상 착용하지 않더라도 나는 오래된 브라를 서랍에 계속 보관한
다. 그 서랍은 여기저기 해진 레이스, 탄력을 잃고 늘어진 고무밴드,
그리고 눈길을 끌지 못하는 철심들의 실버타운이자 휴양시설이 돼
버렸다.

나는 그중에서도 가장 오래된 브라를 알아볼 수 있다. 젊은이 특유의 열정이 넘치는, 격자무늬의 진수를 보여 주는 검정색과 빨간색으로 된 것이기 때문이다. 그 제품들은 나일론이나 얇은 합성수지로 만들어졌는데, 이 합성수지는 오래된 메이든폼의 광고에서 알 수 있듯[25] 질 좋고 전통적인 흰색 면제품으로 차츰 대체되었다.

나의 브라 저축의 역사는 아가씨 시절부터 시작되었다.

내 친구 하나도 나처럼 브라를 저축해 둔다. 그녀는 서랍이 꽉 차면 낡은 브라를 버리기보다는 그저 손쉽게 새 서랍에 넣기 시작한다. 그리고 그녀는 나보다 더 자주 새 브라를 산다. 당신이 그녀를 따라다녀 보면 알겠지만, 그녀가 나보다는 훨씬 더 활기차고 적극적인 사생활을 즐기고 있는 까닭이다. 이 말이 무슨 뜻인지는 아시리라. 나는 남편을 새로 얻지 않는 한, 새로운 브라를 사지 않는다.

그래서 지금 현재 나는 EX-브라를 착용하고 있다.

내 친구들과 내가 이렇게 브라를 비축해 두는 이유를 모르겠다. 가격과 관련되어 있을지도 모른다는 정도 외에는 딱히 설명할 말이 없다. 브라 하나에 12달러를 주고 샀던 기억이 떠오른다. 지금 그렇게 하려면 집을 담보로 주택자금대출이라도 받아야 할 거다. 특히 그 브라가 소위 패드라고 불렸던 제품이라면 당장 담보를 잡히라고 외칠 것이다. 그리고 브라의 속을 채우곤 했던 부드러운 면 같은 재질 대신, 지금은 커틀릿(얇게 저민 고기)이라 불리는, 탈부착이 가능한 재질을 사용한다. 부드러운 송아지 고기를 착용한 듯한 느낌이 싫지 않다면 브라 속에 그걸 집어넣으면 될 일이다.

---

25) Maidenform. 미국의 란제리 브랜드. maiden은 '아가씨'라는 뜻.

난 물론 예전의 브라가 더 좋다. 나는 통풍성이 좋은 벌집 같은 것으로 채워진 브라를 하나 가지고 있다. 그걸 착용하고 있으면 내 스웨터 위에 불룩한 지뢰밭이 형성되곤 했다. 그건 내가 패드 브라를 하고 있음은 물론, 벌을 품고 다닌다는 것을 만천하에 광고하는 것과 같았다.

브라의 가격은 라 페를라로 알려진 상표가 나오면서 꼭대기까지[26] 차올랐다. 여러분들 가운데 제품 가격 대비, 치밀하고 신중하게 쇼핑을 하는 알뜰한 사람이라면 라 페를라에 대해 모를 수도 있다. 그렇다면 당신이 모든 문제에 그러했듯, 이 문제에 대해서도 나를 믿어 달라. 난 한 번도 여러분께 거짓말을 한 적이 없는 사람이다. 그런 내가 지금 라 페를라 브라는 진주 목걸이만큼이나 비싸다고 강력히 주장하는 바이다.

내가 어떻게 해서 라 페를라를 손에 넣게 되었는지를 얘기하자면 너무 지루한 이야기가 될 것이 틀림없으므로 짧게 말해 보자. 텔레비전에 계속 출연했던 관계로 내 얼굴을 알아본 어떤 속옷 판매원이 내게 텔레비전 출연을 할 때 멋있게 보이기 위해서는 특별한 브라가 필요할 거라고 라 페를라를 권했다. 그래서 착용해 보았더니 나한테 맞춤하게 딱 맞는 것이 아닌가. 마치 컵케이크 틀에 채운 반죽이 하나도 부풀지 않고 그대로 구워진 컵케이크 같았다. 당신도 그 브라를 해 보면 무슨 말인지 알게 될 거다.

내 비록 물 컵이 반이 비어있는 게 아니라 반이나 남아있다고 생각하는 긍정적인 마인드의 소유자이긴 하지만, 그래도 이렇게 딱 맞게 한 컵이 채워져 있는 게 더 기쁘지 아니한가.

---

26) La Perla. 이탈리아의 대표적인 고급 란제리 브랜드. '페를라'는 이탈리아어로 '진주pearl'란 뜻.

어쨌든 브라의 컵 모양은 놀라울 정도로 진짜 가슴처럼 보였다. 완전히 가짜였지만 완벽하게 가슴을 채워 줬다. 그래서 나는 정말로 문자 그대로 값을 묻지도 따지지도 않고 그 판매원에게 라 페를라를 사겠다고 말했다. 나중에 영수증 액수를 보고 정신을 차렸을 때는 이미 너무 늦었다.

하지만 해결책이 있다.

나는 유산 목록에 그걸 포함시킬 계획이다.

미래를 위한 재무 설계에 든든하게 한 몫 할 터이니 말이다.

가보로 길이 전해지게 될 나의 언더와이어 브라.

모든 사람이 사생아잖아— Lisa

어쨌든
나는 혼인이라는 단어가 마음에 들지 않는다.

과거는 결코 사라지거나 잊혀지는 게 아니라고 사람들은 말한다. 그리고 이 말은 친정엄마와 관계된 일에는 언제나 들어맞는다.

이 이야기는 프랭크와의 전화 한 통화로 시작되었다. "나쁜 소식이 있어. 우린 사생아들이야." 프랭크가 말했다.

"뭐~어?"

"음, 엄마 운전면허증을 갱신하러 갔었거든."

여기까지는 그의 말을 알아듣는 데 무리가 없다. 친정엄마는 운전은 하지 않아도 플로리다주 교통국에서 발급한 ID카드를 가지고 다닌다. 엄마가 지금 사용하고 있는 ID카드는 유효기간이 지났다. 엄마가 지난번에 나를 방문했을 때 마이애미로 돌아가는 비행기를 태워 주려고 공항에 함께 갔다가 알게 된 사실이다. 공항 직원들은 엄마의 몸수색을 하기 전에는 탑승을 못 하게 했다. 몸수색 당하는 건 엄마가 몹시 즐기는 일인데.

"교통국은 엄마의 결혼 증명서가 없으면 ID카드를 갱신해 줄 수 없대."

"왜?"

"엄마가 결혼한 이름을 쓰는 여자니까 그렇지."

"그게 뭐 어쨌다고?" 나는 이해하려고 애쓰고 있었다. 운전면허증이 결혼 증명서와 무슨 관계가 있다는 건지 모르겠다. 더군다나 엄마 인생 곡선의 이 시점에서 말이다. 우리 아버지는 2002년에 돌아가셨다. 그리고 우리 부모님은 그 전에 이혼했다. 부모님은 1950년에 결혼했다. 텔레비전에 출연한 사람들이 접시돌리기 같은 걸 하던 시절이었다. 지금 생각해 보면 그게 오늘날의 오락 프로그램 같은 거였다.

"새 법이 그렇대. 9·11 사태 이후로."

뒤에서 엄마가 고함치는 소리가 들린다. "그 테러리스트들, 부끄러운 줄 알아야 해!"

전화기를 통해 들리는 엄마의 말에 수긍하는 뜻으로 나는 고개를 끄덕거린다. 스스로 부끄러운 줄을 알아야 한다는 말은 엄마가 할 수 있는 가장 험한 욕 중의 하나다. 그리고 엄마가 진짜로 화가 나면 그들에게 신발을 던지며 이렇게 소리 지를지도 모른다. "내 앞에서 꺼져!" 나는 테러리스트들이 혹시라도 친정엄마를 만날까 봐 걱정이 된다. 아마도 엄마는 그들에게 꺼지라고 말하며 신발을 벗어 던질 거다. 엄마는 언제나 목표를 명중시킨다. 엄마의 조준 솜씨보다 정확도가 떨어지는 미사일들도 꽤 있다.

기가 막혀라. 나는 내 귀를 의심하지 않을 수가 없었다. "프랭크, 그게 정말 사실이야?"

"그럼. 우리는 남편이 50년 전에 죽은 92세의 여자 뒤에 줄을 섰어. 그리고 교통국에서는 그 할머니한테 ID카드를 주지 않으려고 했어. 거기 가려고 버스를 두 번이나 갈아타고 왔다더군. 그래서 우리가 그 할

머니를 집에 태워다 줬어. 그녀는 우리의 친절을 미크바(미크베)[27]라고
말했어."

"미츠바(계율)라고 했겠지. 선한 행동을 말하는 거야."

"미크바는 뭔데?"

"그건 침례의식이고. 그 얘긴 그만하고 하던 이야기나 마저 해."

"그래서 우리는 집에 돌아와서 문서기록 보관실에 전화했지. 그런
데 어디에서도 엄마의 결혼 증명서를 찾을 수 없다는 거야."

"그렇게 오래된 기록까지 거슬러 올라가서 찾아야 된대?"

"응. 그런데 증명서가 없어진 거야. 아니면 처음부터 존재하지 않았
든가."

나는 눈을 껌벅거렸다. "틀림없이 있어. 그분들은 결혼했잖아."

"으응. 그런데 아무런 증거가 없다니까."

프랭크의 뒤에서, 우리 엄마가 소리치고 있다. "그건 순전히 테러리
스트들 때문이야!"

나는 엄마가 그냥 소리 지르게 내버려 둔다. "그럼 지금 어떡해?"

"이 문제를 해결할 때까지는 엄마가 누나한테 못 가시는 거지."

이건 좋은 소식되시겠다.

그냥 농담 한 번 해 봤어요.

나는 묻는다. "여권으로 어떻게 안 되려나?"

"엄마한테는 그 ID카드가 필요해. 수표에 사인할 때마다 여권을 보
여 주려고 하겠어? 그리고 우리는 사생아라니까."

---

27) Mikveh(mikvah로 잘못 적거나 'h'를 빠뜨리고 적기도 한다). 유대교에서 죄를 정화하기 위한 침례 의식을 목적
으로 물에 몸을 담그는 것, 또는 그 도구를 말한다. 이것이 기독교로 넘어가 '세례(침례)'가 되었다.

"그게 뭐가 그렇게 중요해? 무슨 상관이 있다고." 나는 정말 궁금
해져서 큰소리로 묻는다. 옛날에는 이를 혼인외자(婚姻外子)라고 부
르곤 했다. '혼인'이라는 단어가 주는 약간의 구속적인 분위기가 나와
T라는 남자의 결혼 생활에 딱 어울리긴 했지만, 어쨌든 나는 혼인이
라는 단어가 영 마음에 들지 않는다.

"중요하게 생각하는 건 아냐. 모든 사람이 사생아잖아, 요즘은. 멋
있게 느껴져서 그래."

나는 프랭크의 말에 미소를 짓는다. "알아. 정말 그렇지? 우린 브래
드 피트와 앤젤리나 졸리가 결혼하지 않고 낳은 쌍둥이들이랑 똑같은
거야."

"난 쌍둥이 중에 여자애 할래."

나는 웃는다. "좋아, 그럼 난 남자애 할게."

친정엄마가 전화기 저쪽에서 다시 고함을 친다.

"사생아들!"

하지만 나는 엄마가 지금 누구한테 사생아라고 소리치고 있는 건
지 묻지 않는다.

트위터? 우표나 사러 가야겠다- Francesca

이게 과연 잘하는 짓일까?

친구가 얼마 전에 한 바비큐 식당의 오너 셰프와 엮어 줄 요량으로 나를 그 식당에 데리고 갔다. 만나 보니 귀여운 얼굴에 실력있는 요리사였다. 우리는 밤새도록 이야기를 나눴다. 그래서 나는 그가 내 핸드폰 번호를 따려고 하지 않는 것에 매우 실망했다. 그는 이메일 주소조차 묻지 않았다.

하지만 그는 트위터에서 나를 팔로(follow)하기 시작했다.

다음 날 그로부터의 트위트가 와 있었다. "어젯밤에 당신을 만나서 즐거웠삼. 난 당신이 동시에 140명과 트위터 하는 것을 지켜보고 있다고요;)"

나는 그가 날린 멘션(mention)이 농담이란 건 알아들었지만, 고작 내가 생각할 수 있었던 건 어, 이건 아닌 것 같은데, 뿐이었다.

우리가 지금 이걸 해야 되는 건가? 모든 사람의 마음을 사로잡은 매력적이고도 섹시한 트위터를 우리까지도 한 몫 거들어 그 기세를 살려줘야 하는 걸까?

데미 무어라면 비키니만 입은 셀카(직쩍) 사진을 폭트(폭풍트위트)할 시간도, 몸매도 되는 특별한 사람이다. 난 고작해야 평범한 갑남을녀

(甲男乙女), 장삼이사(張三李四)에 불과한 존재 아닌가 말이다.

물론 나도 메신저로 시시덕거리고 추파를 던지는 건 배웠다. 그리고 멋진 문자 메시지를 쓴다는 소리도 꽤 들었지만, 이런 소셜미디어 붐의 확산 속도는 나의 학습곡선을 훨씬 앞지르고 있다. 단지 1980년 이후에 태어났다고 해서 새로운 매체를 잘 다루는 천부적인 능력을 부여받는 건 결코 아닌 것이다.

나는 트위터 계정도 최근에야 겨우 열었다. 그리고 지금 이 순간에도 나의 트위터는 여전히 가장 매력이 없는 축에 속할 것이다. 나의 트위터는 대부분 동물의 권리에 대한 기사, 대중문화와 유명인사, 그리고 나의 강아지 핍의 사진을 링크해 놓은 것이 전부다.

아니 벌써 내 트위터에 들어가보는 중이라고요?

나 역시 사람들과 함께 텔레비전을 보고 싶을 때 종종 트위터를 사용한다. 나는 혼자 살고 있으므로 특별한 프로그램을 보고 있을 때 가끔씩 트위터에 들어가 동시에 똑같은 프로그램을 시청하고 있는 다른 사람들을 찾는다. 그리고 멍청한 리얼리티 쇼들을 조롱하고 세상에서 가장 열을 잘 받는 위대한 팬들과 함께 필라델피아팀이 나오는 스포츠 경기를 지켜본다.

그런즉, 내 트위터 계정의 본질은 추리닝 바지를 입고 소파에 앉아 있는 나의 아바타에 불과한 존재라는 거다.

결코 첫 데이트를 하기에 적절한 의상은 아니라는 말씀.

비록 내가 트위터에서 사람을 추적하는 데 있어서 지도자적 위치를 차지하긴 했지만, 그건 로맨스를 찾기 위한 어정쩡한 수단이었던 거다.

홀딱 반한 사람 계정을 팔로한다는 건 그 남자를 스토킹한다는 소리처럼 들린다.

어쨌든 따라다니기(follow)는 별로 효과가 없다. 나는 고1 때의 대부분을 멋진 남자 상급생 '따라다니기'에 바쳤다. 그리고 내가 얻은 소득은 그 남학생의 프랑스어 숙제를 대신 해준 것뿐이었다.

페이스북은 스트레스 덩어리다. 친구들에게 친근하고, 전문가들에게는 전문가다우며, 짝이 될 가능성이 있는 사람들에게 매력적으로 보일 만한 프로필을 만들려면 내가 어떻게 해야 하는 것인지?

나는 '암호스러운' 용어들을 유추해 보았다. 예를 들면 사람들의 취미 활동이 '운동'이거나, 아니면 그 사람들 가운데 누군가가 '좋아'하는 것이 '운동'이라는 글을 올리면, 이것은 "나는 벗은 몸매가 끝내준다."는 암호다. '운동을 좋아'하는 사람은 아무도 없다. 우리는 운동하고 난 후의 우리 몸매를 좋아하는 것뿐이다. 즉, '운동'을 '좋아'한다는 말의 전후맥락을 정확하게 풀이해 본다면, 우리는 사람들이 운동하고 난 다음에 형성된 그들의 몸매를 좋아한다는 말이다.

그리고 페이스북에 있는 사진들은 통제 불능 상태가 돼 버렸다. 처음 페이스북을 시작할 때는 내가 올리는 사진에 언태그(un-tag: 태그 방지 또는 태그 차단)를 하는 것이 불필요한 헛수고처럼 생각되어 이 기능을 사용할 생각이 없었다. 하지만 이제는 누구에게나 300만 장의 사진이 있는 세상이다. 그리하여 나는 좀 더 사리분별 있는 태도로, 내 코가 너무 크게 나온 유감스러운 사진을 걸러내지 아니하지 아니할 수 없는 지경에 이르렀던 것이다.

정말이라니까요. 나의 혈관에는 온통 이탈리아 스파게티 소스가 들어 있어서, 어떤 각도에서라도 코가 크게 잡힌단 말입니다.

코 이야기가 나온 김에 한마디 더.[28] 인터넷은 당신에게 누군가의 치부를 들춰내 달라고 애걸한다. 페이스북, 트위터, 그리고 이제는 구식의 병기가 되어 버렸지만 여전히 멋진 구글 검색을 통해 내 친구들과 나는 아주 건전한 방법으로 남자들의 학위, 직장 경력, 전 여자친구, 그리고 적어도 해변에서 상체를 드러낸 한 장의 사진은 찾아낼 수 있다. 첫 데이트를 하기 전에 모두 가능하다.

이게 과연 잘하는 짓일까?

그 오너 셰프가 나에 대해서 그렇게 할 수도 있다는 사실을 깨닫기 전에는 이런 생각을 해 보지 않았다.

엄마는 인터넷상에서 행해지는 이 모든 것이 한때의 일이라고 생각한다. 그게 사실이라 하더라도, 나는 그 일을 더 잘할 수 있으면 좋겠다.

나는 가장 친한 친구에게 트위터에 들어온 그 남자 이야기를 했다. 그러자 그녀는 남자들마다 여자를 사귀는 데 있어서 각자가 선호하는 테크닉을 가지고 있다는 이론을 제시했다. 나는 내 친구 역시 깜빡 죽을 만한 매력녀란 사실을 말씀드린다. 그래서 그녀는 원치 않는 일에 휘말린 경험이 많다.

그녀는 설명했다. "예를 들어서 말야, 샘은 늘 블랙베리(핸드폰) 메신저를 사용했어. 그리고 토퍼는 나한테 문자만 보내려고 했지. 하지만 알레한드로는 실제로 전화를 걸곤 했는데, 아마 유럽인이라서 그랬지 싶어."

---

28) 코(nose, nosy)에는 '참견하기 좋아하는', '오지랖이 넓은', '꼬치꼬치 캐묻는'이란 의미도 있다.

몇몇 대륙 출신 남자들에 대한 얘기를 재잘재잘 지저귀고 나서 그녀는 남자들이 어떤 의사소통 매체를 선호하느냐가 무엇보다도 그 남자들 각자의 개인적 성향에 대해 더 많은 것을 알려 준다고 결론지 었다.

그다음 주에도 여전히 내가 트위터식의 추파는 어떻게 던져야 하는 것인지 고민하고 있을 때 우편으로 온 편지를 하나 받았다. 몇 주 전에 만났던 남자에게서 온 편지였다. 우리는 그가 영국의 대학원으로 돌아가기 전에 만났었다. 그가 보낸 편지에는 몇 페이지에 걸쳐 문구 하나하나를 고심해 가며 작성한 흔적이 역력한, 멋들어진 내용이 들어있었다. 그리고 마지막에 가서 그는 나에게 친절하게 물었다. 우편 요금이 들어도 괜찮다면, 자신에게 답장을 보낼 수 있겠느냐고?

내일 우표나 사러 가야겠다.

강하고 난폭하게 - Lisa

나쁜 일은
먹고 싶은 것을 언제든지 먹을 수 있다는 것.

장성한 자녀가 집을 떠난 뒤 빈 둥지에 남게 되어 좋은 점은 자신이 먹고 싶은 것을 먹을 수 있다는 것이다, 언제든지. 그렇다면 가장 나쁜 일은 무엇? 먹고 싶은 것을 먹을 수 있다는 것이다, 언제든지.

내가 딸 프란체스카를 뉴욕에 차로 태워다 주던 때 이야기를 해 보련다. 기차를 타면 개를 태울 수가 없다. 캐리어에 넣어도 절대 안 태워 준다. 비행기에는 개를 태울 수 있는데 암트랙에서는 개를 허용하지 않는 것이 내겐 참으로 성가신 일이다. 특히 기차표 가격이 비행기 티켓보다 참새 눈물만큼밖에 싸지 않은 데다, 제 시간에 운행을 하지 않게 되면서부터 더욱더 짜증이 난다.

하지만 지금은 기차 얘기를 하려는 게 아니다.

지금부터 하는 얘기는 뉴욕에서 프란체스카와 간단하게 점심을 먹을 때의 일이다. 우리는 평소 좋아하던 이탈리아 식당에 갔다. 그곳에서 뭔가 새로운 음식을 좀 주문해 볼까 하고 말이다. 전에는 이런 일이 없었다. 나는 똑같은 곳에 가서 똑같은 음식을 먹기 좋아하니까. 당신도

---

29) Amtrak. 미국 국영철도여객회사의 별칭

이제 곧 알게 되겠지만, 이번 경우에는 예외적으로 파로를 주문했다.[30]

그게 뭐냐고요?

나도 그게 뭔지 모르면서 시킨 거였는데, 토마토, 치즈, 그리고 올리브 오일과 함께 나왔다. 파로란 단어가 마치 피자처럼 귀에 착 감겼다. 식당에서 나한테 파로 한 사발을 갖다 준다. 나는 그것을 맛본다. 그리고 내 인생이 바뀐다.

나는 파로에 푹 빠졌다. 견과류 맛이 나며 식감이 좋고 맛도 훌륭하다. 그래서 한 사발을 다 비운다. 나는 프란체스카에게 한 입 맛을 보게 하지만 더는 못 먹게 한다. 나는 식당에서 음식 나눠 먹는 것을 아주 싫어한다. 나는 늑대처럼 내 밥그릇을 사수한다.

아니면 코기처럼 독식하든가.[31]

우리는 레스토랑을 떠났다. 그리고 나는 인터넷에 들어가 파로가 이탈리아 중부의 아브루초주에 있는 로마 인근에서 재배했던 고대 곡물이라는 것을 알았다. 우연히도 아브루초는 외조부모님들이 자란 곳이다. 아브루초의 모토는 '강하고 부드럽게'란다.

친정엄마의 모토는 '강하고 난폭하게'다.

나는 인터넷으로 에머 밀이나 스펠트 밀에 대한 것도 배우게 된[32][33]

---

30) farro. 밀 종류의 낟알을 온전한 형태로 사용하는 음식재료(통밀). 생김새와 맛은 밀과 보리를 합친 듯하며 고대 아시리아와 이집트에서도 식재료로 사용했다고 한다. 섬유질과 미네랄을 많이 함유하고 있어 요즘 각광받는 건강식품으로 이탈리아 토스카나 지방에서 주로 재배된다.

31) corgi. 농장에서 소떼를 몰던 목축견. 영리하고 상황 판단력이 뛰어나 사랑을 받는다. 목축견이었던 관계로 넘치는 에너지를 발산해야 하는데 애완견으로 키워지면서부터 에너지 소모가 적어 비만이 되기 쉬운 체질이다. 식사관리를 잘해도 살이 찌는 경향이 있다.

32) emmer. 까끄라기(벼, 보리 따위의 낟알 껍질에 붙은 깔끄러운 수염. 또는 그 동강이. 까락 또는 망각이라고도 한다)가 있는 밀의 한 종류. 파로는 여기에 속한다.

33) spelt. 까끄라기가 없는 밀의 한 종류.

다. 하지만 당신은 나를 바보 취급했어도 될 뻔했다. 나는 한 번도 이런 단어를 듣지 못했으니까.

그래도 어쨌든 나는 식품점에 가서 작은 봉지에 든 파로를 세 개나 산다. 그러고 서둘러 집에 와서는 반 봉지를 15분 동안 불린 다음에 15분을 끓여서 토마토, 치즈와 올리브 오일을 뿌린다. 그리고 게걸스럽게 먹는다.

나는 음식 천국에 있다.

나는 영양 성분 분석표를 읽는다. 170칼로리 가운데 겨우 15칼로리가 지방에서 나온다는 것을 알고 행복한 마음이 든다. 그리고 파로는 아주 배가 불러서 온종일, 혹은 밤새도록 배가 고프지 않다. 그래서 나는 간식을 전혀 하지 않는다. 나는 파로에 치즈와 아티초크, 그 다음에는 아스파라거스와 온갖 다른 야채를 넣어본다. 나는 파로가 너무 맛있어서 점심과 저녁으로도 먹는다.

매일, 그다음의 열흘 동안에도 계속 먹는다.

나는 '파로의 퀸'이 되었다.

아니, 보다 더 적합한 비유로 '파로의 파라오'는 어떨까?

나중에 보니 체중이 5킬로그램 늘어나 있다. 비로소 이상하다는 생각을 하기 시작한다. 프란체스카가 방문했다. 그리고 나는 딸애에게 한 사발을 만들어 줬다. "맛있지, 그치?" 나는 딸에게 묻는다.

"최고야."

"나 몸무게가 늘었어. 더 이상 간식을 안 하는데도 말이야. 이해가 안 돼, 너는 이해가 되니?"

"글쎄. 엄마 이거 읽어 봤어?" 프란체스카가 나에게 성분 분석표를 보여 준다. "1인분에 든 탄수화물이 36그램이야."

"나도 알아. 그렇지만 그건 겨우 170칼로리야."

"맞아. 근데 1인분이 얼마나 되는지 봤어?"

"아니." 나는 시인한다. "한 봉지에 2인분쯤 되지, 아마?"

"그래, 하지만 여기엔 10이라고 적혀 있는 걸. 한 봉지가 10인분이
야." 프란체스카가 우리의 사발을 가리킨다. 파로가 한가득 담긴 사발.
"지금처럼 이렇게 먹으면 한 끼에 아마 5인분은 족히 될 걸. 1인분에
탄수화물 36그램."

어질어질하다. 곱셈의 답이 빨리 안 나온다.

"엄마의 식사는 탄수화물이 180그램인 셈이야."

나는 눈을 껌벅거린다.

"그리고 엄마가 이걸 하루에 두 번 먹는다 치면, 탄수화물을 360
그램 먹는 거야."

잠시 할 말을 잃는다. 그동안 내가 그렇게 먹었던 사실의 결과가
좋을 리 없다는 것을 깨닫는다. 사우스 비치[34] 같은 저탄수화물 다이어
트는 일일 탄수화물 권장량이 20그램이다. 이건 미친 짓이다. 우리는
온라인에 들어간다. 다이어트를 하지 않을 경우, 평균적인 여성은 하
루에 180~230그램의 탄수화물을 소비해야 한다고 되어 있다.

오, 젠장.

나는 그 숫자의 의미도 머리에 금세 들어오지 않는다. 그래도 나는
요점을 파악하려고 애쓴다.

탄수화물 360그램 - 탄수화물 230그램 = 청바지가 나를 멸시한다.

---

34) 사우스 비치 다이어트. 저인슐린 다이어트. 남부해안에서 볼 수 있는 비키니 입은 날씬한 여성처럼 되자는 의미
로, 고단백, 저탄수화물, 지방을 조절하는 최신 식이요법이다.

이젠 누가 나를 알아주나 — Lisa

개든 사람이든
죽음과 상실의 경험은 피해 갈 수 없는 일이다.

오늘은 슬픈 뉴스를 보도해야 한다.

농담이 아니라 정말 심각한 일이다.

우리의 늙은 골든 리트리버, 앤지가 세상을 떠났다. 나는 이 사실을 여러분께 알리는 것을 계속 망설여 왔다. 내 스스로에게 말하는 것을 계속 미뤄 왔기 때문이다.

좋은 뉴스는 그 개가 평생 건강하다가 암에 걸렸다는 것이다. 그리고 나쁜 뉴스는 그 개가 암과 싸웠지만 이기지 못했다는 것이다.

그렇게 우리는 그녀를, 앤지를 떠나보냈다.

차분하고 조신했던 나의 앤지를 '참선하는 골든 리트리버'로 기억하는 사람도 있을 것이다. 앤지는 버터와 설탕을 휘저어 만든 부드러운 거품 같은 색조의 털옷을 입은, 절대로 보채지 않는 아기였다.

설거지를 끝낸 싱크대 접시들에 얼룩이 생기는 걸 보고 고개를 갸우뚱하던 내게, 수도관을 보고 짖어서 원인을 추정하도록 도운 게 바로 앤지였다. 앤지와 내가 추측한 것이 수도 배관 구조상 불가능하다는 말을 배관공으로부터 듣기 전까지는.

하지만 여자만도 못한 개에게 무엇을 기대할 수 있겠는가?

앤지가 병명을 진단받고 난 후, 프란체스카가 집에 왔다. 우리는 앤지에게 몇 주 동안 화학요법을 받게 하면서 그 개의 생명을 구하려고 애를 썼다. 앤지도 협력하며 참고 견디려고 노력했다. 마지막에는 우리 셋이 마루에서 다 함께 잠을 잤다. 낮이나 밤이나, 우리 가운데 하나가 영원히 쉬어야 하는 그날까지.

그로부터 몇 달이 지난 지금, 흥미로운 사실은 앤지의 죽음이 다른 개들, 특히 페니에게 끼친 영향이었다. 여러분은 아마 페니가 앤지와 같은, 그리고 내게 남은 마지막 골든 리트리버란 사실을 기억할 것이다. 사람들은 개가 인간의 가장 친한 친구라고 말한다. 그리고 그건 사실이다. 하지만 개들에게도 역시 가장 친한 친구가 있다는 사실이 밝혀졌다.

페니의 가장 친한 친구는 앤지였다.

그들은 한시도 떨어지지 않고 같이 놀고 함께 돌아다녔다. 그들은 늘 나란히 휴식을 취했다. 그럴 때 그들의 모습은 거울에 비친 쌍둥이 같았다. 사실 그들은 이복 자매였다. 둘 사이에 다른 게 하나 있다면 앤지는 공을 물고 잠을 자는 것을 좋아했다. 개들에게도 역시 고무젖꼭지가 필요하다니까요.

앤지가 얌전한 반면 페니는 천방지축이었지만, 그 둘은 세상에도 없는 찰떡궁합이었다. 잃어버린 서로의 반쪽을 찾았다고나 할까?

그들이 가장 좋아하는 게임은 공 물어오기였다. 그리고 앤지는 이빨 자국으로 곰보가 된 빨간색 콩볼[35]을 좋아했다. 우리가 앤지를 위해

---

35) Kong ball. 개와 고양이의 장난감으로 인기 있는 제품으로 1976년 출시됐다. 초기에 나온 콩은 공 세 개를 서로 눌러 붙인 눈사람 모양이었다. 흥분하거나 힘이 센 개들에게 오랫동안 기분전환 거리를 제공하기 위해 공의 가운데에 개가 좋아하는 것으로 안을 채우거나 열릴 수 있다. 콜로라도의 콩 컴퍼니에서 생산하고 있다.

콩을 던지면, 페니는 앤지를 따라 달려가서 늘 먼저 잡곤 했다. 우리는 앤지가 그 공을 물어올 수 있도록 그 공을 앤지에게 더 가깝게 던지거나, 심지어는 앤지가 먼저 출발하게 페니를 잡아두어 앤지에게 유리하게 해야 하곤 했다. 사실 앤지를 위해서라기보다는 우리를 위해서 더 그랬던 것 같다. 앤지는 경쟁심이 강한 유형이 아니었다. 앤지는 절친 페니와 함께 햇빛 아래를 뛰어다니는 것만으로도 마냥 행복했고, 사랑을 듬뿍 받았다. 공 물어오기 게임에서 이기는 것에는 신경 쓰지 않았다.

앤지가 보여 준 모습에서 얻을 수 있는 교훈이 있을 법도 한데, 난 아직 터득하지 못했다.

그건 그렇고, 앤지는 가 버렸지만, 요란스럽고 둔감한 성격이라고 알고 있었던 페니, 그래서 앤지의 부재에 전혀 영향을 받지 않을 거라 생각했던 페니가 달라졌다. 특히 페니는 외투를 걸어두는 현관 벽장에서 나오지 않으려고 했다.

이건 정말 심각한 일이다.

앤지가 죽은 이후, 페니는 현관의 벽장에서 잠을 자며 하루의 대부분을 보냈다. 전에는 페니가 이런 행동을 보인 적이 없었다. 우리 집 개들 중에서 한 마리도 하지 않던 행동이었다. 개들은 모두 내 발치께나 무릎 위로 파고들었다. 내가 리모컨으로 채널을 바꾸려고 할 때 텔레비전 앞을 가로막고 서 있을 때도 있지만.

페니더러 나와서 공 물어오기 놀이를 하자고 부추기면 페니는 가끔 일어나 그 공을 물고 나를 향해 터벅터벅 걸어오지만 예전 같지가 않다. 페니 혼자 그 공을 독차지하게 되어 좋아라했을 거라 생각하겠지만, 그렇지 않다. 그 대신 페니는 전보다 더 빨리 피곤해져서 바로 드러눕는다. 이제 와서야 나는 깨달았다. 페니는 공 물어오기 놀이에서 앤지를 이기려고 그랬던 게 결코 아니었던 거다.

페니는 앤지에게 자랑스러운 존재가 되기 위해서 일종의 공연을 펼쳐 보였던 것이다.

그리고 이제는 페니를 쳐다봐 줄 관객이 사라졌다.

사실 사랑했던 존재들을 잃는 일에 나는 점점 더 익숙해지고 있다. 우리 모두가 그렇다, 한 해 한 해 나이가 들어감에 따라.

말하자면 운 좋게도 우리가 죽어가는 당사자가 아닐 경우에 한해서 그렇다는 뜻이다.

그리고 개든 사람이든 죽음과 상실의 경험은 피해 갈 수 없는 일이다. 우리는 그저 시간이 흘러가는 대로, 시간이 지나갈수록 더 따뜻하고 부드럽게 녹아내리는 마음으로 그 작은 아픔을 포근하게 감싸줘야 한다. 사랑이 가득한 손길로 솜씨 좋게 빵 반죽을 치대는 것처럼.

페니는 앤지를 잊지 않을 것이다. 그리고 프란체스카와 나도 결코 잊지 않을 것이다. 잊으려는 생각조차도 하지 않을 것이다.

우리는 그냥 우리 가슴속에 앤지를 안고 살아갈 것이다. 그리고 앤지는 우리 자신이 어떤 사람이었는지를 잊지 않게 해 주는 존재로 우리 마음속에 영원히 살아있을 것이다.

고마워, 앤지.

우리는 너를 사랑해.

질문 하나만 합시다!– Lisa

**올바른 것을 얻기 위해서는
두 번의 시도가 필요하다.**

그동안 엄마가 가명으로 살아왔다는 것을 나는 얼마 전에야 알게 되었다. 여러분은 내가 우리 엄마의 본명을 알고 있을 거라고 생각하고 있을 거다. 아무튼 엄마는 여든여섯이고, 나는 쉰다섯이다. 현재 확실하게 정리된 사실로 봐서는 그렇다. 하지만 이 사실 말고 엄마의 나머지 부분은 오리무중, 미스터리투성이다.

무슨 말인지 설명해보겠다.

지난번에 엄마가 우리 집을 방문했다가 돌아갈 때 내가 공항까지 배웅했던 일을 여러분도 기억하고 있을 것이다. 그때 엄마는 ID카드 기간이 만료되는 바람에 마이애미행 비행기에 탑승하지 못할 뻔했다. ID카드가 있어야만 비행기를 탈 수 있기 때문이다. 물론 독자 여러분은 엄마가 ID카드를 가지고 다닐 거라고 생각했을 것이다. 엄마는 투표자 등록카드와 톰 셀렉의 사진 한 장을 지갑에 넣고 다녔다고 주장하지만 난 엄마의 말을 믿지 못하겠다.[36]

엄마가 톰 셀렉을 좋아하고 있는지조차 의심스럽기 짝이 없다.

---

36) Tom Selleck(1945~). 미국의 남성미 넘치는 중년 배우이자 영화 제작자.

트로이 도너휴[37]가 배우활동을 접고 세상을 떠난 무렵부터 더 이상 사람들은 지갑에 사진을 지니고 다니지 않는다. 사진들은 이제 종이에 인화된 형태로는 존재하지 않는다. 사진들은 모두 핸드폰에 들어있다. 우리 삶의 순간순간은 심카드[38]가 존속하는 한 끊임없이 지속될 것이 분명하다.

이야기를 계속하자. 동생 프랭크는 새 ID카드를 만들기 위해 엄마를 교통국으로 모시고 갔다. 그러나 그들은 엄마의 카드를 갱신해주려고 하지 않았다. 엄마의 성은 스코토라인이었는데, 출생증명서에 기재된 성은 로포(Lopo)였기 때문이다. 엄마는 집에 돌아가서 우리 아버지와의 결혼 및 이혼 증명서를 입수해야 했다. 그리고 엄마는 또 우리 아버지와 결혼하기 전에 결혼했던 남자와의 결혼 증명서 및 이혼 증명서를 가져와야 했다. 엄마는 스코토라인 패밀리의 여자들이 그랬던 것처럼 두 번 이혼을 했기 때문이었다. 스코토라인 패밀리의 여자들이 올바른 것을 얻기 위해서는 두 번의 시도가 필요하다. 때로는 시도해볼 기회를 결코 얻지 못하기도 하지만.

그래서 엄마는 필요한 서류들을 가지고 다시 교통국으로 갔다. 그곳에서 엄마와 프랭크는 세 시간 동안 줄을 서서 기다렸다. 그동안 우리 엄마가 줄 세우기 경찰[39]로 변신했다고 프랭크가 내게 말해주었다. 동생이 자세히 말해주지 않아도 나는 친정엄마와 함께 줄을 많이 서봤기 때문에 그 광경을 떠올릴 수 있었다. 그래서 나는 엄마가 어떻게

---

37) Troy Donohue(1936~2001). 미국 배우. 영화 '피서지에서 생긴 일'로 유명해진 1950년대의 꽃미남 청춘스타. 1990년대 후반까지 활동.

38) SIM Card. 가입자 식별모드를 구현한 IC 카드.

39) Line Police. 사건이 생기면 일반인이 접근할 수 없도록 Police Line을 치는 것에 빗댄 유머.

하는지 그 요령을 안다. 엄마는 줄지어 서 있는 모든 사람들, 그리고 그들의 행동을 두 눈 부릅뜨고 모조리 주시한다. 엄마는 날카로운 매의 눈길로 임무를 게을리하거나 방심하지 않고 지켜본다.

엄마는 누가 남의 일에 참견하고 있는 것은 아닌지, 새치기를 하는지, 카운터에서 너무 오래 혼자 시간을 끄는 사람이 없는지 확인한다. 그러한 위반이 행해질 시에는 눈을 부라리고, 과장되게 한숨을 쉬거나 아니면 적시에 "에이, 여봐요!"라고 말한다. 그리고 줄이 앞으로 이동하는데도 엄마의 앞에 선 사람이 즉시 움직이지 않으면, 엄마는 몸을 앞으로 내밀고는 그 사람 앞에서 손을 흔들며 "가셔."라고 말한다.

'질문 하나만 합시다'라는 인간이 나타나면 그때부터가 엄마의 진가가 발휘되는 순간이다. 여러분도 이런 사람들을 본 적이 있을 거다.

그런 사람들은 대개 씩씩거리면서 줄을 지나쳐서 카운터로 곧바로 간다. 마치 그의 질문 하나가 그의 영혼을 온통 휘저어 흐려놓은 것처럼. 대부분의 사람은 '질문 하나만 합시다'라고 말하는 인간을 못 본 척한다. 그러나 엄마는 그러지 않는다. 엄마는 그런 인간을 멈춰 세우고 그에게 그 줄의 맨 끝에서 질문할 수 있다고 말하는 것을 나는 수없이 보았다.

'질문 하나만 합시다' 인간들에게 언젠가 한 번은 엄마가 이렇게 말한 적도 있다. "나도 질문 하나만 합시다. 당신이 왜 새치기를 하는지?"

원래 하려던 이야기로 돌아가서, 엄마는 마침내 교통국 카운터에 도착한다. 그리고 직원은 엄마에게 막 새로운 ID카드를 발급하려다가 뭔가를 발견한다. 엄마 메리의 출생증명서에는 메리 로포가 아니라 마리아 로포로 적혀 있다.

"그래서 뭐 어쨌다고?" 엄마가 직원에게 물었다. 그리고 나중에 엄마가 그 이야기를 들려주면서 내게도 똑같이 말했다.

"엄마 이름이 메리가 아니었어?" 나는 너무 놀라서 말이 안 나왔다. "여태까지 엄마 이름은 메리라고 엄마가 그랬잖아."

"그건 말이야. 메리를 이탈리아 말로 부르면 마리아가 되는 거야."

"그렇지만 여긴 이탈리아가 아니잖아, 엄마. 메리와 마리아는 엄연히 다른 이름이라고. 엄마 이름이 메리인 줄 알았는데 마리아였다니. 어떻게 이걸 내가 모를 수가 있었지?"

"다른 이름이 아니라니까."

"맞아, 그 직원들 말이. 그래서 메리라는 이름으로 ID 카드를 줄 수 없었던 거야."

"그래서 지금 난 마리아 스코토라인이라는 이름의 ID카드를 받았다. 그런데 그게 내 청구서, 신용카드, 사회보장 카드, 그리고 다른 증서들과 맞지가 않는구나."

"엄마 이름은 정말로 메리가 아니었네?" 내가 아직도 어리둥절해 묻는다. 20년 전 나는 첫 소설 등장인물에 엄마의 이름을 따서 메리 디눈치오라는 이름을 붙였다. 그런데 친정엄마의 이름은 메리가 아니다. 우리 엄마 이름은 마리아다.

엄마는 계속 이야기를 얼버무린다.

하지만 내 귀에는 아무 말도 들어오지 않는다. 도무지 이해가 안 되니까. '질문 하나만 합시다'라고 얘기하면서 계속 질문을 하고 싶은 심정이다.

쥐덫 1– Francesca

**엄마를 번거롭게 하는 것 자체가
나에게는 도움이다.**

나는 새침데기가 되지 않으려고 노력한다. 나는 강한 여자로 컸다. 그리고 나 스스로도 그런 사람이 되기 위해 힘을 쏟고 있다. 그래서 부엌에서 처음 쥐 한 마리를 처음 발견했을 때 그 쥐를 계속 노려보다가, 그 쥐가 방열기 파이프 사이의 틈 안으로 달아나자마자 재빨리 철수세미를 찾아서 침착하게 그 구멍을 막았다.

문제가 해결되었다.

그날 밤 하루는.

이튿날 낮, 테이블에 앉아서 글을 쓰고 있을 때였다. 마룻바닥 저쪽에서 뭔가 달려오는 것이 보였다. 나는 살금살금 걸어가 식기세척기 아래를 들여다보았다. 긴 콧수염이 달린 코를 찡긋찡긋하는 쥐를 발견한 바로 그때 두 번째 쥐가 오른 아래에서 불쑥 나타나 세척기 아래에 있는 제 친구와 합류했다.

나는 작은 쥐 한 마리에는 겁을 먹지 않는다. 하지만 두 마리라면 얘기가 달라진다.

엄마에게 전화를 걸었다.

"관리인을 불러." 엄마가 말했다.

"관리인을 번거롭게 하는 건 좀 그래." 나는 사람들을 번거롭게 하는 걸 매우 싫어한다. 그렇지만 엄마를 번거롭게 하는 건 아주 즐긴다.

"미안해할 것 없다, 애야. 그게 그 사람의 일이야. 그리고 나는 여기서 정말로 아무 도움도 줄 수 없어."

내가 엄마를 번거롭게 하는 것 자체가 나에게는 도움이다. 도움이라야 사실 이야기를 나누는 것뿐이지만. 나는 엄마가 하는 말의 핵심을 알아챈다.

한 시간 뒤에 관리인 어빈이 도착했다. 그는 동유럽 악센트를 쓰는 귀여운 새내기 관리인이다. 그가 말했다. "나는 쥐 때문에 개에게 문제가 생겼다고 해서 깜짝 놀랐어요."

나는 소파에서 졸고 있는 나의 귀여운 강아지 핍을 힐끗 보았다. 핍은 낯선 관리인이 들어왔는데도 쳐다보지 않고 계속 졸고 있었다.

좀 의외다.

어빈은 내가 오븐과 식기세척기를 들어내는 것을 도왔다. 우리는 두 가전제품 뒤에 쥐구멍이 한 개씩 뚫려 있는 것을 발견했다.

둘이서 그 쥐구멍들을 막은 다음에 어빈은 거대한 스티커처럼 보이는 제품의 보호필름을 벗기기 시작했다. "끈끈이 덫. 쥐가 접착제 위를 걸으면 발이 들러붙어요. 쥐가 들러붙으면 시끄럽게 찍찍거리죠. 겁먹지 마세요. 나를 불러요. 내가 와서 잡을 게요."

"그거 참 가엾겠네요."

관리인은 어깻짓을 했다. "휴먼(human) 쥐덫을 설치해도 돼요."

인간 쥐덫? '인도적인, 잔혹하지 않은(humane)' 쥐덫을 말하는 것이리라.

"그건 효과가 있나요?"

"아뇨."

나는 고맙다는 인사와 함께 그를 보냈다. 그러나 잔인한 끈끈이 쥐덫을 놓은 게 마음이 쓰였다. 그래서 나무로 된 구식 쥐덫들을 사러 나갔다. 인도적인 쥐덫을 찾아보려고 말이다. 나는 두 개를 설치해서 쥐들이 그나마 자신의 운명을 선택할 수 있도록 했다.

이렇게 하자 마음속의 죄책감은 조금 경감되었지만, 그래도 쥐덫을 놓고 있다는 것 자체가 싫었다. 핍은 설치류의 행동에는 동요하지 않지만 쥐덫의 미끼로 쓰인 땅콩버터의 거취문제에는 극도로 예민하다. 그래서 핍은 쥐덫이 설치된 주방에 들어오지 못하게 세워놓은 베이비 게이트(유아용 안전문) 뒤에서 낑낑거리고 있었다.

쥐덫만 놓고 그대로 앉아서 기다릴 수만은 없었다. 아파트는 깨끗하지만 어쨌든 나는 청소를 하기 시작했다. 청소를 할수록 집 안 구석구석 모든 것이 더럽다는 걸 더 확신하게 되었다. 집안 곳곳이 쥐가 탐험했던 신천지였다.

지인 몇몇이 콜게이트 치약회사에서 만든 아이리시 스프링 비누 냄새를 쥐가 무척 싫어한다고 알려주었다. 그래서 세 개를 사서 채소 껍질 벗기는 필러로 얇게 깎아 침실, 서랍장 뒤, 빨래바구니, 옷장 구석 등에 잔뜩 뿌려놓았다.

10대 소년이 내 침실에서 사정을 해 놓은 것 같은 냄새가 났다.

그러고 났는데 페이스북의 한 친구가 쥐들은 씹은 껌 냄새를 질색한다고 말해 줬다. 그래서 프레시 민트 껌을 사서 침대 주위에 껌으로 방어진지를 구축했다. 몇 시간이 안 돼 껌들이 꾸들꾸들해지더니 말라붙어서, 마치 침실 바닥에 퇴비를 뿌려 놓은 것 같았다.

그런 다음 온라인에서 100퍼센트 순수 페퍼민트 아로마 오일을 사용해야 한다는 내용을 읽었다. 탈지면에 페퍼민트 오일을 묻혀 바르면 된다는 거였다. 돌이켜 생각해보니 이런 방법은 소량만 사용해야 한다고 그랬던 것 같기도 하다. 그런데 나는 그걸로 온통 도배를 해버렸으니. 작업을 마친 침실에서는 막대사탕 공장 같은 냄새가 났다.

그렇게 해서 쥐가 범접하지 않을 것인지는, 신만이 아시리라. 적어도 방의 구석구석은 깨끗하게 청소가 되었다.

그날 밤, 나는 아이리시 페퍼민트향 그윽한 동화나라에서 잠에 들려고 애를 썼다. 그러나 작은 소리만 들려도 쥐가 아닐까 해서 몸이 긴장되고 신경이 곤두서곤 했다. 그래서 쌀쌀한 10월인데도, 덜거덕거리는 소리가 나는 에어컨을 틀어놓고 귀를 솜으로 막고 베개 하나로 머리를 덮었다. 마침내 나는 잠에 떨어져서 산타의 선물공장에서 일하고 있는 멋진 아일랜드 젊은이의 꿈을 꾸었다.

한밤중에 싸각싸각하는 소리가 들려 잠이 깼다. 침실 테이블 위에 놓아 둔 안경으로 손을 뻗어 천천히 얼굴 위로 안경을 가져다댔다.

내 최악의 악몽이 초점에 잡혔다.

쥐 한 마리가 방바닥과 벽 사이에 댄 몰딩(걸레받이)을 열심히 갉아대는 중이었다.

쥐와 나의 한판승부가 시작된 것이다.

그리운 것들은 다 어디로 갔는가?— Lisa

노트북 컴퓨터가 생기기 전에
우리가 가지고 있던 그 모든 것들은 다 어디로 갔는가?

살다 보면 너무 앞서 나가는 일이 종종 생기게 마련이다. 그 증거로 공항에서 며칠 전 나에게 일어난 일을 들 수 있겠다.

비행기에 타기 전에 나는 얼른 여자 화장실에 갔다 온다. 여자들은 일정 연령이 되면 모두들 내가 지금 하는 이야기가 무엇인지 알게 된다. 우리 여자들은 필요하든 필요하지 않든 화장실에 가려고 한다. 그런데 정작 화장실에 가려고 보면 탑승 시간 직전인 거다. 그럴 때는 15분밖에 없다든지 해서 시간이 한정되게 마련.

나는 지금 쉬가 마려울 경우에 대비해 선제공격하는 얘기를 하고 있습니다요.

이것은 어디나 물병을 들고 다니는 깜찍한 습관과 공통점이 있다. 수분을 유지하는 것은 항상 소중하니까요. 미리 화장실에 다녀와야 하는 일에 그 물병이 깊은 관련이 있다는 얘기를 하게 되면 삼천포로 빠지게 되므로 그 부분은 그냥 넘어가겠다.

요점은 여자 화장실이 이제는 완전 자동이라는 것이다. 화장실, 진보의 확실한 신호탄. 세상이 너무 똑똑해져서 변기가 물 내릴 때를 알고, 비누가 내뿜을 때를 알고, 수도꼭지가 틀 때를 알고 종이타월이 세상에 나올 때를 안다.

이론적으로는.

나는 변기에 앉아 일을 본다. 하지만 내가 일어났는데도 변기 물이 나오지 않는다. 나는 두 번을 앉았다, 일어났다 한다. 그래도 물이 쏟아지지 않는다. 나는 센서 앞에서 엉덩이를 흔든다. 역시 아무 일도 일어나지 않는다. 음, 아마 센서가 눈을 감고 있거나 직무를 유기하려는 모양이다. 어찌 되었건 변기는 여전히 물을 내리지 않는다. 그래서 나는 하루에 해야 할 운동을 여기서 다 했다.

빨간 버튼을 누르고 다음에는 손으로 버튼을 쳐 본다. 아직도, 깜깜무소식이다. 이쯤 되면 여러분은 내가 포기하려고 했을 거라고 생각할 법하다. 하지만 나는 변기 물을 내리지 않은 채 화장실에서 튀어나오는 여자가 되고 싶지는 않다. 분명 내 책들을 읽은 독자나, 어쩌면 아마도 고등학교 프랑스어 수업시간의 나를 기억하는 여자와 부딪칠지도 모른다.

봉주르!

그리고 여러분도 알다시피 그녀는 다음 친목회에서 모든 사람에게 만사 제치고 이렇게 말할 것이다.

스코토라인은 지저분하더라.

이제 나는 화장실에 앉아서 구시대의, 기계식으로 작동하는 변기 손잡이를 찾는다. 달리 말하면, 상시 작동하는 그것 말이다.

하지만 없다.

요즘 우리는 변기를 이렇게 자동 수세식으로 만들 수 있으므로 그렇게 만든다. 그러나 결국 개선했다고 해서 모두 개선되는 것은 아님을 여실히 보여 주는 사례다.

그래서 나는 화장실에 사람이 없을 때까지 안에서 기다린다. 그다음에 살짝 나와 곧장 세면기로 간다. 요즈음 나는 용변을 본 다음에 반드시 손을 씻는다. H1N1으로 불리는 신종플루 때문이다. H1N1는 컴퓨터 암호의 모습으로 위장한 신종바이러스다.

비누가 없다.

나는 다시 물비누 통 아래에 손을 가져다 대고 흔든다. 그러나 여전히 비누 없음. 나는 두 번, 세 번, 네 번째 비누 통 앞으로 자리를 옮겨가며 뒤로, 그다음에는 위와 아래로, 그다음에는 옆으로 빙글빙글 손을 흔든다. 여전히 비누 없음. 초등학교에서 배웠던 온갖 재롱잔치 공연을 한바탕 펼친 후에도 변함없이.

그래, 좋다. 나는 비누 없이 그냥 손만 씻어야겠다고 마음먹는다. 그래서 네 번째 세면기 수도꼭지 아래에서 손을 흔든다. 하지만 물은 나오지 않는다.

이 사태가 어찌 흘러갈지 당신도 짐작할 수 있으리라.

나는 세 번째와 두 번째 수도꼭지를 아래로 눌러 보았다가 제자리로 올린다. 그리고 나는 결국 첫 번째 수도꼭지로 간다. 그곳에서 졸졸 떨어지는 물에 손을 적셔 씻는다. 우리는 돌려서 틀고 잠그는 수도꼭지에 익숙해져 있다. 손잡이라는 전근대적이고도 시대착오적인 장치를 사용해서 말이다. 그것들은 제대로 잘 작동하고 있었는데도 불구하고 진보라는 명목으로 대체되고야 말았다.

그렇긴 해도 결국 내가 받은 물은 눈곱만큼이다. 손에 물만 묻힌 나는 손을 수도꼭지 아래로 흔든다. 그러나 물줄기 배급은 이미 끝난 모양이다. 결국 물병의 물을 사용한다.

앗싸!

그다음에는 페이퍼 타월을 빼기 위해 물이 뚝뚝 떨어지는 손을 자동 휴지함 앞에서 흔든다.

휴지가 없다.

두 번째 세 번째 휴지함으로 가봐도 여전히 휴지가 없다. 나는 기발한 욕 몇 마디를 중얼거리면서 센서도 없고, 회전도 안 되며, 컴퓨터 칩도 들어있지 않았던 옛날의 종이 휴지함이 그립다는 생각이 불쑥 든다. 페이퍼타월의 끝이 보이면 공짜로 그것을 잡아당기기만 하면 되지 않았는가 말이다.

손목만 움직이면 되는 거였는데.

하지만 이제 그런 종이 휴지함은 타이프라이터가 사라지듯 자취를 감췄다.

어느 날 갑자기 우리 앞에 뚝 떨어진 노트북 컴퓨터가 생기기 전에 우리가 가지고 있던 그 모든 것들은 다 어디로 갔는가? 다 어디로 갔어. 이거!

훌륭한 A형 — Lisa

그래,
나는 그만둘 수 없어.

지난 주말 나에게 일어났던 일이 어떻게 된 건지 설명해야겠다. 나는 다음 책의 초고를 막 끝냈다. 그것으로 내가 할 일은 다 끝냈지만, 아직 뭔가를 더 써야 한다는 미진한 느낌이 들었다. 다 썼는데도 끝낼 마음의 준비가 되지 않았다. 마지막 글자를 입력하고 나서도 계속 그랬다.

끝.

부디 당신도 그렇다고 말해 주기를. 당신이 무슨 일을 하고 있었든 관계없다. 일단 당신이 전력을 기울여 일하고 있었다면, 그 일을 갑자기 멈추기가 어려운 법이다. 비슷한 성향이 있는 우리 같은 사람들이 A형(긴장하고 성급하며 경쟁적인 것이 특징-옮긴이)이라서가 아니다. 우리는 그러기에는 너무 훌륭한 품성을 지녔기 때문이다. 나는 이런 사람들을 귀여운 애니메이션 캐릭터인 와일 E. 코요테로 상상하기를 좋아한다. 와일 E. 코요테[40]는 로드 러너를 추격하느라 더 이상 달릴 언덕이 없는데도, 언덕이 끝났는데도 공중에서 계속 달린다.

---

40) Wile E. Coyote (The Coyote). 와일 E. 코요테와 로드 러너(칠면조)는 루니 툰 시리즈에 등장하는 2인조 주인공. 코요테가 살아가는 목적은 오직 빠른 발의 소유자인 로드 러너를 잡는 것으로 설정되어 있다.

미프 미프![41]

어찌 되었든 마침내 작품을 끝낸 나의 눈에 현관 벽에 나 있는 팻자국들이 꽂혔다. 그것들이 뇌리를 떠나지 않았다. 나는 그것들을 뚫어져라 쳐다보았다. 내가 가장 좋아하는 의자에 앉아 책을 읽으며 쉬고 싶었지만 그 팻자국들이 마음속 깊이 파고들었다. 예전의 기억을 떠올려 보면 내 마음속 깊은 곳은 남자들이 차지하곤 했지만 요즈음은 그 자리가 탄수화물로 대체되었다.

그리고 지금 내 마음 깊은 곳에서는 팻자국들이 차오르고 있었다.

모두 합쳐 다섯 개의 팻자국이 현관 벽을 덮고 있었다. 그리고 그것들이 어떻게 해서 거기에 생겼는지는 아무도 모른다. 전에는 결코 알아채지 못했던 그 팻자국들이 자꾸 마음에 걸렸다. 사람들이 우리 집에 들어 올 때 가장 먼저 보게 되는 것이 그 팻자국일 것이라는 생각이 들었다. 비록 우리 집으로 들어 올 사람은 아무도 없지만.

그리고 팻자국들 아래에 날카로운 발톱 자국이 하나씩 나 있는 것이 눈에 띄었다. 그 자국들이 왜 거기에 생겨났는지 알기 위해 추리작가씩이나 될 필요는 없다. 카발리에 킹 스패니얼 종의 개인 리틀 토니가 스스로를 리틀 토니 소프라노라고 생각하며[42] 나를 보호하느라 벽에 더러운 발자국을 남기며 창문을 보고 짖곤 하기 때문이다. 그리고 내가 집을 나설 때마다 또 한 마리의 카발리에 종인 피치는 문에다 몸을 부딪치곤 한다.

게다가 벽 아랫부분의 몰딩에 온통 때가 끼어 있어 그냥 간과할

---

41) Meep meep. 로드 러너가 달릴 때 내는 소리. 루니 툰 시리즈에서 로드 러너의 유일한 대사이기도 하다.

42) Tony Soprano. 미국 텔레비전연속극인 '소프라노스 Sopranos'의 주인공인 마피아두목 이름.

수 없는 지경에 이르렀다는 것도 덤으로 알게 되었다. 그건 아마 코기종의 개 루비가 그랬을 것이다. 루비, 그 애는 쇠꼬챙이에 끼워 돌려가면서 굽는 핫도그처럼 빙빙 돌듯 벽에 몸을 대고 구른다.

나는 읽고 싶었던 두껍고 멋진 책을 뽑아들던 중이었다. 내가 방금 끝낸 책에 대한 보상으로 황홀한 독서를 할 참이었는데. 거기에 더해 다량의 탄수화물을 흡입하면 안성맞춤이었을 것을.

하지만 그게 그렇게 돌아가지가 않았다. 대신 나는 주방 수납장으로 가서 세제와 키친타월 한 롤을 꺼냈다. 그리고 현관 벽과 몰딩들을 닦았다. 하지만 헛되고 헛되도다. 그 맷자국들 자국은 여전했고, 더러워 보이는 데다가 이제는 젖어있기까지!

문득 우리 집 현관에 5년 동안 한 번도 페인트칠을 하지 않았다는 사실이 생각났다.

한 시간 후, 나는 바닥에 까는 새 플라스틱 페인트받이 한 개, 생고무 냄새도 향기로운 어린애 키만큼 기다란 롤러 붓 한 개, 초보자를 위한 가느다란 페인트 붓 한 개를 샀다. 나는 현관에 페인트를 칠하기 시작했다. 아이팟으로 음악을 크게 틀어놓았다. 페인트칠을 하면서 나는 노래를 불렀고, 개들은 그런 나를 쳐다보고 있었다. 우리 모두 행복했다. 나는 페인트칠이 청소보다 더 재미있어서 행복했고, 개들은 새로이 더럽힐 수 있는 깨끗한 벽이 생겨 행복하였느니.

나는 현관의 페인트칠을 마쳤다. 칠을 끝낸 현관은 근사했고, 신선하고 새로운 냄새가 났다.

그런데 그때 거실에 더 많은 맷자국들이 있는 게 눈에 들어왔다. 그리고 아이팟에는 아직도 노래들이 많이 남아있었다. 그래서 나는 거실에서 다시 칠을 시작했다. 베토벤이라 불리는 개와 똑같은 색깔의 페인트였다. 비록 아이팟에서는 시내트라 노래가 흘러나왔지만 말이다.[43]

몇 시간 뒤, 나는 거실 페인트칠을 마쳤다. 적어도 웨인스코팅[44] 부분까지는 모두 DIY로 해결한 셈이었다. 나는 그림액자들을 움직이기 귀찮아서 그냥 놔두고 그 주위에만 칠을 했다. 그렇게 하니 시간이 많이 절약됐다.

모든 것이 훨씬 잘 어울려 보였고, 모두가 엄청나게 멋졌다.

그리고 아이팟에 아직 토니 베넷의 노래가 남아있어서 이번에는 위층으로 땟자국 사냥에 나섰다. 베토벤 색의 페인트도 많이 남은 상태였으니까. 2층에 수없이 많은 땟자국이 있는 것을 발견한 나는 거의 밤샘을 하며 다음 날까지 칠했다. 개들은 잠에 빠지고 아이팟에서는 흘러간 MC 해머의 노래가 나오고 있었다.

그래, 나는 '그만둘 수 없어'.[45]

그리고 주말이 끝나갈 무렵 나는 산뜻하게 페인트칠된 집에서 살게 되었다. 그리고 나는 내가 A형이라는 사실을 깨달았다.

이제 정말로

끝.

---

43) 영화 '베토벤 Beethoven'에 등장하는 주인공 개의 털 빛깔을 말하는 듯.

44) wainscoting. 벽의 하단 부분 1m 정도까지 판재로 붙인 장식 패널.

45) Too Legit To Quit. 1991년도에 발매된 MC 해머의 네 번째 앨범의 이름이기도 하다.

여자의 기적- Lisa

아이 낳는 일은 아름답지 않다.
그러나 아이들은 아름답다.

내가 살아온 대부분의 나날을 돌이켜 보면 비교적 다른 사람들의 생각과 잘 조화를 이루며 살아왔다는 생각이 든다. 그러다가 간혹 그러하지 못하다고 느끼는 때도 있다.

보안용 X-선 투시기에 관한 것이 바로 그 중 하나다.

방금 텔레비전뉴스를 보다 알게 된 사실인데, 사람들이 공항 검색대를 통과할 때 거치게 되는 새로운 인체 X-선 투시기 및 수색에 대해 분노하고 있다는 것이다. 그렇게 생각하는 사람들을 비판할 생각은 없으나, 나 자신은 여행하는 내내 전혀 그런 생각을 해 본 적이 없다.

오히려 그 반대다.

내 몸을 X-선 투시기로 조사하라. 나를 더듬어 조사하라. 내 몸을 숙이게 하라. 손가락으로 내 귀를 조사해 보라. 보안상 해야 할 일이라면 빈틈없이 완수하라.

나는 이 모든 것을 견뎌낼 수 있다.

내가 견뎌내지 못할 것이 있다면,

그건 바로 죽음뿐.

그렇다. 내가 알기로 인체 X-선 투시기는 프라이버시를 침해한다.

그렇다. 나는 지금까지 세 곳의 공항에서 그것을 경험했다. 교통안전청(TSA)직원들은 이미 10년이나 착용해 온 나의 와이어 브라며, 늘어질 대로 늘어진 흰색 내복은 물론, 엉덩이의 검은 점도 보았다.

그런데 그거 아세요?

내가 살아났다는 사실을.

그들은 내 몸매를 안 보려고 애썼을지도 모른다. 내 몸매를 본 그들은 최소한 소화불량에 걸리거나 악몽을 꾸었을 거다. 그 느낌이니까.

사실, 나는 그런 교통안전청 직원의 일상에는 햇볕을 좀 쬐게 하는 것이 필요하다고 생각한다. 그들이 해야 하는 일이라고는 종일 운전면허증 사진을 대조해 보는 것이다. 여러분은 그 일이 얼마나 고약한 일인지 상상이 가는가? 우리의 얼굴이 운전면허증에 어떻게 찍혀 있는지 생각해 보면 아시리라.

그래서 내가 여기서 말하고자 하는 건 바로 이거다. 자세히 조사해 보시라, 교통안전청 친구들이여. 좋을 대로 하시라. 투시경으로 내 몸매를 보는 것이 당신의 임무라면, 당신은 테러리스트보다 더 어려운 상대와 씨름하고 있는 것이다.

또한 나는 새롭게 개선된 몸수색을 당했다. 나는 그 일에 열광한다.

내 말은 몸수색에 반대하지 않는다는 거다.

거슬리지 않았느냐고? 장담해도 된다. 나는 나이 들어서 못 해 본 밀착 데이트를 했다. 그들은 나에게 저녁식사(기내식)도 대접해 줬다. 하지만 당황스러워서 낄낄거리고, 멍청이가 된 듯 느껴지기도 했다. 어떻게 그러지 않을 수가 있겠나? 터미널 A의 검사대에서 내가 거의 모르다시피 하는 사람과 1루(인체 X-선 투시기)를 거쳐 2루(몸수색)까지 진출했다. 그런데 이 모든 절차를 거치는 데 얼마나 걸렸는지 알아맞춰 보시라.

3분.

몸을 투시하는 지루한 작업을 수행하면서 무심한 척, 티내지 않고 버텨내는 시간으론 3분도 결코 짧은 시간은 아니다.

그렇다.

보안검색으로 시달림을 받은 사람들 대부분이 여자들이라는 사실을 나는 이제야 말할 수 있다. 확신을 가지고 말이다. 적어도 뉴스에 보도된 내용을 보면 그렇다. 납득이 가는 일이다. 우리 여자들은 선천적으로 겸손하고 얌전하다. 그리고 날씬한 사람이라면 모를까, 누가 손가락 끝으로 우리의 삐져 나온 허리 살을 더듬지 않을까 하는 걱정은 다들 하지 않는가.

나도 똑같은 기분을 느낀다. 나는 보안요원이 손으로 훑어 내려가며 검사하는 동안 배를 집어넣고 숨도 쉬지 않았다는 사실을 이 기회를 빌려 털어놓는다. 나는 TSA 직원이 비록 여자라 할지라도 내가 날씬하다고 생각해 주면 좋겠다. 날씬해 보이고자 하는 오랜 열망은 어째 수그러질 기미가 안 보이는가.

세살 버릇 여든까지 가는 법.

텔레비전 뉴스에 나온 여자들은 손으로 훑어 검사하는 것은 '품위'가 없다고 말했다. 그러나 이 시점에서 내가 여성동지들에게 말해줘야 할 것이 있다.

당신이 아기를 낳았을 때를 기억하는가? 당신이 분만실에 있었을 때를 기억하는가? 당신이 병원가운을 입고 다리를 공중으로 들고 있던 때를 기억하는가? 또 당신은 평소 체중보다 22킬로그램이나 더 늘고, 대다수의 수영장보다 더 많은 물을 간직하고 있지 않았던가?

당신은 땀을 흘리면서 저주의 말을 내뱉었고, 힘을 잔뜩 주어 밀어냈으며, 그리고 당신은 그다음에 무슨 일이 일어났는지 알고 있다. 내가 알기로 분만대 위에 선물을 남기고 엄마 반열에 오른 사람이 나만은 아니었으니까.

내가 지금 무슨 이야기를 하고 있는지 그 의미를 모른다면 당신은 행운아다. 당신이 아직 아이를 낳은 경험이 없다면, 분만대에 누웠을 때 비로소 이해하게 될 거다. 내가 당신에게 경고한 것을 기억하라.

그리고 당신은 내게 고마운 말씀을 해주셨다고 정중한 인사를 하게 되시리라.

어쨌거나 이런 이야기를 하는 데는 중요한 까닭이 있다.

당신이 아이를 낳기 전에 품위가 있었다면, 당신이 분만실의 출산 과정을 겪었다고 해서 품위가 달아났다고는 말하지 못할 것이 틀림없다. 세계의 반쪽을 차지하는 여성 동지들은 당신이 알몸인 것을, 그리고 이보다 더 품위 없을 수는 없는 일을 겪었다는 사실을 알고 있다. 그리고 어, 정말로 당신의 몸에서 또 다른 인간이 태어난다는 것도 안다.

아이쿠!

나는 아이 낳는 일이 아름답다고 말하는 사람들을 도저히 이해할 수 없다. 다른 사람들의 생각과 조화를 이루지 못하는 또 하나의 사례 되시겠다. 아이 낳는 일은 아름답지 않다. 그러나 아이들은 아름답다. 아이 낳는 일은 끔찍하다. 이와 반대로 말하는 사람은 태반이 어떻게 생겼는지 한 번도 본 적이 없는 사람들일 게다.

나는 산부인과 의사들이 하루에 그런 일을 수차례 목도하면서도 외상후 스트레스 장애에 시달리지 않는 것이 놀랍기만 하다.

우리가 모두 한입이 되어 말할 수 있는 한 가지 사실은 아이를 낳는 일이 기적이라는 것이다. 하지만 그렇다고 해서 나의 입장이 바뀌는 건 아니다. 흔히 그렇듯 기적은 가장 역겨운 일이 되기 십상이다. 예를 들면, 홍해가 양쪽으로 갈라지는 장면은 보기에 멋지다. 아더왕이 바위에 박힌 엑스칼리버를 뽑는 장면 역시 마찬가지다. 그리고 마지막 하나의 기적, 비행기를 탔다가 안전하게 내리는 것처럼, 우리 모두, 언제까지나.

그것이 내가 보고 싶은 기적이다.

쥐떻 2:남자는 음흉한 해충- Francesca

**그는 내 주소록에 현재
'소름 끼치는 해충 구제업자'로 입력되어 있다.**

　　전에 쥐떻 이야기를 하다 말았는데, 그때 나는 쥐 한 마리가 시끄럽게 갉아먹는 소리에 막 잠이 깼다는 데까지 이야기했다. 엄마 쥐는 그 생쥐에게 입 다물고 소리 내지 말고 씹어야 한다는 것을 가르치지 않은 모양이네?

　　내 생각에 쥐가 한 배에 스무 마리나 되는 생쥐를 낳는다면, 아이들을 제대로 기르기는 어렵지 싶다.

　　당신이 TLC[46]의 리얼리티 쇼를 보고 있는 게 아니라면, 그런 일은 천만의 말씀, 만만의 콩떻인 거죠.

　　그런데 어디까지 얘기하다 말았더라? 오 그래. 침대에서 겁먹고 놀랐었지. 그 순간 설치류를 제거하는 이런 비현실적인 방법들-페퍼민트 오일, 아이리시 스프링 비누, '휴먼' 쥐떻, 프레시 민트 껌-로는 그것을 막지 못하리란 생각이 퍼뜩 떠올랐다. 쥐들이 신성한 내 침실에까지 난입하고야 말았다. 이에 뭔가 조치를 취해야 했다.

　　난 즉시 동유럽 출신(슬라브인)의 관리인에게 전화했다. 그 주에만

---

46) The Learning Channel. 미국의 케이블 텔레비전 특수 방송으로 처음에는 교육적인 내용에 초점을 맞췄다. 1991년 이후 디스커버리 커뮤니케이션스의 소유가 되었다. 2006년부터 다시 교육적인 내용을 방영하고 있다.

도 벌써 세 번째로 거는 전화인데다, 아침 7시였던지라 그는 내 목소리를 듣는 것이 달갑지 않은 것 같았다.

"쥐약을 놓아야 해요. 나는 일곱 집을 관리해요. 난 당신보다 훨씬 더 쥐가 싫어요. 그 쥐들은 건물 전체를 멋대로 돌아다닐 수 있게 된다고 생각할 거예요."

"그렇지만 쥐약을 놓으면 우리 개가 위험해지는데 어쩌라고요. 그런 위험을 감수할 수는 없잖아요." 내가 말했다.

어빈은 개가 닿지 않는 곳에 쥐약을 놓을 수 있다고 장담하며 너무 걱정한다고 되레 역정을 냈다.

그럴 수는 없어. 즉시 엄마한테 물어봐야 해.

"소독하는 사람이 이번 주 토요일에 올 겁니다. 이번 달에 딱 하루 정해 놓고 오는 날이죠." 그의 슬라브어 악센트에 좀 더 단호함이 배어 있었다. "내 말 좀 들어요. 전문가인 그 사람한테 이 일을 해결하게 놔두자고요."라는 말투.

전화를 끊었다. 어떤 상황에서도 소중한 나의 핍 근처 어디에도 독극물을 놔두지 않겠다는 결심은 여전히 확고했다. 하지만 나는 그의 말이 길이요 진리요 생명이라는 사실을 알고 있다.

해충은 평화주의 따위는 개에게나 줘버리라고 할 것이 틀림없다.

그래서 나는 타협을 했다. 소독하는 사람에게 쥐약을 놓게 하겠다고 마음먹은 것이다. 그리고 나는 핍을 차에 태우고 엄마의 집에 가서 한 달간 머물기로 했다. 쥐약을 모두 치우고 나면 그때 내 아들, 음, 나의 강아지와 돌아와도 될 일이었다.

그럴싸한 계획처럼 보였다. 드디어 토요일이 되었다. 소독하는 사람은 오전 8시에서 11시 사이에 오기로 되어 있었다. 나는 오전 7시에 일어나 짐을 꾸려서 언제라도 독약지대에서 달아날 태세에 들어갔다.

오후 4시가 되었는데도 해충 구제업자는 그때까지 코빼기도 안 보였다.

이제는 내가 나서야 할 때다.

마침내, 나는 그 염병할 디-콘[47]을 사야겠다고 마음먹는다. 전화번호를 적은 포스트잇을 현관문에 붙여놓고 상점으로 달려가야겠다.

호랑이도 제 말 하면 오는 법.

나는 엘리베이터에 타려다 그 남자와 맞닥뜨린다. 나는 그 남자 앞에 거의 엎어질 뻔한다.

그가 아파트 안으로 들어오자마자 나는 이 사내가 어딘가 비정상이라는 것을 눈치챘다. 그는 친절하고 매력이 있었지만, 안절부절못하고 금세 흥분해서는 말이 분속 1.6킬로미터는 너끈했다. 독백에 가까운 그의 이야기를 옮겨 보면 대충 이렇다.

"당신은 뭘 해서 먹고살아요? 멋진 걸, 난 티셔츠 사업도 하고 있죠. 이봐요, 당신 별자리는 뭡니까? 물병자리? 나도 물병자린데! 그럴 줄 알았어요. 침실은 이쪽? 분명 이 안에서 민트냄새가 나는데. 이거 향수를 뿌린 건가? 당신은 비판적인 성격이죠?"

그 남자가 한바탕 히스테리를 부리는 와중에도, 비판적이냐는 그의 마지막 질문이 내게 꽂혀, 나로 하여금 이렇게 대답하게 만들었다. "아닌데요."

"에이 그런 것 같은데. 물병자리들은 다른 사람의 옳고 그름을 판

---

47) D-Con. 쥐덫에 놓는 미끼, 또는 눈에 띄지 않게 만들어진 쥐덫 제품 브랜드의 이름.

단하지 않죠, 우린 얄팍한 사람들이 아니라고요. 뭐냐, 내 말 오해하지 말고 들어요. 그런데 당신은 참 예쁘군요. 거실에 있는 당신과 당신의 친구 사진도 봤어요."

"아, 고마워요."

"그런데 누가 지금 당신이 추리닝 바지를 입고, 안경을 쓴 모습을 보면, 아마 사람들은 당신이 파산한 줄 알거요."

됐거든요?

드디어 언짢은 기분이 머리 꼭대기까지 치솟은 나는 침실에서 나온다. 그러나 그와의 스무고개 놀이는 끝나지 않는다.

"담배 피워요?"

"아니. 예전에 오페라 가수가 되려고 했었기 때문에 담배 같은 건 전혀 관심 밖이었어요."

"대마초는 피우시고?"

"아니, 전혀."

"전혀?"

"전혀."

그는 문자 그대로 폭탄선언을 내질렀다. "당신 그걸 한번 해 봐야 겠군! 내가 몇 개비 줄 수 있소!"

"고맙지만 됐……"

"겁먹지 마쇼. 당신한테 이번이 첫 경험이라면 난 안 피우겠소. 당신이 피우는 것을 보기만 할 참이오."

아, 에, 그렇다면……

이 시점에서 내 머릿속은 온통 이 사내를 아파트 밖으로 내몰 생각으로 꽉 차 있다. 나는 가까스로 그를 문 밖으로 안내한다. 그리고 사람의 면전에서 문을 쾅 닫으면서도 예절 바르게 보이는 방법은 없을까 내가 한참 고민하고 있을 때 그 사람이 홱 돌아서면서 또 다른 질문을 퍼붓는다.

"당신 언제 나랑 연결해 보고 싶지 않소?"[48]

그 남자는 내 얼굴 표정을 똑바로 읽고 뒷걸음쳤다. "이봐요, 그걸 오해하지 마쇼. 내 말은 전화하라는 거, 그 뭐야, 당신도 알잖소, 친구로서."

"음……"

"부담 갖지 마쇼. 당신이 연락하고 싶으면 전화해요." 그는 이름과 전화번호를 영수증에 써 줬다.

나는 그걸 받고 고맙다고 인사한 뒤 재빨리 문을 걸어 잠갔다. 그리고 안도의 한숨을 내쉬었다.

이로써 적어도 해충 하나는 제거된 셈이니까.

그 사내의 전화번호가 뜨면 내가 받지 않은 것은 두말할 필요도 없다. 나는 그의 전화번호를 핸드폰에 입력해 뒀다.

그는 내 주소록에 현재 '소름 끼치는 해충 구제업자'로 입력되어 있다.

---

48) hook up. '전화나 인터넷 따위를 연결하다.'는 뜻 외에도 '누군가를 만나 함께 시간을 보내다.'와 '누구와의 관계, 특히 성적 관계를 시작하다.'는 뜻이 있다.

잡지 속의 섹시한 남자들—Lisa

**권총을 들고 있는 남자보다
더 섹시한 게 있을까?**

이웃집 우편물이 우리 집으로 잘못 배달되는 경우가 잦다. 나는 그 우편물을 절대로 열어 보지 않는다. 비록 그것이 은행 청구서나 증권 위탁계좌 같이 흥미를 끄는 내용의 편지일지라도 말이다. 난 이웃의 프라이버시를 존중하는 사람이니까.

게다가 봉투를 통해 살짝 들여다볼 수도 있으니 굳이 열어보지 않아도 된다.

내 우편물 함에 이웃집의 편지가 잘못 들어온 이야기를 해 보자. 특히, 실내장식 잡지인 『This Old House』에 대해서. 나는 처음 몇 쪽을 훌훌 넘겨보고는 예상 외로 흥미를 갖게 되었다. 내가 왜 그랬는지 당신은 곧 그 이유를 알게 된다.

그 잡지에는 세로로 홈이 있는 웨인스코팅 벽 판재, 그리고 빈티지 스타일로 악센트를 주는 요령뿐 아니라 '세탁실에서 스파에 있는 듯한 분위기를 내는 방법'에 대한 기사도 있었다.

나는 그 기사를 보고 깜짝 놀라 읽던 것을 멈췄다. 우리 집 세탁실에서는 그런 분위기가 하나도 안 난다. 스파는커녕 니맛도 내맛도 아닌 분위기라고나 할까. 우리 집 세탁실에는 바닥에 쌓인 더러운 옷들만 있을 뿐이다. 나는 오래전에 빨래 바구니를 졸업했다. 그래서 지금은 빨랫거리가 생기면 바로 세탁실 문을 열고 빨랫감을 바닥에 던져 쌓아둔다.

지구의 중력이 나의 빨래 바구니다.

잡지에 대한 이야기를 다시 해보자. 그 기사에는 사방에 흰색 수납장을 짜 넣은 거대한 세탁실 안에 있는 한 여자의 사진이 실려 있었다. 예쁜 창문 아래에는 싱크대가 하나 있고 대리석 작업대 위에는 차곡차곡 개어 놓은 타월들이 있었다.

이 정도면 가히 여성의 천국이라 해도 되겠지?

나는 그곳이 세탁실이라는 게 믿기지 않았다. 사실 확인을 위해 사진설명을 꼼꼼히 읽고, 그 작업대가 규암으로 만들어졌다는 걸 알았다. 규암이 뭔지는 몰라도 작업대를 만든다는 사실 하나만으로 충격을 받았다. 우리 집 세탁실에는 그 어떤 작업대도 없다. 나는 타월을 개서 세탁기 위에 올려놓는다. 세제를 흘려 끈적끈적한 파란색 자국이 있는 곳 옆에 말이다.

그 잡지는 세탁실에 놓여있는 서재 사다리까지 보여 주었다. 내 서재에는 사다리 따위는 없다. 그래, 아마 나는 서재도 없는 것일지 몰라. 하지만 그래도 나는 서가를 갖춘 식당은 가지고 있다.

또 서재 사다리는 라벤더 꽃과 같은 연보라색으로 칠해져 있었다. 그리고 세탁실 벽에는 라벤더 꽃이 그려진 벽지로 온통 도배가 되어 있었다. 작업대 위에는 싱싱한 라벤더 화분이 하나 놓여 있었다.

자, 모두 보셨죠, 여러분.

하지만 내가 말하고자 하는 건 이게 아니다. 내가 그 잡지를 계속 읽으면서 관심을 가지게 된 부분은, 낡은 집 안에 있는 부서진 것들을 고치는 남자들의 사진이 보이기 시작했다는 것이다. 머리가 희끗희끗한 키 큰 한 남자는 썩은 창틀을 새 발포 PVC 제품으로 교체하고 있었다. 그리고 수염이 덥수룩한 땅딸막한 아저씨는 천장 서까래에 드릴로 구멍을 뚫고 있었다. 그다음에 붉은 머리 조경사는 잔디를 입히고 있고, 또 스크루드라이버를 켠 채 웃고 있는 남자의 사진에는 '도목수'(都木手:목수의 우두머리)라는 설명이 달려있었다.

나는 점점 더 그 잡지에 구미가 당기기 시작했다. 그렇지만 PVC 창틀 제품 때문에 그런 건 아니었다.

잡지가 남자들의 리스트를 보여주는 카탈로그로 진화하고 있었다.

그리고 나는 생각하기 시작했다. 크리스마스 선물로 도목수를 주문하는 게 어떨까.

달리 말하면, 「This Old House」 잡지 덕분에 이 낡은 집에 흥미가 생겼다.

가장 덩치가 큰 남자는 싱크대 아래 수납장을 설치하고 있고 그 아래 '시공업자'라는 사진설명이 붙어 있었다. 대머리 아저씨는 배관 및 난방 전문가로 파이프들을 손보고 있었다. 좀 젊어 보이는 남자는 코킹건을 들고 있었는데 사진설명에 '주인(Host)'이라고 되어 있었다.[49]

그가 어떤 파티를 여는지는 모르겠으나, 누가 파티를 주최하는지는 확실히 알겠다.

코킹 권총을 들고 있는 남자보다 더 섹시한 게 있을까?

---

49) caulking gun. 창틀이나 쇼윈도 등을 만들 때 실링재나 코킹재를 틈새 사이로 주입해 채우는 권총 모양의 기계식 도구. 실링 건이라고도 한다.

그들이 쇼핑센터를 아무리 왔다 갔다 한들 다른 사람들로부터 눈곱만큼도 관심을 끌지 못했을 것이란 사실을 여러분은 알아야 한다. 그런데 석고 보드를 설치하고, 파이프를 수리하고, 그리고 페인트칠을 하고 있다면?

그들은 '완벽한 사나이'들이다.

기억하시라. 나는 1층을 전부 페인트칠하는 데 이틀이나 걸린 날탕이다. 그리고 사실 그렇게 보이게도 생기지 않았나. 사실을 말하자면 흰색 천장에 남긴 오렌지색 페인트 얼룩 같은 것을 블리드 라인(bleed lines, 출혈 선)이라고 부른다는 것도 「This Old House」 잡지에서 새로 알게 된 사실이다.

우리 집 천장은 피를 흘리고 있지 않다. 적자로 인해 과다출혈 중이라는 사실만 빼면 그렇다.

결론 : 이웃집에 물어 줄 잡지를 새로 사야 한다.

그리고 난 「This Old House」를 정기구독 할 작정이다.

그 잡지가 다른 사람의 손이 타지 않도록 평범한 갈색 봉투에 넣어져 배송되었으면 좋겠다.

피부의 꼬리표라니!— Lisa

**점은 피부의 꼬리표로서,
나이가 들면 생긴다.**

그날 밤, 시작은 조용했으나 그 끝은 창대하게 마무리되었다.

나는 거실에서 늙은 골든 리트리버 페니의 맞은편에 앉아있었다. 페니는 최근에 대대적인 수술을 받았다. 그래서 머리에 플라스틱 꼬깔콘을 쓴 채 소파에 누워있었고, 나는 늙은 개 페니에게 일어날지도 모를 갖가지 뒤치다꺼리를 하기 위해 앉아서 지켜봐야만 했다.

페니가 겪는 일들은 나에게 일어나는 일과 완전히 똑같았다.

페니의 몸 여기저기에 조금씩 지방이 쌓이고 있었다. 그리고 그 지방이 쌓인 부위가 처지기 시작했다. 나 역시 지방이 조금 처진 부분이 있다. 나는 거기를 유방이라고 부른다. 다른 부분에도 처진 지방이 적잖다. 나는 거기를 엉덩이라고 부른다.

또 페니는 얼굴에 갈색 점이 생기기 시작했다. 몇 개는 평평하고, 왼쪽 눈꺼풀 위에 생긴 것과 같이 돌출된 것들도 있었다. 내가 수의사에게 점이 생기는 원인을 물어보자, 수의사 왈 "점은 피부의 꼬리표로서, 나이가 들면 생긴다."고 했다.

나는 눈을 껌벅거렸다. 생각해 보니 수의사의 대답이 나의 피부과 의사가 설명해 준 말과 똑같다는 것이 기억났기 때문이다. 페니와 똑같이 왼쪽 눈꺼풀에 생긴 점. 피부과 의사는 점이 나이와 함께 온다고 말하며 그것을 피부의 꼬리표라고 했다. 그 말을 들었을 때, 나는 마음속으로 '나잇점'이라고 표현하는 게 좀 더 품위 있는 표현이 아닐까 생각하고 있었다.

결론인즉, 페니와 나는 '나잇점'을 가지고 있다는 거다.

나이, 점, 나이!

그렇다, 나는 눈꺼풀에 '나잇점' 하나가 있다. 여러분은 내가 눈 화장을 하려고 애쓸 때 그게 얼마나 재미있는 장면일까 상상할 수 있을 거다. 왼쪽 눈에 아이라이너를 그리고 싶으면 '나잇점'까지 직선을 그린 다음, 거기서 오른쪽으로 방향을 바꿔 눈 주위를 돌면서 그린다. 마치 도로의 경사로처럼 말이다.

그리고 갈색 '나잇점' 위에 파란색 아이섀도를 바르려고 애쓰는 모습을 상상해 보라. 파우더를 아무리 발라도 감출 수 없다. 파랑과 갈색을 합쳐놓으면 흉측해서 남성들이 고개를 돌리게 하는 데는 제격이다.

요컨대 그 모습은 그리스 신화의 외눈박이 거인족 괴물 키클롭스에게나 호감을 줄 '나잇점' 룩이라고나 할까.

어쩌면 새로운 색상의 아이섀도를 브라운색 계통으로 하나 장만해야 할까 보다. 그것으로 얼굴의 '나잇점' 모두를 위장할 수 있겠다. 혹 눈꺼풀에 얼룩이 묻은 것처럼 보일 것 같기도 하지만.

눈가에 진흙이 묻었네요!

그렇게 페니를 지켜보면서 이런저런 생각을 하다가 문득 페니에게 약을 먹여야 한다는 것을 깨달았다. 나는 주방으로 가서 항생제를 준비해서 땅콩버터 속에 감추었다. 다른 개들이 나를 보고 달려왔다. 그 애들도 땅콩버터를 무척 좋아하기 때문이다.

다음에 무슨 일이 벌어졌는지 아시는가?

나는 페니에게 약을 먹이기 시작했다. 순간 피치가 약이 들어있는 땅콩버터를 가로채서 꿀꺽 삼켰다.

어허, 이런.

갑자기 그 밤은 더 이상 조용할 수가 없게 돼 버렸다. 피치는 조그마한 카발리에 킹 찰스 스패니얼 종이며, 몸무게는 4.5킬로그램밖에 나가지 않는다. 페니는 36킬로그램이 나간다. 나는 약병을 들고 자세히 읽어보았다. 라벨을 보니 시프로플록사신이란 항생제로, 250mg이라고 쓰여 있었다. 그 약이 피치가 복용하기에는 과한 용량이라는 것쯤은 닥터 둘리틀[50]을 찾아가지 않아도 안다.

그래서 나는 동물병원 응급실에 빛의 속도로 전화를 건다. 병원에서는 그 약이 피치에게 독이 될지도 모른다고 말하며, 나더러 독극물관리센터에 전화를 해야 한다고 알려준다.

"그렇지만 나는 지금 당신과 통화하고 있잖아요." 내가 핸드폰으로 말한다. 동시에 나는 자동차 키와 강아지 피치를 챙기기 위해 허둥댄다. "지금 가고 있어요."

"병원으로 개를 데리고 온다 해도, 독극물관리센터에는 당신이 전화를 해야 해요."

---

50) Doctor Doolittle. 아동문학가 겸 삽화가인 휴 로프팅이 1차 세계대전 때 사상군마(死傷軍馬)에 대한 동정심이 계기가 되어 의사 둘리틀 선생을 주인공으로 한 『둘리틀 선생 아프리카에 가다』를 발표하고, 『둘리틀 선생의 항해』로 1923년도 제1회 뉴베리상을 수상했다. 닥터 둘리틀은 동물들과 그들의 언어로 말을 할 수 있으며 동물들을 위해서 인간 환자들을 피하는 인물로 묘사되었다.

"당신 병원 사무실에서요?"

"예. 그러면 그 사람들이 당신한테 해야 할 일을 알려 줄 겁니다."

내 귀의 성능을 의심하지 않을 수 없는 얘기를 들으면서 나는 자동차 안에서 펄쩍 뛴다. "그러니까 내가 지금 당신에게 진찰해달라고 전화하는 건데, 나더러 조치를 직접 취하란 얘긴가요?" 말은 그렇게 하면서도, 나는 한편 곰곰이 생각했다. 정말? 내가 피치를 고칠 수 있을까? 그렇다면, 내가 당신이 할 일을 대신 하면 당신은 내 일을 해 줄 건가? 왜냐하면 글이 써지지 않아 진도가 나가지 않는 소설이 하나 있거든요.

그래서 나는 어이를 상실한 채로, 차에서 독극물관리센터에 초스피드로 전화를 한다. 그리고 비자카드로 60달러의 비용을 결제한다. 한 수의사가 나에게 시프로플록사신은 그만큼 먹어서는 독이 되지 않는다고 말한다. 그렇지만 개에게 유제품을 먹이면 그 약의 흡수를 막아 줄 것이라고 알려준다.

피치와 내가 얼떨결에 한밤중에 편의점 앞에 차를 세우고 바닐라하겐다즈 아이스크림 1 파인트(0.5리터)를 함께 먹어치우게 된 까닭은 바로 그래서였다.

응급용 탄수화물이 필요하다잖아요.

피곤한 첨단기술 — Lisa

우린 이렇게 살고 있다오

핸드폰은 더 쉽게 의사소통을 하기 위해 만들어진 물건이건만 우리 가족에게는 그게 그렇지가 않다.

우리 패밀리가 손을 대고 만지작거리면 탈이 나고야 만다.

내가 마이애미에서 오는 친정엄마를 공항으로 마중 나가기로, 아니 적어도 마중 나갈 예정이었던 날의 일이다. 나는 시간을 여유 있게 잡아 미리 공항에 나가 있었는데, 첨단기술로 무장한 공항전광판의 도착화면을 보면서부터 사달이 났다. 장담하건대 아무리 화면을 보아도 도착할 시간을 금방 알아볼 수 없다. 왜냐고? 가까스로 목록에서 출발도시를 확인하는데 그 사이에 목록이 위로 올라가 버리기 때문이다.

이는 틀림없이 하루가 다르게 나날이 발전하는 신기술 덕분에, 새로운 비행정보가 나노세컨드(10억분의 1초)로 도착하면 그보다 훨씬 짧은 시간에 전광판으로 쏘아버리기 때문이리라. 그래서 도착화면을 보면서 자신이 원하는 정보를 잡아챌 수 있는 사람이 아무도 없는 거다.

그러니 이미 당신도 척하면 삼천리다. 테크놀로지에 대한 내 연구논문이 별무소용이란 사실.

도착화면이 내게 엄마가 도착했다고, 아니 엄마가 타고 있는 비행기가 도착했다고 알려주고 있다. 기껏 내가 알 수 있는 게 이 정도다. 그런데 엄마는 어디에도 보이지 않는다. 나는 바쁘게 종종걸음을 치며 공항 터미널의 입국장 안을 왔다 갔다 한다. 그러다가 엄마의 핸드폰으로 전화를 걸어 보지만, 엄마는 전화를 받지 않는다. 그 사이에 30분이 지나가고, 나는 마이애미에 있는 프랭크에게 다시 전화를 한다.

"엄마를 못 찾겠어." 내가 말한다.

프랭크는 내가 농담을 하는 줄 알고 웃어댄다. "하나도 우습지 않아. 전화 끊어야겠어. 여긴 새 직장이야. 그리고 사장이 옆에 있다고."

"프랭크, 이거 농담 아냐." 나는 그가 새 직장으로 출근한다는 걸 알고 있기에 그를 곤란한 입장에 빠뜨리고 싶지는 않다. 이런 불경기에 언감생심 그런 생각을 하겠느냐고. 프랭크가 예전 직장에 있을 때, 엄마를 잘 만났으면서도 못 찾겠다고 양치기 소년처럼 내가 줄곧 전화를 걸어 난리를 쳤던 일들은 사실 아무것도 아니다. 잘나가는 스코토라인 패밀리는 그런 일들을 엄청나게 재미난 장난으로 여긴다. "프랭크, 농담 아니라니까. 이번엔 정말로 엄마를 못 찾았단 말이야."

"이러다 누나 때문에 나 해고되겠어." 프랭크가 이렇게 말하고는 전화를 끊는다.

거두절미하고, 나는 여기저기 헤매면서, 이 사람 저 사람 붙잡고 묻다가, 마침내 수하물 창구로 내려간다. 엄마에게는 기내용 가방 외에는, 따로 부칠 수하물 따위가 전혀 없다는 사실을 뻔히 알고 있으면서도 말이다. 따지고 보면 친정엄마가 수하물이다.

그런데 엄마가 있다, 저 밖 공항 터미널 앞에. 온통 흰머리에 150센티미터의 단신인 친정엄마 메리가 터미널 밖 도로변에 서 있다. 나는 엄마를 구조하기 위해 달려간다. "엄마, 왜 여기에 있는 거야?"

"그 남자가 나를 여기에 데려다 놨어."

"어떤 남자?"

"젠장 낸들 알겠냐?" 엄마는 놀란 기색이 전혀 아니다. 웬걸, 화가 나 있다.

"하지만 전에 여기서 차를 탄 적이 한 번도 없었잖아. 그리고 핸드폰으로 전화도 걸었는데. 전화는 왜 안 받았어?"

"그거 꺼 놨지, 비행기 타느라고. 이제 가자."

우린 이렇게 살고 있다오. 첨단기기와 관련된 또 다른 문제점은 그걸 온종일 켜 두어야 한다는 점이다. 그리고 난 이런 문제가 얼른 해결되었으면 좋겠다.

물론 엄마는 차에 올라타자마자 프랭크에게 전화를 걸어 걱정 말라고 얘기하고 싶어 한다. 나는 프랭크가 걱정하지 않을 것이라는 사실을 잘 안다. 그리고 난 될 수 있는 한 운전하면서 통화는 하지 않으려고 한다. 하지만 엄마는 자신의 아들이 걱정하고 있을 거라고 철석같이 믿는다.

사실 우리는 핸즈프리로 전화를 할 수 있다. 핸즈프리 테크놀로지를 활용하자면 내가 해야 할 일은 그저 내 차에 대고 서먹하게 이야기하는 것뿐이고, 내 차는 다소곳이 그걸 들어준다. 이 차가 테스토스테론 충만한 55세의 싱글남이라면 얼마나 엣지있겠는가.

나는 프랭크의 단축번호를 누른다. 잠시 후에 전화 받는 소리가 들린다. "여보세~요." 전화기 속의 남자가 영국식 악센트로 응수해 온다. 그의 목소리가 영화 '양들의 침묵'에서 주인공 한니발 렉터 역할을 한 앤서니 홉킨스[51]처럼 들려도 나는 눈 하나 깜짝 않는다. 프랭크는 늘 내 전화를 받을 때 한니발 렉터처럼 대답하고, 나를 클라리스[52]라고 부르곤 했으니까. 우리 가족이 무척이나 재미난 일로 치는 또 다른 장난의 하나가 바로 이거다.

"프랭크, 엄마가 잘 도착했다고 알려 주래."

"미안합니다만, 뭐라고 말씀하셨습니까?" 한니발이 말한다.

"엄마 찾았어. 잘 도착하셨더라고."

"너무 죄송합니다. 프랭크는 여기 없습니다."

"프랭크, 그 바보 같은 말투 좀 쓰지 마. 아마 사장이 옆에 있어서 그러는가 본데. 엄마가 통화하고 싶어 하거든."

"정말입니다, 프랭크는 외출했습니다. 메모를 남겨 드릴까요?"

그 순간 지금까지 프랭크가 한니발 렉터 흉내를 낸 것 중에서 오늘의 연기가 가장 훌륭하다고 생각했다. 그런데 프랭크의 새 회사는 영국에 있다.

그러면, 그렇다면 이 남자는 정말로 프랭크네 회사의 사장?

나는 즉시 분별 있는 행동을 보여줬다. 겁에 질려 전화를 끊은 것이다.

이 또한 테크놀로지의 또 다른 문제점이라 하지 않을 수가 없다.

테크놀로지 때문에 남동생이 해고당해서 백수 신세가 될 수 있다는 것을 명심하시라.

---

51) Anthony Hopkins(1937~). '양들의 침묵'에서 한니발 렉터 박사 역으로 1991년 아카데미 남우주연상을 수상한 영국 배우.

52) Clarice M. Starling. '양들의 침묵'과 '한니발'의 여주인공. '양들의 침묵'에서는 조디 포스터, '한니발'에서는 줄리앤 무어가 클라리스를 연기했다.

뒤를 돌아볼 수 없다— Lisa

늙어갈수록 뒤를 돌아볼 수 없다는 것이
순리에 맞는 게 아닐까.

좀 전에 내게 기막힌 일이 일어났다.

뒤를 돌아볼 수가 없었다.

지금 무슨 얘기를 하고 있는지 설명을 해 드리도록 하지요.

나는 주방의 아일랜드 작업대에 앉아 노트북으로 글을 쓰면서 미식축구를 보고 있었다. 오른쪽에는 냉장고가, 그리고 다이어트 콜라와 토티야 칩 한 봉지는 내 손 가까이에 있었다.

흠. 이런 시스템을 보고 작업실이라고 부르지, 아마.

그리고 개들은 늘 하던 대로 내 뒤에 있는 자그마하고 둥그런 보금자리에서 옹기종기 모여 잠을 자고 있었다. 그들 중 한 마리가 괴상하게 웃는 소리를 냈다. 나는 고개를 돌려 어떤 개가 그러는지 살펴보았다.

내 말은 그렇게 하려고 애를 써봤다는 뜻이다.

뒤를 돌아볼 수 없었기 때문이다. 온 힘을 다해 봐도 도저히 고개를 돌릴 수가 없었다.

나의 등짝에는 아무런 문제가 없었다. 아프거나 그런 것도 아니었다. 단지 뒤를 돌아보기 위해서 무진 애를 써야만 했다는 말씀이다.

우째 이런 일이?

그리고 이런 일은 며칠 전에도 있었다. 개를 산책시키다가 자동차가 다가오는 소리가 들리기에 얼마나 가까운 거리에 있는지 보려고 뒤를 돌아볼 때였다. 그런데 뒤를 돌아 볼 수 없지 뭔가.

시야에는 잡히는 거라고는 내 코밖에 없었다. 몸 전체를 돌리지 않고는 뒤를 볼 수가 없었다. 이게 대체 무슨 시추에이션?

나는 쉰다섯이다.

인터넷을 검색해 봤더니 의사, 물리 치료사, 과학자가 쓴 글들이 줄줄이 꼬리를 이었다. 모두들 이구동성, 같은 이야기를 했다. 여자들이 나이를 먹으면 신체의 유연성이 떨어진다는 것.

으흠.

그동안은 이 문제를 그저 먼 나라 이웃 나라 이야기처럼 막연하게만 생각해 왔는데, 내 자신이 이제는 꼼짝없이 뒤를 돌아보지 못하게 생겼으니 어쩌랴. 뒤가 없는 셈치고 살아봐?

난 내 몸의 어느 부분이 굳었는지조차 알지 못했다. 한 의학 기사에는 "50~71세의 여자들이 팔을 앞으로 들기, 뒤로 들기, 수평으로 들기가 얼마나 어려워지는지, 그리고 다리 들기와 엉덩이 돌리기에 어떤 문제가 생길 수 있는지"에 대한 이야기가 잔뜩 나와 있었다.

그들이 무슨 말을 하고 있는 건지 제대로 알아듣진 못해도, 좋은 이야기일 리가 없다는 건 알겠다.

그리고 뒤를 돌아볼 수 없게 돼 버린 게 어깨 때문인지 엉덩이 때문인지도 잘 모르겠고.

모든 검색 결과를 종합해 보면 조언은 한결같았다. 어떤 웹사이트에 올라와 있는 글이다. "이 연구결과는 나이 든 여자들이 일주일에

세 번 이상 정기적으로 운동을 하면 어깨와 엉덩이의 운동 범위를 증가시키거나 유지할 수 있다는 사실을 보여주고 있다."

첫째, "나이 든 여자들"? 어떻게 감히 이런 표현을! 지옥으로나 꺼지시기를.

둘째, 자꾸 운동, 운동 그러는데 나는 매일, 하루 한 번씩 개들을 3킬로미터나 산책시킨다. 그리고 나보다 더 나이 든 조랑말을 탄다. 여기다 무슨 운동을 더 추가해야 속이 후련해지려는지?

즉, 운동이란 처방은 내게 있어서는 적어도 오용, 남용이란 말씀이다.

건강한 상태를 유지하기 위해 누구에게나 다 똑같은 일을 하라고 그러는 건 공정하게 보이지 않는다. 과잉일반화의 오류이며, 비합리적인 신념일 수도 있다. 나의 논리는 이렇다. 몸무게를 줄이고 싶으면 운동하는 것이 당연하다. 힘이 강해지고 싶으면 운동하는 것이 당연하다. 현상 유지만 하려는 상태를 바꿔야 한다. 내게 변화가 필요하다면 추가로 뭔가를 해야 한다.

하지만 내가 원하는 건 그게 아니지 않은가.

나는 아무것도 바꾸고 싶지 않다. 내가 하고 싶은 거라고는 뒤를 돌아보는 것뿐이다. 그리고 나는 아직도, 오늘도, 뒤를 보기 위해서 챔피언처럼 당당하게 몸통을 돌려 세워야 한다.

나는 더 뾰족한 수가 필요했다. 다시 구글에 들어가 "55세. 뒤를 돌아볼 수 없다"라고 입력했다. 하지만 아이작 헤이즈의 '나는 돌릴 수가 없어요'라는 노래 말고는 전혀 자료가 없었다. 그 노래를 작곡했[53]

---

53) Isac Hayes(1942~2008). 미국의 소울, 펑크 가수 겸 작곡가, 레코드 제작자, 편곡자, 배우. 아카데미 주제가상 그리고 그래미상을 3회나 수상했다.

을 당시, 아이작은 30대였다. 그래서 나는 그가 정말로, 진짜로 운동
을 하지 않은 모양이라고 지레짐작해 버리고 만다.

오늘의 결론. 나는 뒤를 돌아보기 위해 운동하는 걸 거부하겠다.
그렇다면 정답은 하나밖에 없다.

뒤를 돌아보는 일을 중단해버리면 된다.

그래 놓고 나는 그때부터 생각하기 시작했다.

어쩌면 늙어갈수록 뒤를 돌아볼 수 없다는 것이 순리에 맞는 게
아닐까. 아마 우리의 인생은 계속 앞으로 나아가는 것이지, 뒤를 돌아
다보고 있을 필요가 없다는 뜻이겠지.

당신이 나와 같은 인생을 살아 봤다면 특하나 그럴 것이다. 나는
크나큰 실수들을 저질러 왔다. 그리고 내겐 두 명의 남편이 있었다는
사실조차 괘념치 않는다.

다시 말하자면 나이가 들수록 뒤를 돌아보지 않겠다는 뜻이다.

앞만 바라보자.

계속 가는 거다.

걷는 것은 좋다.

과거는 백미러 속에 남겨 두어라.

거창하고 멋진 과거였다면 뒤에 남아 있지만은 않았을 거다.

중년여성들, 왜들 그러시나!— Lisa

우리는 아무거나 느끼는 대로
다른 사람들에게 말하고 싶은 충동을 느낀다.

방금 도그 쇼(애완견 대회)에 다녀오는 길이다. 그곳에서 나는 화분 하나, 퀼트 수예품 하나, 메모장 하나와 열쇠고리 하나를 샀다. 하나같 이 리틀 토니와 피치와 같은 종인 카발리에 킹 찰스 스패니얼 개의 그림이 들어간 제품들이다. 나의 새로운 수확물들은 내가 예전에 구입한 'I ♥ My Golden Retriever'라고 적힌 운동복 셔츠, 웰시 코기 단추가 달린 자수 제품, CAT MOM 티셔츠 수집물품들과 함께 모셔지게 될 것이다. 또 나는 'The Buck Stops Here(모든 책임은 내가 진다)'라는 글 귀와 함께 조랑말 그림이 그려진 모자도 하나 가지고 있다. 그리고 지금 나는 필라델피아 필리스 야구팀의 운동복 셔츠에 이글스 야구팀의 담 요를 뒤집어쓰고 필리스와 이글스의 경기를 보려는 참이다.

달리말하면 나는 선전·광고 스티커들을 덕지덕지 붙인 자동차 범퍼나 다름없다.

나는 좋아하는 게 있으면, 그걸로 온 몸에 도배를 한다.

나는 왜 이렇게 되어 버렸을까? 그 불편한 진실이 알고 싶다.

어쨌든 내 자동차의 범퍼에는 스티커가 붙어있지 않다. 내 자동차 의 취향은 좀 더 고상한 모양이다.

대체 나는 왜 이래야만 하는 것인가?

이게 나만의 문제는 분명 아니다. 카발리에 그림이 들어간 퀼트 제품을 사기 위해 나를 비롯한 다른 중년의 여자들끼리 경합이 붙어 입찰을 해야만 했던 걸 보면 말이다. 모피와 여성호르몬이 난무하는 중년여자들끼리의 암투가 절정에 달했던 시간이었다.

여자들은 이미 카발리에 셔츠와 스웨터를 입고 있었다. 그들의 집에도 카발리에가 그려진 물건들이 수없이 많을 가능성이 높았다. 그런데도 그들은 카발리에가 그려진 뭔가를 더 원하고 있었다. 나도 그랬다.

왜?

거기에 그려진 카발리에 개들은 내 개도 아니다. 그런데도 나는 하다못해 카발리에가 그려진 머그 잔 하나라도 수중에 넣기 전에는 그 애완견 대회장을 떠나지 않을 작정이었다.

그럼 그렇게 해서 얻은 건 뭐? 나는 사람들이 야구, 하키, 미식축구 경기에 팀 기어의[54] 옷과 모자를 쓰고 가는 이유를 이해하게 됐다. 우리는 모두 똑같은 빨강, 오렌지색, 혹은 녹색 옷을 착용한 동일한 종족의 일원처럼 차려입고 경기장에 간다. 펜실베이니아주를 사랑하는 모임이든 족사모(족제비를 사랑하는 사람들의 모임)이든 간에, 우리는 그 커뮤니티에 속해 있다는 걸 드러낸다.

그리고 어찌된 영문인지 우리는 아무거나 느끼는 대로 다른 사람들에게 말하고 싶은 충동을 느낀다. 그건 이 에세이처럼 '난 그걸 좋아해(I love it)'란 세 단어로 축약된다.

이런게 항상일 수도 있겠다.

---

54) team gear. 학교, 대학, 동아리 등의 스포츠 팀 유니폼. 'Team Gear'라는 이름의 스포츠의류 브랜드도 있다.

그리고 우리가 충성을 바치는 복장은 팀과 애완동물을 넘어 세를 넓히고 있다. 나는 자동차 대리점에서 자동차 로고가 새겨진 옷을 사는 사람들을 본 적도 있다. 이건 누구를 위한 걸까? 그 자동차에 어떤 충성심을 보이려고? 그리고 그다음 진도는? 글쎄, 자동차 그림이 들어 있는 깃발이 아닐까.

우리는 폴크스바겐이 여기저기 널려있는 나라에 산다.

단체복은 그렇다 치고, 내가 산 옷들 가운데 일부를 입고 사람들 앞에 공개적으로 나갈 일은 거의 없다. 지난해에는 '대장 암탕나귀'라고 쓰인 티셔츠 하나를 샀지만 그 옷을 입고 집 밖에 나갈 필요는 없다.

나 혼자만으로도 족하다.

동일한 취향을 지닌 사람들을 찾아내고, 그런 사람들이 모인 큰 집단에 소속되어 뜻을 같이할 필요가 있다는 건 분명하다. 하지만 같은 걸 좋아하는 사람들끼리도 서로 싫어할 수 있다. 특히 공감대를 느낄 수 있는 것이 단 한 가지밖에 없는 경우는 더욱 그렇다.

필리스 팀을 예로 들어 보자.

내가 필리스를 좋아하면 좋아할수록, 내가 혐오하는 인간 한둘이 필리스 팬 속에 낄 확률이 그에 비례해 더 높아진다. 중범죄자이거나, 아니면 그저 평범한 사람이라 해도 야비한 품성을 지닌 사람이기 때문에 내가 싫어할 수도 있다. 많은 살인자들이 감옥에서 야구를 보며 필리스 팀에 환호하고 있을지도 모른다. 그런 사람들과 한자리에 합석하는 일은 피하고 싶다. 그런데도 왜 옷은 똑같은 걸로 입으려고 하는 걸까?

이런 질문을 내게 던지면 답하기가 더욱 어려워진다. 나는 한 번도 경기장에 직접 가 본 적이 없기 때문이다. 나는 집 안에서 혼자 경기를 보면서도 내가 응원하는 팀의 유니폼을 입는다. 아무도 나를 볼 수 없다. '개가 왕이다'라고 적힌 셔츠를 입었으면 하고 바라는 우리 개들을 빼고는 아무도 나를 봐 줄 사람이 없다.

아무도 보는 사람이 없다고는 하지만, 그 셔츠를 입게 되면 조랑말이 이의를 제기할지 모르겠다.

고양이들은 내가 뭘 입든 신경도 쓰지 않겠지만.

그래서 나는 필리스 팀에 대한 열정을 함께 나눌 사람이 없을 때라도 빨간색 옷을 입고 그 경기를 본다. 필리스 유니폼을 입고 소파에만 앉아있는 아줌마지만 텔레비전 화면에서 선명하게 물결치는 빨간색의 바다를 볼 때면 행복해진다. 비록 집안에서일망정 나는 홈 팀의 일원이다.

팀의 일원이지만, 기여도는 마이너스.

힘 내, 리사!

부디 이런 사람이 나만이 아니라고 말해 주시라.

여성호르몬이 떨어져서 좋은 점 - Lisa

**중년의 여성에게서 빠져나가고 있는 것은
여성호르몬뿐만이 아니다.**

나이를 먹어 가면서 호르몬 수치가 떨어진다는 사실은 모두 아시리라. 그런데 나는 호르몬을 보충하는 방법을 새로 알았다.

테킬라.

어떤 사람이 여성호르몬이 필요하며, 그들은 언제 패트론을[55] 마실까?

나는 알코올중독은 아니지만, 그래도 테킬라는 다른 것보다 마시는 방법이 마음에 든다. 우선 테킬라는 굵은 소금을 곁들이면 맛이 최고다. 굵은 소금을 곁들여서 기막힌 맛을 낼 수 있는 게 과연 얼마나 되겠는가?

테킬라만 있으면 만사형통.

그런데 테킬라가 좋은 이유는 또 있다. 적당히 마시면, 호르몬이 부족하다는 사실을 잊게 된다는 거다.

내가 이런 얘기를 하는 이유는 나를 진찰한 의사가 내게 호르몬 보충요법을 고려하고 있었기 때문이다. 그때 우리는 호르몬 보충요법은 유방암, 심장병과 뇌졸중을 일으킬 수 있다는 사실을 알게 됐다.

---

55) Patron, 최상급의 테킬라 브랜드.

어쨌거나 내가 말하는 의학적 조언은 하나도 받아들이지 마시라. 줄어들고 있는 당신의 호르몬 수치가 당신으로 하여금 변덕을 부려도 좋다는 면죄부는 아니라는 점을 여기서 밝혀두려는 것뿐이다.

달리 말하면, 당신이 기르고 있는 고양이보다 더 많은 수염이 당신의 입술 주변에 자랄 수도 있다는 얘기다. 하지만 족집게로 뽑는 일은 소녀들의 전공이다.

중년의 여성에게서 빠져나가고 있는 것은 여성호르몬뿐만이 아니다. 남성호르몬 역시 빠져나가고 있다. 그래서 아줌마들은 여성스러움이 줄어드는 것뿐 아니라 남성스러움도 줄어든다.

조화와 균형은 언제나 좋은 것이다.

이로 인해 얻을 수 있는 다른 이점을 생각해 보자. 리비도(성충동)가 줄어든다. 즉, 당신의 성욕이 후진하고 있다는 사실을 과학적으로 끝내주게 통보해 주는 셈이다.

당신에게는 이제 3단과 4단 기어가 없다. 저속 운전만이 가능한 것이다. 그러니 이젠 과속도 물 건너간 얘기다.

실제로도 당신의 섹스 충동은 더 이상 주행거리를 늘리고 싶어 하지 않는다.

운전은 포기하고 버스를 탄다.

당신이 결혼을 했든 안 했든, 이건 반가운 소식이다. 왜? 당신은 더 잘하는 할 일이 있기 때문이다. 당신도 알고 있지 않은가. 옷장 바닥엔 먼지가 쌓여있다. 그리고 속옷 서랍들은 아수라장이다. 통장 잔고의 수지타산을 맞추려면 머리도 굴려야 한다. 그리고 욕실 타일도 군데군데 떨어져 나가서 다시 붙여야 한다.

어서 그 일에 착수하라.

여기서의 그 일이란, 물론 욕실 수리를 두고 하는 말이다.

남성호르몬이 없으면, 섹스를 하기보다는 복도를 다시 페인트칠하는 것이 낫다. 그리고 여성호르몬이 없으면, 섹스 대신 페인트나 칠하는 신세라고 징징거리는 짓을 그치게 될 거다.

짜잔!

어때요? 기분이 좀 나아지셨나요? 이렇게 된 게 참 다행이지요?

그리고 당신이 결혼을 하지 않은 상황이라면 훨씬 더 좋다. 내 자신의 경험에 비추어 보건대, 지금 당장이라도 자신할 수 있는 사실을 하나 알려드리겠다. 당신이 쉰다섯을 넘은 여자라면 당신이 이성에게 성적인 매력을 발산할 확률은 그 낮고도 낮은 호르몬 수치보다 유일하게 낮은 수치라는 사실.

그래서 내가 지금 테킬라에 대한 이야기를 하고 있는 거다. 나로 말할 것 같으면, 나는 호세 쿠에르보[56]와 데이트를 하고 있다. 모든 여자에게는 매력적인 라틴계 애인이 필요한 법이다.

물론 당신의 호르몬 생산량이 고갈되기 시작하면 그에 따르는 생리적인 변화도 발생한다. 예를 들면 질벽이 점점 얇아진다는 것.

좋은 소식이고말고!

당신의 질이 가벼워질 수 없다고 생각하고 있었다면 그건 당신이 잘못 생각한 거다. 질이 얇아진다니, 그것 참 대단하지 않은가? 나는 질이 뚱뚱한 건 딱 질색이다.

나이를 먹으면서 일어날 수 있는 다른 변화에 대해 알기 위해 온라

---

56) José Cuervo. 전 세계적으로 유명한 테킬라 브랜드.

인을 검색하다가 한 웹페이지에서 이런 글을 발견했다. "불두덩 근육은 탄력을 잃고 질, 요도, 방광은 제 위치에서 벗어나 처질 수 있다."

음, 충고 한마디 하자. 방광이 처지는 것을 조심하시라!

방광이 처지는 모습을 쉽사리 머리에 떠올리기 어렵지만, 머플러를 두르고 걸어 다니다 보면 흘러내리는 것처럼 방광도 그렇게 흘러내리는 것이라고 생각해 두기로 했다.

방광에 걸려 넘어지지 마라. 밟지 말고 살짝 그 위를 건너뛰어라. 그다음에 그것을 주워라. 그래야 그걸 가게에 가지고 갈 수 있으니까.

더 보디 숍.[57]

어쨌든 무릎 관절을 교체할 수 있다면, 아마 방광도 교체할 수 있지 않겠는가. 부위는 다르지만 그게 그거지.

다음으로 또 긍정적인 것이 있다면? 생리를 안 하게 되니 탐폰 살 돈이 절약되고, 입고 싶을 때는 언제든 흰 비키니도 입을 수 있다.

그렇다, 지금 말한 것 중에서는 사실 하나만 옳은 말이란 걸 인정한다.

흰색 비키니를 가지고 있다면 당신은 바비 인형임에 틀림없다.

갱년기 바비.

물론 테킬라가 아닌 다른 여러 가지 방법들도 많다. 호르몬 감소에 대처하기 위해 다양한 식이요법들을 시도해서 변화를 줄 수 있다. 아마씨는 오도독 씹듯 먹으면 맛이 있는데 이빨 사이에 낀다는 단점이 있다. 전동칫솔, 치실, 그리고 압축공기 스프레이로도 잘 빠지지 않

---

57) The Body Shop. 자동차 수리공장, 직업소개소, 헬스클럽, 독신 남녀 전용 바 등의 뜻이 있으며, 영국 자연주의 화장품 브랜드 이름이기도 하다.

는다. 크헉.

　나로 말하자면 아사이 주스를 마시기 시작했다. 그건 신의 계시라고밖에는 말 못하겠다. 텁텁한 목 넘김, 기름이 둥둥 뜨는 자주색 액체. 자동차 엔진 오일 같은 맛이 난다. 나는 'açai'를 제대로 발음하는 방법을 안다. 그 주스를 마시고 나서 집어던지며 내뱉는 소리랑 똑같기 때문이다.

　호르몬이 줄어들면서 얻는 좋은 점이 그밖에도 많은데 생각이 안 난다. 이는 또 다른 이점이기도 하다.

　음, 내가 어디까지 얘기했더라?

---

58) açai. 브라질의 열대우림에서 자연 재배되는 베리(딸기)의 일종으로, 브라질 원주민들이 '생명의 나무 열매'라고 부를 정도로 유명한 식품. 항암효과가 뛰어난 것으로 알려져 있다.

불편한 진실, 피임— Francesca

**왜 국가는
여자들에게 이렇게 생고생을 시키는가?**

일요일 아침. 그리고 가장 먼저 떠오른 생각은 피임.

토요일 밤을 격렬(?)하게 보내서 그랬던 건 아니다. 평소와 다름없이 내 침대를 공유한 단 하나의 생물체는 나의 개 핍이었다.

후회하고 자시고 할 만큼 나의 섹스 라이프는 화려하지 않다.

그래도 나는 피임약을 먹는다. 10대 초반에 난소 종양이 의심되어 피임약을 처방받았다. 임신을 예방하기 위한 여러 방안 중에서 마지막으로 낙점된 것이 피임약을 복용하는 것이었다.

나는 그렇게 솔로부대의 선두 주자가 되었다.

내 말을 오해하지 말고 들으시라. 나는 지금 밀고 당기는 튕기기의 미덕에 감사드리고 있는 거니까.

하지만 내 피임약 같은 튕기기의 귀재는 정말 듣보잡이다.

정식으로 처방을 받고 구매하는 것임에도 불구하고 이런 약들을 손에 쥐는 데는 아주 많은 장애물들이 가로막고 있다. 접근을 차단하는 것은 '차단 피임법'만의 전매특허가 아니다!

장애물의 첫 번째 주자로 약국이 있다. 내가 살고 있는 집 건너에는 듀에인 리드 드러그스토어가 있다. 듀에인 리드는 뉴욕 거주자 모두에게 실생활의 기본에 필요한 것을 갖춘 곳이다. 24시간 오픈에 의약품, 생필품 그리고 이제는 음식도 판매하는, 뉴욕에서 가장 쉽게 찾을 수 있는 가게다.

이 도시에는 비둘기 숫자보다 듀에인 리드의 숫자가 더 많다.

그런데 최근, 듀에인 리드는 특정 제약회사와 몇몇 독점적인 거래에 서명했다. 그리고 그들은 내가 늘 사용했던 일반약품 판매를 중단했다. 약사는 나에게 묻지도 설명도 않고 새 약을 주었다. 내가 약이 바뀌었다고 말하자 그가 대답했다.

"약물로 인한 부작용이 있을지도 모르지만, 똑같은 약입니다."

내 비록 의학 관련 학위나 약사자격증은 취득하지 못했지만, 그래도 부작용이 있으면 그건 똑같은 게 아니라고 주장했다.

그래서 나는 매장을 그다지 쉽게 찾아볼 수 없는 CVS[59]를 찾아 헤매게 되었다. 그러나 발견하는 족족 매장의 철문이 내려져 있었다. 나는 어리둥절해서 표지판을 두 번씩이나 읽어봤다.

일요일 휴무.

CVS는 맨해튼 전역에서 일요일에 문을 닫는 유일한 시설임이 틀림없다. 사람들은 CVS를 '절대로 잠들지 않는 도시[60]'라고 부르지 않는다. 정상대로라면 무엇이든 언제나 어느 곳에서든 살 수 있고 무료 배송해 줘야 하는데 아무것도 안 된다. 나는 일요일에 이곳 은행에서 수표를 예금할 수도 있다. 그런데 처방약을 살 수가 없다니?

이런 불편함이 매달 겪는 일만 아니라면 내가 그렇게까지 화가 나

---

59) 대형 유통망을 지닌 유명 드러그스토어 체인점. 처음의 이름은 'Consumer Value Stores'.

60) the city that never sleeps. 밑줄 친 부분을 합치면 CVS가 되는 언어유희이다.

지는 않을 것이다. 한 번에 피임약 한 팩밖에는 살 수 없는 일도 나를 돌아버리게 한다. 추가로 한 팩을 더 살 수는 있지만, 그 이상은 결코 안 된다.

왜 피임약을 규제 약물처럼 다루느냐고요. 이건 마약이 아니지 않은가 말이다. 필수적인 호르몬 요법이다. 아이들은 요즘 희한한 약물에 혈안이 돼 있다. 그렇지만 기분전환용 호르몬제는 그들한테 인기가 없을 것이라고 나는 확신한다.

PMS(생리전증후군)을 위해 먹는 피임약은 파티용 약물이 아니다. 제정신을 가진 여자라면 처방된 분량 이상의 약물을 복용하지 않는다. 진통제를 남용하면 기분이 좋아진다. 하지만 호르몬을 남용하면, 주위에 있는 사람들을 성적으로 학대하게 될 뿐이다.[61]

나는 약을 거저 달라는 게 아니다. 기꺼이 돈을 낼 용의가 있다. 내 의료보험은 피임약 구매에는 적용이 안 된다. 그건 괜찮다. 공교롭게도 내 보험은 임신했을 경우, 엄청난 의료비를 보장해 준다. 임신하지 않기 위한 작은 돈은 보장해주지 않으면서 말이다. 그것까지도 수용할 용의가 있다. 그냥 넘어가겠다. 내 돈 내고 살 테니 나에게 그 젠장맞을 피임약만 달라!

내가 왜 매달 약사에게 가서 내 몸의 상태를 보고해야 하는가? 약사가 나를 그렇게나 알뜰살뜰 돌봐 주던가? 이 말을 꺼내는 이유는 지난번에 내가 다니던 곳의 약사가 내 이름을 다섯 번이나 '프란치스코'라고 불렀기 때문이다.

왜 국가는 여자들에게 이렇게 생고생을 시키는가? 마리화나를 합

---

61) '남용, 오용'의 뜻을 지닌 abuse 에는 '성적으로 학대하다'의 의미도 있다.

법화하는 것도 고려하고 있다면서, 왜 처방받은 피임약 하나도 제대로 살 수 없게 하는가? 국가에서는 나의 책임감 있는 가족계획 태도에 편의를 제공해야 마땅한 것 아닌가? 엄마란 내가 한평생 수행해야 할 가장 중요하고도 어려운 역할 가운데 하나라고 생각한다. 나는 앞으로 맞이하게 될 그날을 위해 내 건강을 소중하게 지키고 싶다.

그리고 솔직히 까놓고 말하자면, 나는 사실 리얼리티 텔레비전에 적합한 경력을 쌓고 싶은데 무계획한 임신을 하기에는 너무 나이가 많다. 스물넷은, MTV에서 일하기에는 엄청 늙은 나이다. 적어도 열여섯에는 시작했어야 한다.

비아그라를 사는 일이 차라리 쉽겠다. 개인의 건전한 성생활을 도덕적으로 규제할 생각이라면, 나는 비아그라 처방을 원하는 남자들의 아내와 여자 친구의 서명을 반드시 받아야 한다고 생각한다. "의사와 상담하세요."가 아니라 "부인과 상담하세요."로 하면 어떨까? 적어도 그 문제만큼은 상호협의하에 이루어져야 한다고 본다.

내가 광고를 시청하고 있을 때, 한 여자가 정원을 돌보며 평화로운 하루를 즐기는 장면이 나왔다. 그때 여자의 남편이 나타나서 호스에 연결된 수도꼭지의 물을 트는 말도 안 되는 짓으로 여자를 방해한다. 여자는 평화롭게 화분도 하나 가꾸지 못하니?

그리고 더 고약한 게 있다. 나는 비아그라 처방전이 불륜의 기회를 더 조장할 수 있다는 글을 읽은 적이 있다. 남성 환자들은, 음~, 그들의 장비를 시험할 수 있는 자격을 새로 얻은 것 같이 느끼기 때문이란다.

여기에 딱 들어맞는 사례가 하나 있다. 여든다섯 살인 내 친구의 할아버지가 요즘 스물다섯 살 여자와 데이트를 하고 있단다.

이게 바로 약물 남용 아닌가.

나는 인생의 황혼기를 섹스가 아닌 가족을 위해 사는 시기로서, 현명한 조언과 취미활동, 휴식을 하는 때라고 생각해 왔다.

섹스는 20대 여러분들이나 추구할 일이다!

그냥 농담.

내가 진짜 하고 싶은 질문은, 대체 어떻게 된 스물다섯 살짜리 여자이기에 여든다섯 살이나 먹은 할아버지와 데이트를 하는가이다.

피임약을 못 구하는 여자?

난 순교자가 아니라 엄마다 - Lisa

엄마들은 자신의 아이가 성장해서 집을 떠나 살더라도
엄마 노릇하는 것을 결코 그만두지 않을 것이다.

애완동물들을 키우다 보면 그들을 아이처럼 대하게 된다. 그러한 경향이 스코토라인 패밀리의 경우에는 좀 극단으로 치닫는다.

날씨가 추워지기 시작하면서 벌어진 일이다. 나는 피치가 털이 많지 않은 것이 걱정되어 나도 모르게 밤색의 자그마한 강아지 스웨터를 피치에게 입혀줬다. 피치가 산책하러 밖에 나가자고 해서가 아니었다. 집 안에서 따뜻하게 지내라고 입혀준 것이다.

여기까지는 그래도 괜찮았다.

나는 피치에게 그 옷을 입히고 나서, 다음 날, 그리고 그 다음 날도 계속 그 옷을 입혀 놓았다. 그때 피치가 똑같은 옷을 내리 사흘이나 입는 것을 못마땅하게 여길지도 모른다는 생각이 언뜻 들었다. 그래서 나는 피치에게 남청색 스웨터로 갈아입혔다.

게다가 그 스웨터는 터틀넥이었다. 피치의 머리가 칼라 사이로 톡 튀어나왔다. 처음에 귀여운 작은 주둥이가 나오고 다음에 늘어진 불그스름한 귀가 나오는 것을 보면서 딸 프란체스카가 조그마했을 때가 생각났다. 그리고 나는 동작을 멈췄다. 나는 자신의 개를 치장하면서 만족을 얻는 그런 사람들 중의 하나가 되어가고 있었다.

나는 개를 예쁘게 치장하고 다닌다는 이유로 그 사람들을 비판해 본 적이 없다. 이와 반대로, 내게는 삶에 두루 적용하는 나만의 룰이 있다. 나를 행복하게 해주고, 탄수화물 칼로리가 낮아지는 일이라면 그 일을 열심히 하자는 거다.

어쨌든 개들을 치장하는 사람은 즐거움을 얻는다. 개들도 그럴 것이다. 그러니 해로울 게 무언가?

그렇지만 솔직히 말하자면, 나는 그런 사람들을 비판하지는 않았지만 그런 사람들과 내가 같다고도 생각하지 않았다. 나는 개들을 개로서 사랑한다고 생각했다. 그런데 사실은 나의 개들이 나의 아이들이 되어버렸다.

굳이 변명하자면, 이건 모두 그 개들 잘못이다. 왜? 그들이 이런 일을 시작했으니까.

하루의 대부분을 나는 주방의 아일랜드 식탁에서 노트북으로 일을 한다. 그동안 개들은 내 발치께에 있는 개 침대에서 잠을 자며 시간을 보낸다. 그러나 핸드폰이 울리자마자 코기는 날카로운 경보음을 울리고, 피치와 토니는 페니와 함께 온 사방을 뛰어다니며 짖고 서로의 꼬리를 물려고 뱅뱅 돈다. 그리고 마찬가지로 내가 누군가에게 전화하려고 전화기를 집어들 때마다, 그 개들은 전에 없이 누가 더 시끄러운지 시합을 한다.

엄마라면 누구나 이런 행동이 뭘 의미하는지 알게 된다.

프란체스카가 어렸을 때, 그녀는 내가 전화를 할 때면 큰소리로 노래를 부르곤 했다. 그리고 내가 아는 엄마들도 전화 통화를 할 때면 자기 아이들이 늘 유난을 떨었다고 말한다.

엄마들은 그 행동이 의미하는 메시지가 무엇인지 안다.

전화를 끊고 나만 바라봐 줘.

나는 개들도 이와 똑같은 행동을 하는 거라고 생각한다. 그리고 개가 아이처럼 행동하기를 그만두면, 나도 그 개를 아이처럼 대하는 것을 그만둘 작정이다.

재미있는 건, 내가 전에 엄마라는 직업에는 유통기한이 없다고 말했다. 엄마들은 자신의 아이가 성장해서 집을 떠나 살더라도 엄마 노릇하는 것을 결코 그만두지 않을 것임을 알기 때문이다. 그런데 나는 모성이 옮겨갈 줄은 생각지 못했다. 옮겨갈 수 있기 때문에 내가 아이의 엄마 노릇을 할 수 없다면 조그만 스패니얼들의 엄마 노릇이라도 시작하려고 했던 것이다.

하지만 그건 짧은 생각이었다. 개의 엄마가 된다는 건 내가 주연으로 나오는 '엄마들은 미쳤다'라는 드라마를 찍는 것과 같다.

나만 털북숭이 아이들을 오냐오냐 받아줄 리 없다. 그럴까? 예를 들면 그들은 제일 좋은 의자를 차지하고 나는 긴 의자를 차지한다. 그리고 그들을 심부름 보내는 게 아니라 내가 매일 산책을 시킨다. 그리고 며칠 전에는 닭가슴살을 너무 오래 요리하는 바람에, 그들에게 가장 좋은 부분을 주었다. 내 몫으로 남겨진 시커멓게 탄 부분은 먹을 수가 없어서 그냥 버렸다.

난 순교자가 아니라 엄마다.

아, 늘 실망스러운- Lisa

온라인 쇼핑은 인생과도 같다.

지난번 공휴일에 나는 온라인으로 맘껏 쇼핑을 했다. 간편하고 효율적이며 소나기를 맞을 염려도 없다. 나가서 쇼핑을 하려면 떨쳐입고 쇼핑몰에 가야 한다. 그렇게 하고 가서 보면 쇼핑몰은 마치 학년 말 댄스파티에 나온 사람들처럼 화려하게 입은 사람들 천지다.

그래서 나는 집에 있으면서 마우스로 열심히 클릭질을 해서 딸에게 줄 선물을 샀다. 그런데 나중에 알고 보니 온라인으로 쇼핑한 것 중에 제대로 건진 물건이 별로 없었다는 결과가 나왔다. 온라인 쇼핑은 인생과도 같다. 광고에서 본 것과 똑같은 상품은 몇 개 안 된다. 그리고 나머지는 늘 실망스러워 입이 다물어지지 않는 물건들만 배송되기 마련이다.

책과 같이 단순 간단한 물건만 해도 그렇다. 나는 엄청난 책을 산다. 수많은 오프라인 서점과 온라인 서점에서 종이책은 물론 전자책까지 산다. 나는 이걸 업보라고 생각한다. 사람들이 내가 쓴 책을 구입해주기를 원하는 마음으로, 나도 다른 사람들의 책을 산다.

우리 모두 책을 더 많이 읽어야 한다. 읽고 쓰는 능력은 민주주의에 필수적이니까. 우리가 더 잘 읽고 쓰면, 우리는 그만큼 더 훌륭한

지도자들을 선출하게 된다.

이론적으로는 그렇다.

하지만 닥터 필[62]이 즐겨 하는 말처럼, 그게 당신에게 무슨 도움이 되는데?

어쨌든 나는 이미 사망한 마크 트웨인(1835~1910)의 자서전이 출간됐다는 소식을 들었다. 그래서 온라인으로 그 책을 샀다. 그래, 마크 트웨인은 비록 죽었지만 자신의 자서전을 세상에 내놓았다. 얼마나 대단한 작가냐 말이다!

나 자신으로 말할 것 같으면, 내가 사망한 지 10년 후에 내 자서전을 집필할 예정이다. 그때쯤이면 나는 새 스릴러 시리즈, 연애 소설 몇 권, 그래픽 노블[63] 한 권, 그리고 역시 유쾌하고 즐거운 다른 에세이를 시작하고 있을 것이다.

나는 사후에 아주 다작을 할 계획이다. 옷을 떨쳐입고 쇼핑몰에 갈 정도로 한가한 건 지금뿐이다.

그런데 듣자하니 마크 트웨인은 자신의 자서전을 써 놓고는 자기가 죽은 뒤 백 년이 될 때까지는 출판하지 말라고 부탁했다고 한 이 책이 지금 대박을 치고 있는 것 같다.

마크 트웨인은 우리 후학들이 관심을 기울일 거란 사실을 어떻게 알았을까? 그가 살아있던 시점에서 영문학 전공 후배들이 나중에 얼마나 남아 있을 거라고 생각했을까? 나라면 우리 같은 영문학 전공자들은 멸종하고 없을 거라 생각했을 것 같다.

---

62) Dr. Phil. 미국의 유명한 임상심리학자이자 심리 치료사인 필 맥그로 박사. 그가 진행하는 인기 리얼리티 쇼 프로그램의 이름이기도 하다.

63) graphic novel. 길고 복잡한 스토리 라인을 지닌, 깊이 있고 철학적인 주제를 다루는 만화.

뭐 어쨌든 나는 프란체스카를 위해 그 책의 실물을 확인하지 않은 채 주문을 했다. 그 책이 어떻게 나쁠 수 있겠는가, 라고 생각했던 것이다. 마크 트웨인이 쓴 책 아닌가. 드디어 그 책이 배달되었다. 문제가 된 건 그 책의 내용이 얼마나 우수한가가 아니었다.

책의 두께였다.

그 거대한 상자를 열어 보고 나서야 나는 그 책이 거의 2000쪽에 달한다는 것을 알았다.

그게 무슨 상관이냐고?

음, 역설적으로 들리겠지만 설명하자면 이렇다. 내가 온라인으로 쇼핑을 한 건 맞지만 나는 프란체스카가 이 책을 내가 온라인에서 샀다는 사실을 모르게 하고 싶었다는 거다. 온라인으로 샀다고 하면 마치 내가 샤워를 하느라고 딸애한테 제대로 신경을 쓰지 않은 것처럼 들리니까.

산통이 깨졌다.

딸애가 그 책을 여전히 좋아할 것이 틀림없는데도 손으로 직접 전해 주지 못하게 생겼다. 그 책이 콘크리트 벽돌만큼 두꺼운 것을 알고 있기 때문이다. 그리고 나는 프란체스카가 그 책을 통독해야 한다는 의무감을 갖지 않았으면 좋겠다. 나는 영문학 전공자이므로 자신 있게 말할 수 있다. 나 자신조차도 그 책을 끝까지 읽으리라 장담할 수 없다는 사실을.

키스 리처즈의 자서전을 읽은 적이 있긴 하지만, 그래도 그 책은 700쪽짜리였다. 유명한 사람들은 다양한 삶을 살아서 이렇게 자서전

---

64) Keith Richards. 롤링 스톤스의 기타리스트.

이 두꺼울 수밖에 없는 건가.

여담이지만, 다른 온라인 쇼핑몰에서 프란체스카를 위해 맞춤 티셔츠 하나를 사면서 무척 놀란 적이 있었다. 이 사이트에 사진을 올리면 그 사진을 티셔츠에 인쇄해 준다는 사실이 너무 신기했기 때문이다.

대단한 아이디어 아닌가요? 그렇죠?

이 또한 이론적으로 보기에는 그럴듯했다.

프란체스카는 강아지인 핍을 무척 아낀다. 그래서 나는 핍의 사진을 준비해서 그 사이트를 방문했다. 설명된 내용대로라면 사진을 셔츠의 한가운데나 주머니 위에 프린트할 수 있다고 했는데, 티셔츠를 아무리 봐도 주머니가 눈에 띄지 않았다. 어리둥절할 수밖에 없었다. 그렇다고 셔츠 한가운데에 개 사진을 박는 것도 이상하게 보여서, 나는 무난한 방법으로 주머니가 있을 법한 곳에 그 사진을 올려놓았다.

셔츠가 배송되어 왔다.

나는 그 셔츠를 꺼내어 펼쳐보았다.

인쇄된 핍의 사진은 개로 보기에는 너무너무 작았다. 그리고 그 사진은 옷의 왼쪽 가슴 한가운데, 즉 젖꼭지가 위치한 부분에 있었다. 핍의 모습은 딱 젖꼭지만 한 크기였다.

어허. 이 일을 어찌할까나.

내가 어떻게 이걸 사랑하는 딸에게 줄 수 있겠는가? 프란체스카가 자신의 젖꼭지 위에 핍의 사진이 박힌 옷을 입을 수 있을까? 그리고 딸아이의 그 부분에 남자들의 시선이 꽂히는 게 과연 내가 바라는 일인가?

그래서 나는 그 티셔츠를 딸애의 잠옷용 셔츠로 쓰라고 마크 트웨인 자서전과 함께 포장하기로 작정했다. 그 옷을 입고 그 책을 읽으면 끝내주게 잠이 잘 오겠지.

잠옷이 아니라 외출복으로 입을 경우, 핍의 사진(핍꼭지?[65])을 보는 남자마다 몽땅 쓰러지게 생겼다.

---

65) 원문은 Pipple. 개의 이름인 Pip과 젖꼭지(nipple)의 합성어.

나도 엄마랑 말 안할 거야! - Lisa

그래 봤자 나는 엄마 딸이다.

지난번에 친정엄마가 의사의 지시에도 불구하고 휴대용 산소 호흡기를 사용하지 않는다는 소식을 듣고 걱정하고 있었는데, 엄마의 코가 점점 푸른색으로 변해간다고 한다.

우리는 푸른(우울한) 크리스마스를 향해 가는 중이었다.

엄마와 내가 서로 침묵시위 중이기 때문이다.

어떻게 된 일이냐 하면 자초지종이 이렇다.

어느 날 문득 산소호흡기에 대한 문제로 친정엄마와 통화를 한 이후, 엄마가 내게 전화를 걸지 않고 있다는 사실이 떠올랐다. 엄마는 보통 사흘에 한 번꼴로 전화를 한다. 짧게 안부만 묻고 끊는 경우도 있지만 말이다. 그런데 전화 한 통화 없이 엿새가 훌쩍 지나가버린 거다.

궁금해진 내가 친정엄마에게 전화를 걸었지만, 엄마가 전화를 받지 않아서 통화를 할 수 없었다. 그래도 그때까지는 별로 이상하다는 생각은 들지 않았다. 엄마는 낮잠을 자는 타입이 아니기 때문에 전화를 받지 않는 것이 예사롭지 않은 일이기는 했다. 아니, 사실 엄마는 낮잠을 많이 자는 셈이다. 산소를 제대로 마시지 않으니까.

이 모든 일은 엄마가 의사의 말을 제대로 따르지 않기 때문에 발생한 것이다.

엄마, 정말 실망이라고요.

어쨌든 그렇게 며칠이 더 지났다. 그러던 어느 날, 엄마가 내게 응답 전화를 하지 않고 있다는 사실을 나는 비로소 깨달았다.

음, 그렇다면?

당신은 내가 사태를 파악함에 있어서 이해력이 매우 굼뜬 사람이라고 생각할지도 모른다. 그건 인정하겠다. 하지만 상황이 이렇게 된 것에 대해 굳이 변명을 하자면 이렇다. 엄마가 내게 '무응답 전법'으로 나오리란 걸 짐작도 못했던 데에는 다 이유가 있었던 거다. 전에는 한 번도 이런 일이 없었으니까. 친정엄마가 주로 구사했던 건 '고함지르기 전법'이었다. 아니면 '잔소리 전법', 그도 아니면 '양심의 가책 느끼게 하기 전법'을 세계 최상급 수준으로 구사해 왔다.

그런데 말을 않고 버티다니? 십년 공들인 탑을 무너뜨리는 것도 유분수지. 우린 여자이므로 결코 입을 다물지 않는다.

아무튼 본론은, 그간 무슨 일이 있었는지 알게 된 것도 내가 스스로 깨닫게 된 건 아니란 말씀이다. 프랭크의 생일이 다가오기에 그에게 전화를 걸었더니 이런 얘기를 하는 게 아닌가? "큰일 났다. 엄마가 누나랑 말 안 하겠대."

"정말?" 나는 그 말을 믿을 수가 없었다. 솔직히 말해 그 말을 들으니 화가 치밀었다. "의사가 시키는 대로 하랬다고 말한 것 때문에 엄마가 내게 삐졌다는 거야?"

"그래. 엄마는 누나가 풋내기래."

엥? 난 풋내기가 아니다. 나는 엄마에게 옳은 말을 했다. 나는 오로지 논리적으로 대처했다. "만약 엄마가 나랑 말 않으면 나도 역시 엄마랑 말 안 할 거야." 비유적으로 말하자면, 말로 팔짱을 끼고(전화기 앞에서 팔짱 백번을 껴도 보이지 않으므로) 결연한 자세로 출사표를 쓴 셈이다.

"이럴 수가." 프랑크가 말했다.

생일 축하해, 프랭크.

그렇게 해서 엄마와 나는 교착상태에 빠졌다. 엄마가 나를 보이콧한다면, 나도 즉각 보이콧할 심산이었다. 며칠이 흘렀다. 나는 엄마에 대해서 많이 생각하고, 더 많이 걱정하고, 내 전화기에 엄마의 메시지가 와 있나 수차례 점검했다.

친정엄마는 한 발자국도 움직이지 않았다.

그때서야 나는 깨달았다. 엄마와 대치하고 있어 봤자 내가 지는 게임을 하고 있다는 사실을. 엄마가 화를 내면 한(恨)을 품게 된다는 것을 익히 봐왔기 때문이다.

친정엄마가 한을 품게 되면 어떻게 되느냐고요?

엄마의 한은 그 어떤 콘크리트보다도 더 견고하다. 엄마의 한이 쌓이면 방사능 대피소도 만들 수 있다. 아무리 단단한 화강암도 엄마의 한에 견주면 푸석푸석한 일개 돌멩이에 불과한 존재일 뿐이다.

이대로 내가 계속 고집을 피울 수도 있다. 하지만 그래 봤자 나는 엄마 딸이다. 비유하자면 사과열매가 사과나무에서 아무리 떨어지지 않으려고 버텨 봤자, 그 사과나무는 눈썹 하나 찡그리지 않고 건재하리라는 것이다. 무슨 뜻인지 아시겠죠?

한 알의 사과로는 사과나무의 적수가 될 수 없다. 계란으로 바위치기나 마찬가지.

특히나 우리 엄마나무에는 어림 반 푼어치도 없는 소리다.

크리스마스와 연말이 코앞으로 다가왔다. 그리고 나의 한 또한 깊어져 갔다. 아직 화가 풀린 건 아니지만, 걱정이 앞선 것도 사실이었다. 그리고 엄마를 보이콧하고 있는 동안 엄마에게 무슨 일이 일어난다면, 이 보잘것없는 사과는 슬픔에 젖어 사과소스처럼 으깨어지고 말 것이다.

연말연시의 연휴는 사랑하는 가족이 있음에 감사해야 하는 시기다. 가족이 아무리 화나게 할지라도 말이다. 혹은 가족이 아무리 의사의 지시를 따르지 않는다 해도 우리는 감사해야 한다.

가족은 서로에게 필요한 존재다.

우리가 숨 쉬는 공기처럼.

그래서 나는 전화를 걸었다. 친정엄마가 전화를 받았다. 그리고 내가 말했다. "메리 크리스마스, 엄마."

그리고 엄마가 말했다. "젠장 맞게 즐거운 시간이 왔구나!"

"미안해. 나 풋내기였어."

"나 다른 의사한테 진료받기로 예약해 놨다. 그리고 그 의사도 산소를 써야 한다고 말하면 그리할 게다."

친정엄마가 나름 미안하다고 사과하는 방식은 이렇다.

그러면 만사가 제대로 돌아간다.

우리 딸, 착하기도 하지— Lisa

나는 뭐든지 앞서가는 경향이 있다.
내가 잘못한 것일까?

크리스마스 연휴에 우리 집 배관에 또다시 문제가 생겼다.

대략 난감의 상황을 설명하자면 이렇다.

연휴가 시작되기 직전, 지하실에 내려갈 일이 있었다.

지하실 바닥이 온통 물바다였다. 나는 배관공을 불러 물어보고
자시고 할 것도 없이, 지하실 천장을 지나고 있는 파이프 하나가 새고
있다는 것을 알았다.

배관공을 불렀다. 어느 파이프가 새고 있는지 알아내기까지 네 명
의 기술자를 불러야 했다. 나는 뭐든지 앞서가는 경향이 있다.

배관 및 난방회사에 전화를 걸었더니 배관공 한 명을 파견했다. 배
관공이 보더니 난방기술자가 와서 고쳐야 한다고 말했다. 다음에 온
난방기술자가 말하기를 자기 대신 배관공이 필요하단다. 세 번째로 온
남자는 양쪽 일을 다 할 수 있는 기술자였다. 그가 견적을 뽑아 보더
니, 문제를 해결하려면 4000달러의 비용이 들 거라고 말했다. 배관과
난방설비가 한꺼번에 문제를 일으켰다는 거다.

여기까지가 내가 이해한 전부다. 그의 입에서 4000달러란 숫자가
튀어나온 순간, 그다음 얘기부터는 귀에 들어오지 않았기 때문이다.

그래도 수리는 해야겠기에 알았다고 했다. 공사 일정은 회사의 "일정에 맞춰" 잡아주겠다는 답을 들었다.

그게 크리스마스 이틀 전의 일이었고, 나는 집에서 어정거리며 배관/난방 기술자가 오기를 기다렸다. 할 일이 깨알처럼 많은 데도 말이다. 크리스마스 선물을 싸게 살 수 있는 쇼핑 찬스도 놓치고, 크리스마스 디너용 칠면조를 준비하는 일도 글렀다. 아무리 기다려도 수리기사가 나타나지 않아, 나는 그 회사에 전화를 걸었다. 그래서 고작 얻어들은 얘기라고는 우리 집이 '일정'에 없다는 답변이었다.

헐.

다른 때였다면 까짓, 문제될 게 없는 일이었다. 하지만 크리스마스가 내일 모레인데 나는 선물도 못 사고 칠면조도 마련하지 못했다. 시간이 촉박했다. 그 회사에서는 가능한 한 빨리 사람을 보내겠다고 했고, 그들이 가능하다고 한 날은 바로 크리스마스 이브였다. 문제로다. 매장에 뭐가 남아 있는지는 몰라도, 그날이 막판 크리스마스 쇼핑을 할 수 있는 유일한 날이었다. 휴일 저녁에 먹을 거라고는 시리얼뿐이었다. 게다가 크리스마스트리를 장식하는 일도 남아있었다.

나는 지난번 크리스마스이브에도 배관공, 난방 기술자들과 함께 지냈다. 평범한 국가 공휴일이었다면 나는 기꺼이, 아무 문제없이 이들 기술자님과 함께 휴일을 보내 줬을 거다. 하지만 이번 크리스마스도 그렇게 지내긴 싫었다.

그래서 나는 그 회사에 전화해서 미안하지만 크리스마스이브에는 기술자를 보내지 말라고 했다. 월요일, 그러니까 주말을 넘긴 다음 보내 달라고.

내가 잘못한 것일까?

두고 보시라, 이제 곧 결말이 나올 터이니.

프란체스카와 나는 크리스마스이브를 즐겁게 보냈다. 칠면조와 트리 장식품들을 사려고 쇼핑몰에 들렀다가, 폐점 직전의 열광적인 쇼핑객으로 간택되어 텔레비전 기자와 인터뷰를 하기도 했다. 나는 카메라 앞에서 막판에 쇼핑하게 된 걸 프란체스카 탓으로 돌렸다. 나는 그런 엄마다.

우리는 마냥 행복에 겨워 귀가했다. 그런데 트리를 장식하면서 집안이 점점 추워지고 있다는 걸 알아차렸다. 요점만 말하자면, 크리스마스 아침 12.7도의 날씨에 우리는 선물을 개봉했다.

실내에서 측정한 온도가 그렇다는 말이다.

지하실에서 뭐가 잘못된 건지는 몰라도, 그로 인해 집안의 온기는 자취도 없이 사라졌다. 그래도 우리는 두렵지 않았다. 편안하고 즐거운 시간을 보내고 왔기에 마음만은 훈훈했으니까.

실내 온도가 11도로 떨어질 때까지는 그랬다.

허걱.

우리는 난방설비를 고쳐야 할 시간에 쇼핑을 하기 위해 집을 비웠고, 그리고 지금 그 대가를 혹독하게 치르고 있다.

하지만 걱정은 않기로 했다. 평정을 유지하면서 주말을 견뎌낼 작정이었다. 그러고 나면 월요일에는 배관공과 난방공이 오기로 되어 있지 않은가.

그런데 눈보라가 대신 왔다.

그래서 배관공과 난방공은 올 수가 없었다.

그다음에 어떤 사태가 벌어졌을지는 여러분도 충분히 짐작할 수 있으리라.

우리는 지금 닷새째 난방이 전혀 안 되는 상태로 지내고 있다. 프란체스카는 계속 거실에 있는 벽난로에 장작을 때고, 나는 연신 핫 초코를 만들어 날랐다. 잠은 소파에서 잤다. 추위에 몸을 옹송그린 채, 체온을 나눠받기 위해 개들을 끌어안고 깜박거리는 벽난로 불빛을 받으며.

나는 우리가 신중하게 처신해서 크리스마스이브를 즐길 게 아니라 배관공을 불렀어야 하는 게 아니냐고 프란체스카에게 은근히 물었다.

"아니." 프란체스카가 행복한 미소를 지으며 대답했다.

우리 딸, 착하기도 하지.

잘나가고 있을 때 즐기자— Francesca

기대가 작으면, 얻는 것도 작다.
변화를 기대하며 우리의 기대도 높이자.

최근에 남자를 한 명 사귀었다. 그는 똑똑하고 재미있는 귀요미다. 내가 이야기를 하면 나만 열심히 바라보고 있어서, 내가 지금 무슨 얘기를 하고 있는지도 까먹을 정도다. 그래서 내가 속으로 뭐라고 중얼거렸는지 아는가?

흥분하지 마.

그랬음에도 불구하고 나는 흥분했다. 흥분의 열기가 나의 내부에서 쉬익쉬익 솟아오르는 것을 느낄 수 있었다. 캔에 든 탄산음료를 흔들었을 때처럼. 흥분을 즐기는 대신 나는 다시 한 번 속으로 이렇게 중얼거렸다.

멍청하게 굴지 마.

뱃속에서 나비가 날개를 펄럭이는 것처럼 조마조마하고 두근거렸다. 아니 나비가 아니라 말벌들이 윙윙거리는 것처럼 마구 설레었다. 그리고 나는 바로 그 말벌들에게 쏘이기를 기다리고 있었다.

친구들이 나의 새 남자에 대해 물었다, 난 오히려 대수롭지 않게 생각하는 척하느라 유난을 떨었다. "그냥 스쳐 지나가는 바람일 지도 몰라⋯⋯"란 말로 시작해서 "기대치를 높게 잡을 생각은 없어."라고 단

언하기까지 했다.

최악의 경우에 대비해 미리 장황하게 연막을 치는 내 이야기를 듣고는 한 친구가 말했다. "있잖아, 그 정도 남자라면 네가 흥분을 하는 게 맞아."

그런가?

오, 그래. 나 지금 잔뜩 흥분하고 있는 거 맞거든.

그렇다면 왜 나는 내 자신이 느끼고 있는 감정에 대해 이렇게 점수를 짜게 매기는 것일까?

사람들은 때때로 우리 여성들이 동화 속의 삶을 꿈꾸고 있는 게 문제라고들 말한다. 여성들은 한도를 초과해 신용카드를 긁으면서 '백마 탄 왕자'를 만나는 공상에 빠져 거만을 떤다는 얘기다. 그 '까다롭다'는 말은 음식을 타박하는 아이들, 그리고 성인 여성들에게만 쓰인다.

하지만 난 그런 얘기에 결코 동조할 수 없다. 게다가 지나온 나의 인생에 등장했던 대다수의 여성들 또한 동화 속의 삶을 꿈꾸는 사람들과는 거리가 멀었다.

내 경험에 의하면, 현실주의자인 여성들은 걱정거리들을 달고 살기 때문에 그리 까다롭지 않다.

'지나치게 까다롭게 편식하는' 여성들의 숫자가 실제로 얼마나 되는지 알고 있는가? 주위에 내가 아는 사람들 중에서 까다롭지 않은 사람을 골라 보라면 당장 열 명은 꼽을 수 있겠다. 그들은 자신의 값을 제대로 쳐 주지 않는 남자에게 지나치게 빨리, 헐값에 안주해 버린다. 관계가 위태로워져도 빠져나오는 동작만큼은 지나치게 굼뜨다.

속담에 이런 말이 있다. 기대를 낮추어라, 그러면 놀라우리만치 기쁜 일이 항상 기다리고 있을 것이다.

하지만 얼마만큼 낮춰야 되는 건가? 기대치를 낮춘 인생은 대체 어떤 느낌일까?

놀라우리만치 불쾌할 것 같다.

그러다가는 환상이 주는 아찔한 즐거움, 아드레날린 샘솟는 새로운 가능성들을 놓칠지도 모른다.

고등학교 때 기억이 난다. 나는 그때 반에서 아무 남학생이나 랜덤으로 골라서, 친구들과 끝없이 그 남학생에 대해 수다를 떨고 그의 이름을 매시 게임이나 점괘 판에 올리곤 했다. 그 남학생에게 내 감정에 대해 말이나 해줬는지 기억도 안 난다. 아무튼 그게 중요한 건 아니었으니까. 공상은 그 시절에 가장 즐거운 놀이였다.

남자 고등학생들에게 기분 나쁘게 들릴 수도 있겠지만 실제로 남자 친구를 사귀었던 것보다, 대부분의 경우 짝사랑이 더 나았다.

어른이 되면 때때로 사람들은 사랑이나 직업에 대해 새로운 가능성이 있으리란 생각을 스스로 막을 때가 있다. 실망하게 될까 봐 그 어떤 가능성도 미리 차단해버리는 탓에 우리들이 누릴 수 있었던 행복을 예기치 않게 비관적인 상태로 만들어 버린다.

그렇게 하면 더 안전해질까? 더욱 강하게 될 수 있을까? 더더욱 용감해질 수 있을까?

그렇지 않다.

그래서 나는 이제부터 이렇게 생각하기로 했다. 언제 날아들지 모

---

66) MASH. 아이들이 미래를 점쳐보기 위해 많이 하는 게임. M.A.S.H.는 맨션(mansion), 아파트(apartment), 오두막(shack: street, shed, sewers, shelter 등으로 바꿔 사용하기도 한다)과 집(house)을 뜻한다.

를 주먹을 피하려고 미리 중무장하기 시작하면, 그 갑옷의 무게로 인해 일어서 보지도 못하고 폭삭 주저앉았을지 모른다고. 구더기가 무서우면 장을 못 담그게 된다는 말씀이다.

최악의 상황을 예상하고 행동한다는 것이 그만, 최악의 상황을 자초하게 되는 건 아닌지?

기대가 작으면, 얻는 것도 작다. 우리는 기대치가 낮으면 기준도 낮아지게 된다는 걸 알아차릴 수 있을 만큼 눈치가 빠르지 않다.

무모해야 한다고 이야기하는 게 아니다. 타당한 이유로 좌절하는 건 미리부터 비관적인 자세를 취하는 것과 엄연히 다르다. 행복을 잡을 기회가 주어진다면 우리는 언제나 행복을 움켜쥐어야 한다고 생각한다. 행복은 우리의 일용할 양식이며, 우리 삶의 엔진을 추진시키는 연료다. 인생에서 위험을 감수할 충분한 이유가 된다.

우리의 기쁨과 즐거움이 걸린 문제니까.

세상이 우리를 돌볼 것이라고 믿는 것은 그리 중요하지 않다. 어쨌든 밀고 나가야 한다는 것을 믿는 것이 중요하다. 우리는 실망과 실패에서 회복할 수 있는 능력에 대해 믿음을 가져야 한다.

실패는 하나의 사건일 뿐, 결론을 내리기엔 이르다.

우리는 실패를 잊고 우리의 심장을 고동치게 해 줄 다른 사람이나 기회를 받아들일 수 있어야 한다.

살다 보면 실망하는 일도 생긴다. 하지만 실망을 맞이하려고 미리 극진하게 준비해 둘 필요는 없지 않은가.

그래서 다가오는 새해에는 우리 모두 기꺼이 판타지를 받아들여야 한다고 생각한다. 미리 양해를 구하고 자시고 할 것 없이 열정을 불사

르도록 하자. 전진하라, 그리고 변화를 기대하며 우리의 기대도 높이자.

지금부터 시작이다. 나는 그 남자에 대해 흥분하고 있다는 사실을 만천하게 고백하겠다. 그리고 여러분이 새해의 어느 날 나를 만났을 때, 그에 대해 물어 보신다면 나는 부끄러워하지 않고 진실을 말해주겠다. 좋은 소식이 될 거라고는 장담 못하겠다. 하지만 그 어떤 경우에도 나는 변함없이 당당하게 행동할 거다.

여러분도 그래야 한다.

우리는 일이 잘못되더라도 바로잡을 수 있는 사람들이기 때문이다.

그러니 잘나가고 있을 때 즐기자.

인생수업 - Lisa

아무리 공짜로 주는 것이라 해도
내가 갖고 싶지 않은 물건이 있을 수 있다

내가 지금 하려는 말을 잘 새겨들으시길. '보상 포인트'를 조심할 것! 한때는 나도 보상 포인트의 열광적인 팬이었다.

내 신용카드에 보상 포인트가 상당히 많이 적립되어 있다는 사실을 알게 된 날의 기억이 생생하다. 마치 복권에라도 당첨된 듯한 기분을 느꼈던 날이었으므로.

그래, 정말이지 보잘것없는 작은 금액의 복권이었지만 그래도 공짜는 공짜다. 그래서 나는 흥분했다. 신용카드를 사용할 때마다 포인트가 쌓여서 그걸로 공짜 목록에 있는 공짜 물건을 고를 수 있었다.

끝내준다!

나는 심지어 공짜 선물 목록에서 물건을 고르기가 얼마나 어려웠는지에 대해 글을 쓴 적도 있다. 공짜란 사실이 너무 황홀해서 졸도해버릴 것만 같았기 때문이다.

공짜는 힘이 세다, 아닌가? 돈을 한 푼도 치른 것이 아니라면, 잘못될 리가 없지 않은가.

아니면 그 비슷하게 생각을 했던 것 같다.

그리고 그 후로 나는 줄곧 보상이라면 눈에 불을 켜게 되었다. '보상'에 대한 이야기를 다른 사람들에게 널리 퍼뜨리기까지 했다. 딸 프란체스카가 새 신용카드를 발급받으려고 할 때는, 보상 포인트가 적립되는 카드인지 확인해보라고 조언도 해줬다.

보상을 해 준다는데 누가 마다하겠는가?

그랬던 내가, 최근에는 보상을 마다하고 있다.

보상 포인트로 새로 얻은 향신료세트와 함께 깨달음의 순간이 내게 찾아왔던 것이다. 향신료세트는 공짜 선물 목록에서 보았다. 그리고 포인트가 얼마나 차감되었는지는 신경도 쓰지 않았다. 모든 생각이 한 가지 사실에만 쏠려 있었기 때문이다.

공짜!

그래서 나는 그걸 우리 집에 들여놓기 위해 주문했다. 유명 식재료 전문매장인 '딘 & 델루카 Dean & DeLuca'에서 배달된, 너무도 멋진 향신료세트는 지금 우리 집 오븐 위에 있다. 향신료는 모두 진품 코르크 마개가 달린 투명한 유리 시험관 안에 들어 있어서, 측면에서도 그 멋진 색색의 향신료들이 잘 들여다보인다. 하지만 향신료라고 해봤자 라벤더, 텔리체리페퍼콘(통후추) 같은 것들이다.

으응?

나는 라벤더를 양념으로 쓰려면 어떻게 해야 하는지 모른다. 그렇지만 유리관에 들어있는 자주색의 라벤더는 참으로 예뻤다. 너무 예뻐서 쓰기 아까울 정도다. 그건 그렇고, 라벤더를 어디다 뿌린담?

금잔화에?

그 세트에는 그리스 오레가노와 프렌치 타라곤 같은 수입향신료들도 있다. 감사한 일이다. 나는 오레가노의 냄새를 맡아 보았다. 보통의 오레가노와 똑같은 냄새가 난다. 피자 가게에 가면 나는 그 냄새 말이다.

그래서 이건 혹시 사용하게 될지도 모르겠다.

아니면 그 향신료 통째 들고 퍼먹거나.

하지만 그 향신료들 중에 내가 사용한 건 하나도 없었다. 유리시험관에는 유효기간도 표시되어 있지 않았다. 그래서 내린 결론은, 프렌치 타라곤은 파리에 있어야 했다는 거다. 돈 한 푼 안 들어갔지만 낭비는 낭비다.

역설적으로 들리겠지만, 맞는 얘기 아닌가?

아무리 공짜로 주는 것이라 해도 내가 갖고 싶지 않은 물건이 있을 수 있다는 교훈을 나는 향신료세트를 통해 배웠다. 난 향신료세트가 필요 없다. 앞으로 사용할 의사도 없다. 내가 정말로 향신료세트를 좋아했다면 돈을 주고라도 그걸 샀을 거다. 실제로도 내게는 그럴 생각이 없었으므로, 그 물건을 집 안에 들이지 말았어야 옳다. 아무리 공짜라 해도.

인생수업 제대로 했다.

몇 마디 더 보태자면, 그 물건이 향신료였기에 이런 문제가 생겼을지도 모른다. 그 향신료세트 이전에도 나는 전혀 사용하지도 않을 향신료를 사는 사람으로 유명했다. 주된 이유는 내가 동남아에서 많이 먹는 요리인 그린 커리를 잘 만드는 사람이 되고 싶었기 때문이었다. 나는 그린 커리를 좀 사 뒀다가 초록색 덩어리로 굳을 때쯤이면 내다 버리는 일을 되풀이했다. 명절 연휴 무렵이면 매번 똑같은 실수를 저지르곤 한다.

생각해 보니, 정말 심각한 문제는 내가 형편없는 요리사여서 그런 거 아닐까. 나는 향신료라고는 거의 사용하지 않다시피 하기 때문이다. 그리고 이 점에 있어서는 내가 우리 엄마의 딸인 게 확실히 맞는 거 같다. 내가 자랄 때 우리 집에는 향신료세트라고는 눈을 씻고 봐도 없었다. 단지 네 가지의 향신료만 있었다. 드라이 오레가노, 마늘 소금, 양파 소금, 그리고 소금.

친정엄마는 이탈리아 요리를 만들 때 소금으로만 간한다.

그때 우리 집에는 후추조차 없었다. 하긴, 우리 엄마는 누구에게나 맵게 톡 쏘는 사람이므로 후추는 필요 없었다.

그리고 지금 이날까지도 친정엄마가 나를 방문하러 와서 미트볼이나 토마토소스를 만들게 되면, 우리 모녀가 제일 먼저 하는 일은 식품점에 소금을 사러 가는 거다. 방부제가 들어 있는 것으로, 천일염이나 유기농이 아닌 제품일수록 더 좋다.

그렇지만 알아 둘 게 있다.

우리 친정엄마의 음식은 어쨌든 정말 맛있다는 거.

그래서 확실하게 보상을 받았다는 느낌이 든다.

포인트 차감도 없는 진정한 보상.

나를 피울 불쏘시개가 필요해- Lisa

나는 중요해!
나는 '자유의 여신상'이 될 수 있다.

내가 싱글이란 사실은 모두들 알고 계시리라. 그리고 나는 싱글로 사는 게 좋다. 두 번의 결혼과 두 번의 이혼 끝에 내 자신이 드디어 나의 보스 노릇을 할 수 있게 됐기 때문이다.

내가 보스라니, 얼마나 멋진 일인가!

그리고 부하직원은 또 얼마나 훌륭한지!

양쪽의 입장에서 볼 때, 나는 함께 일하기에 편안하고 즐거운 존재다. 나는 결코 봉급을 삭감하지 않는다. 그리고 늘 최선을 다한다. 나는 내 자신의 업무성과를 평가할 때 점수를 후하게 매긴다. 그리고 지금 나는 업무성과 평가제도를 이참에 아예 없애 버릴까 생각 중이다. 나를 막을 자 그 누구냐?

아무도 없다!

앗싸!

그리고 나는 화려한 싱글라이프를 지속하면서, 전 남편 둘이 하곤 했던 많은 임무를 배워 가는 중이다.

그런 일들이 그리 많지는 않았지만.

이제 와서 하는 얘기지만, 사실 그 두 사람 공통으로 아주 잘했던 일이 있다.

불 피우기.

벽난로든 고기 굽는 석쇠든 그들은 불을 피우는 데 도사였다.

나는 그렇지가 못하다.

이 문제가 남녀평등과 관련된 문제는 아닐 거라고 애써 생각해 본다. 하지만 남자들은 동굴생활자로 살던 시절부터 불을 피워오지 않았던가. 그동안 여자들은 동굴 안에서 동굴을 쓸고 닦으며 이혼 가능성을 타진하고 있었고.

어쨌든 싱글이 된 이후로 나는 배수구를 청소하고, 쓰레기를 치우고, 벽과 창틀에 페인트를 칠하고, 망치질까지 했다.

나는 이 모든 일을 혼자 다 해 왔다고 감히 말할 수 있다. 한 번!

사실대로 말하면, 나는 사람을 사서 이런 일들을 해치웠다. 그래서 불과 관련된 것 빼고는 모든 것을 전과 똑같이 유지하고 있다. 지금까지 불 없이도 잘 지내왔다.

그런데 이제 나이가 들고 보니 불이 그립다.

바비큐 얘기가 아니다. 내 자신이 싱글이란 사실을 충분히 자각하고 있으므로 바비큐숯불 냄새 같은 건 바라지도 않는다.

하지만 벽난로의 불빛은 그립다. 나는 비록 일인 가족이지만, 그래도 안락한 가정을 꾸려나가고 싶다.

나 자신을 반드시 셈에 넣도록 하자! 나는 소중하니까.

그게 싱글라이프를 잘 살아내는 비결이다. 혼자밖에 없다는 이유로 자신을 소홀히 대접하면 안 된다. 자기 자신을 저평가하지 마시라. 당신이 원하는 바가 중요하지 않다는 생각을 가지고는 도무지 앞길이 안 보인다.

결혼 여부를 떠나서, 이 사실만큼은 길이요 진리다.

명절 연휴 즈음해서 이런 일이 자주 발생하는 것 같다. 사람들은 1월의 화이트 세일[67]처럼 계속 자신의 몸값을 낮추어 헐값에 판다. 노먼 록웰[68]의 그림에 나오는 것처럼 식탁에 둘러앉은 사람의 숫자가 적어도 열 명은 되어야 '가족'으로 쳐주는 계산법에 은연중 물들어 있어서 그러는 건지도 모르겠다.

그러나 혼자라도 가족은 성립된다.

어쨌든 우리가 사는 세상은 한 사람 한 사람이 중요하다는 생각에 기반을 두고 세워진 나라다. 1인 1표를 생각해 보라. 당신이 선거 날에 중요한 인물이라면, 당신은 그해의 나머지 날에도 중요하다. 그러니 자신을 위해 맛있는 음식을 만들고, 자신에게 와인을 한 잔 가득 따라주는 걸 잊지 말자.

싱글인 당신도 식당에서 남긴 음식 싸 갖고 올 수 있다.

하던 이야기로 다시 돌아가 보자. 나는 벽난로에서 기분 좋게 타오르는 불을 그리워하고 있다. 그러다가 문득 내가 한 번도 불을 피워 본 적이 없다는 사실을 깨닫고는 의아한 생각이 들었다. 그래, 동굴생활자들 중에서도 남자들만 불을 피웠었지. 두둥~~ 불은 특별하니까!

하지만 나는 그 특별한 짓을 내가 한 번 저질러 보기로 마음을 바꿔먹었다. 우선 불쏘시개로 쓸 것이 있어야겠다는 데 생각이 미쳤다.

---

67) white sale. 단기간 내에 매출을 늘리기 위해 상품 가격을 대폭 할인하는 판매 전략. 연말 대목에 팔지 못한 상품들을 주로 1월에 내놓고 판매한다.

68) Norman Perceval Rockwell(1894~1978). 미국의 화가, 삽화가. 20세기 변화하는 미국 사회와 미국인들의 일상을 감성적이며 이상적인 시각으로 표현했다.

그래서 밖으로 나가 나뭇가지를 주웠다. 돌돌 만 신문지들을 썼던 기억도 되살아났다. 그래서 그것도 준비했다. 다음엔 오래된 통나무 장작들을 찾아서 벽난로 안에 적당히 쌓았다.

그리고 나는 장작더미에 불을 붙였다.

아주 잘.

당신은 아마 이런 속담을 들어봤을 거다. 아니 땐 굴뚝에 연기 나랴?

이 말은 사실이 아니다.

연기는 피울 수 있었지만, 불은 구경도 못했다. 더 나아가, 나는 거실을 두꺼운 회색 구름으로 가득 채웠다. 그러자 경보시스템이 울리고, 개들이 짖고, 고양이들이 날뛰고, 그다음에는 전화가 울리고, 소방대원들이 쫓아왔다. 결국 그들에게 경보장치의 비밀번호를 알려 주는 것으로 일은 수습되었다.

대단한 구조작전이었다!

나는 딸 프란체스카에게 전화를 걸어 사건의 전말을 들려줬다. 그러자 딸애가 말했다. "내가 다음 주에 집에 가서 엄마한테 불 피우는 법을 가르쳐 줄게. 그건 여자도 할 수 있는 일이야."

그리고 일주일 뒤, 프란체스카가 집에 왔다. 그녀는 불쏘시개를 쌓고, 신문지를 둘둘 말고, 통나무를 집어넣고, 그러고는 더할 나위 없이 완벽하게 불을 피웠다. 고양이들, 개들, 그리고 나는 경이롭고 행복한 표정으로 벽난로 주위에 둥그렇게 늘어서 있었다.

"어쩜 이렇게 불을 잘 피울 수 있는 거니?" 내가 물었다.

"먼저 굴뚝을 데워야 해. 워밍업이지. 신문지를 말아서 잡고, 이렇게." 프란체스카는 '자유의 여신상'처럼 신문지 횃불을 들어올렸다.

"봤지? 엄마도 이렇게 할 수 있어."

　"당근 할 수 있지." 한껏 고무된 내가 재빨리 대답했다.

　나는 중요해!

　나는 투표권이 있다고!

　나는 미국인이야!

　그러므로 나는 '자유의 여신상'이 될 수 있다.

　자유의 여신도 역시 여자 아니던가.

세상이 너에게 맞추지는 않는단다 — Francesca

당신의 부모님들이 퍼붓던 잔소리가 열매를 맺을 즈음엔
그분들은 이제 당신 곁에 없다.

내가 사는 아파트는 춥다.

농담이 아니라, 정말 춥다. 당신이 지금 어느 정도의 추위를 예상하고 있는지는 몰라도, 그보다 훨씬 더 춥다.

내가 그림을 그려 보이는 것처럼 설명을 해보겠다. 이 글을 쓰는 동안에도 나는 몇 겹으로 두툼하게 감싸고 앉아있다. 담요를 무릎에 두르고, 모자는 물론 목도리까지 칭칭 감고 손가락 부분이 뚫린 장갑을 꼈다. 노트북의 열기로 손은 곁불을 쬐는 형국이다. 여피족 부랑자가 있다면 지금의 내 모습이 그렇게 보일 거다.

'섹스 앤 더 시티'의 캐리라면 이러지는 않았을 텐데.

고작 11평짜리를 난방하기가 이다지도 어렵단 말인가?

무엇보다도 건물의 난방장치가 오후나 되어야 가동된다. 이것이 불만스럽지만 나는 아주 엄청 다행스럽게도 날마다 집에서 재택근무를 하고 있다. 하나가 좋으면 하나는 나쁜 법.

우리 아파트는 헛간처럼 외풍이 세다. 왜냐고? 음, '새롭게 수리된 아파트'의 모든 창문들이 창틀에서 조금씩 내려앉아, 창문이 닫혀 있을 때에도 맨 윗부분의 틈새공간으로 밖의 찬 공기가 들어온다. 나는 무엇이든 할 수 있다는 'can-do'정신으로 문제를 분석해 봤다. 사태를 해결하기 위해서는 유리창을 위쪽 끝까지 밀어 올려야 한다는 것을 알아냈다. 밀어 올린 상태에서 어쨌든 한 손으로 스파이더맨처럼 창유리를 잡고, 다른 한 손으로는 아래쪽 창유리를 누르면서 걸쇠를 돌려 모든 것이 제 위치에 자리 잡도록 하면 될 것 같았다.

매우 간단한 일처럼 보인다.

하지만 창문의 위치가 아주 높아서, 창문을 손보려면 창턱에 올라서야 했다. 나는 얼음처럼 차가운 유리에 코가 눌린 채 창문을 꼭대기로 밀어 올리면서, 6층 아래의 오솔길을 내려다보았다. 개미처럼 조그맣게 보이는 비둘기와 나 사이에 유일하게 존재하고 있는 것은 이미 제구실을 포기한, 망가진 유리창밖에 없다는 생각이 와락 밀려들었다.

'죽을 수도 있다'는 사실을 깨닫는 순간 'can-do'정신은 바로 창밖으로 날아가버린다. 그래서 지금 나는 창을 닫고, 부정적인 마음으로 돌아가기로 한다.

그러나 추위에 관한 문제를 모두 건물 탓으로만 돌릴 수는 없을 것 같다. 방안이 추운 건 어느 정도 내게도 책임이 있다. 어째서냐고? 돈을 아끼려고 구두쇠처럼 굴었으니까.

실내난방기를 하나 살 수도 있었다. 하지만 그렇게 되면 난방비가 얼마나 많이 드는지 모른다. 나는 환경의 편에 서는 건 반대하지만, 내 통장의 환경에 대해서는 대체적으로 옹호하는 입장이다.

잔고가 점점 줄어들고 있다. 통장이 바닥날까 봐 끊임없이 걱정된다.

내가 구두쇠라고 말했던가? 이 말은 내가 환경보호론자라는 뜻으로 한 말이다.

돈은 녹색이며, 녹색은 환경이고. 환경이 돈이다. 안 그런가?

그때 나는 깨달았다. 지금 입은 옷 위에 한 겹 더 껴입으라는 신의 계시를. 역시 나는 똑똑하단 말이야!

그런데, 어디선가 전에 벌써 이 얘기를 들었던 것 같은 이 느낌은 뭐지?

아 맞다, 우리 엄마.

이런 소소한 다툼은 내가 어렸을 때 즐기던 해묵은 논쟁거리였다. 나는 언제나 집이 너무 춥다고 불평하곤 했다.

나는 파자마와 T셔츠를 입고 아침을 먹으러 아래층으로 내려가서는 큰소리로 이렇게 말하곤 했다. "여긴 얼어 죽겠어!"

"너 지금 맨발이잖아. 맨발이니까 당연히 춥지." 엄마는 그렇게 말하곤 했다.

"그렇지만 양말 신는 거 싫은데." 나는 특히 양말을 신은 채 자는 건 질색이다. 한밤중에 깨어 보면 언제나 반쯤 벗겨져 있었다. 왜 그런 걸까? 얼마나 그 양말의 품질이 떨어지면 얌전히 잠만 자는데도 벗겨지는가? 어쨌든, "집안 온도 좀 올리면 안 될까?"

"안 돼. 제대로 따뜻하게 옷도 안 입고 뭘 그러니. 지금은 겨울이야."

"밖에나 겨울이지. 여기는 집 안이잖아. 집은 포근해야 하는 거야."

"난 포근해, 이 스웨터를 입고 있으니까. 위층에 올라가서 하나 더 껴입어. 그리고 양말도 신고."

나는 엄마 말을 따르는 척하지만, 잠시 후에는 양말 신은 발로 살금살금 까치발을 하고 살짝 온도 조절기에 다가가 몇 도 높이곤 했다. 하지만 이 방법이 먹혀들어간 적은 한 번도 없었다. 우리 엄마는 열을 감지하는 능력이 파충류 못지않아서, 몇 분 내로 온도 조절기의 눈금은 다시 내려가 있기 마련이었다.

어쩌자고 나는 네 살 이후부터 아플 때마다 내 체온을 정확하게 예측했던 이 아줌마를 속일 수 있다고 생각했을까?

내가 만약 엄마에게 짠순이 노릇 좀 그만하라고 몰아붙일라 치면 (실제로도 아마 그렇게 따지고 들었던 거 같다.), 엄마는 내게 돈 때문에 그러는 건 아니라고 말하곤 했다.

"네가 세상에 맞춰야 해. 세상이 너에게 맞추지는 않는단다."

하지만 그건 20년 전 일이고, 드디어 나는 추위에 나 자신을 맞추는 법을 깨달았다.

보세요, 엄마. 나 더 껴입었다고요!

그러나 나를 쳐다봐 줄 엄마는 여기에 없다. 껴입기 시작한 건 엄마의 집에서 이사를 나온 후의 일이니까. 당신의 부모님들이 퍼붓던 잔소리가 열매를 맺을 즈음엔, 그분들은 이제 당신 곁에 없다. 당신에게 잘했다고 칭찬과 포옹을 해 주거나 흡족한 미소를 지어 줄 수도 없다. 당신이 지혜롭게 얻은 교훈으로 보은해야 한다. 엄마에게 보일러 새로 하나 봐 드릴까?

이 추위에 별 도움이 안 되는 위안, 이상 끝!

왜 나는 다른 사람이
알아주기를 원하고 있는 거지?- Francesca

우리 모두는
서로 다른 것과 연결되어 있었던 것이다.

372년마다 한 번 일어나는 일이 있다면, 그건 잠을 미루고 기다렸다가 구경할만 한 일이라고 나는 생각한다. 새벽 3시 17분, 나는 지금 창가에 서서 월식을 구경하고 있다.

1638년 동지에 월식이 있었던 이후, 어제 처음으로 월식이 일어났다. 동지는 1년 가운데 밤이 가장 긴 날이다. 바로 지구가 태양에서 가장 멀리 떨어져 있을 때다. 월식은 달이 지구 뒤를 바로 지나는 때이다. 그리고 이 때문에 지구는 태양 빛이 달 표면에 비치는 것을 막아서 달에 그림자를 드리운다.

따분한가? 그렇다 해도 당신을 탓할 생각은 없다. 내 친구들의 반응도 딱 그랬을 것이다. 내 친구들이 기꺼이 밤잠을 줄이고자 하는 경우는 보워리가(街)에서 공연되는 힙합 뮤지션, 카니예 웨스트의 '깜짝' 콘서트, 최신 기종의 아이폰, 새로 개봉한 해리 포터 영화시리즈, 무료로 술을 제공하는 파티 따위다. 자연발생적인 신비한 현상들은 대체로 그런 일들에 밀려 우선순위에 끼지 못한다.

바로 그런 이유로 나는 월식에 그렇게나 관심이 끌렸던 것 같다. 뉴욕 같은 동네에서는 자연스러운 일이 오히려 경이롭게 느껴지기 때문이다.

그래서 모든 사람들의 열정 부족이 나의 열정을 꺾는 사태를 거부할 수 있었다. 내 침실이 월식을 지켜보기에 맞춤한 위치에 창문이 있는 '전망 좋은 방'이란 사실도 새삼 알게 되어 다행이었다. 나는 참을성 있게 한밤중의 공연을 기다렸다.

자정을 지나 1시 반쯤 되자, 달의 왼쪽 아랫부분에서부터 그림자가 지기 시작했다. 나는 10분 간격으로 창밖을 내다보며 희디흰 슈거 쿠키 같은 달 위로 그림자가 점점 커지는 것을 구경했다.

나는 지구의 그림자가 달을 완전히 가리면 달이 온통 까맣게 되어 눈에 보이지 않을 거라고 생각했다. 그런데 달의 형체를 고스란히 볼 수 있는 게 아닌가. 태양 빛이 달에 비치지 않으면 달의 입체감이 더 잘 드러나, 쉽게 알아볼 수 있었다. 달의 모습은 마치 아이들이 학교 과제물로 만든 태양계 모형에 딸린 조그마한 장난감 공처럼 보였다.

2시 반, 달은 차츰차츰 부드러운 붉은색으로 물들어 갔다. 나는 온라인을 뒤져서 내가 본 이 믿을 수 없는 장관이 펼쳐지는 이유를 알아냈다. 당신이 달 위에서 지구를 보고 있으면, 보이지 않는 곳에서 지구 둘레로 햇빛이 뻗쳐 나오는 것을 보게 된다. 그러니까 본질적으로 달의 붉은 색은 가없는 저녁노을이 반사되는 것이다.

우와!

나는 다른 사람들에게도 이 사실을 알려 주고 싶었다. 누구라도 붙잡고 흔들어 깨워서 창문 밖을 내다보게 하고 싶었으나 주위에는 아무도 없었다. 나는 어깨너머로 핍을 쳐다보았다. 핍은 침대 위에서 슈퍼맨의 자세로 사지를 뻗고 잠에 푹 빠져 있었다. 나의 핍이 한 번쯤은 짧게라도 짖어 주지 않을까 일말의 기대를 걸고 있었는데.

엄마나 다른 누구한테 전화를 걸어 볼까 생각해 봤지만, 그러기엔 너무 늦은 시간이었다. 나는 사진이라도 찍어 두기 위해 핸드폰 카메라를 들이댔다. 하지만 핸드폰 카메라의 성능으로는 멀리 있는 피사체를 담기 어려웠다. 찾아보면 온라인으로 채팅을 주고받을 아마추어 천문학자가 틀림없이 있으리라. 그런데, 그래 봤자 뭐하려고?

어쩌자고 내가 월식을 보고 있다는 사실을 누군가가 봐 주기를 바라는 걸까? 왜 다른 사람이 내 삶을 알아주기 원하고 있는 거지?

그래서 나는 노트북, 핸드폰, 그리고 카메라를 밀어놓았다. 그러고 창가에 홀로 섰다. 나는 월식을 끝까지 지켜보기로 작정했다, 오직 나 자신만을 위해서.

새로워지고 싶었다.

나는 달이 점차 진분홍색으로 물들어 가는 광경을 바라보면서, 하찮은 것 같으면서도 고귀하다는 느낌, 작으면서도 특별하다는 느낌이 동시에 드는 설명하기 힘든 역설적인 기분에 매료되었다.

내가 아주 작아진 느낌이었다. 내가 보고 있는 것이 내 자신을 객관적으로 바라보게 했기 때문이다. 나는 매일매일 돌아다니면서 물질계를 당연한 것으로 여긴다. 내 세계에서 나는 우주의 중심인 것이다. 하지만 그 순간 해와 지구와 달과 내가 완전히 한 줄로 늘어서 있는 것을 보고 있었다. 나는 문득 내 자신보다 무한히 큰 우주 안의 한 지점에 내가 있다는 것을 깨달았다. 나는 한갓 자그마한 유기체로서, 지구 껍데기의 2층에서, 내가 살고 있는 크지 않은 행성의 그림자가 작은 위성 위를 통과하는 것을 지켜보고 있었다. 내 비록 미미한 존재일

지라도 나는 저 달과 저 너머의 모든 것과 연결되어 있었다. 같은 선상에 있는 우리 모두는 서로 다른 것과 연결되어 있었던 것이다.

달이 저녁노을에 물드는 모습을 보며 나는 물아일체, 무념무상의 경지를 온몸으로 느꼈다. 그 기나긴 겨울밤을 나는 따뜻하고 감사한 마음으로 지새웠다.

다음 날 아침 트위터에서는 '월식'으로 온통 난리가 났다. 하지만 대부분의 사람들은 자신이 지켜본 것을 나누는 게 아니라, 미국 항공우주국(NASA)의 전문가가 최첨단 기술로 찍은 사진을 슬라이드쇼로 링크해 둔 것을 다시 퍼 나르고 있었다. 사진들 하나하나는 내가 어젯밤 본 것을 더 선명하고 가깝게, 그리고 더 생생하게 보여 주었다.

그렇지만 내가 창문을 통해 본 광경과는 감히 비교가 되지 않았다.

나의 네 번째 남편은?- Lisa

**나는 텔레비전에 달라붙은
껌 딱지처럼 살고 있다.**

나는 빅(Big)과 사랑에 빠졌다.

'섹스 앤 더 시티'에서 캐리의 연인으로 나오는 미스터 빅과 똑같은 이름을 지닌 나의 연인, 그는 바로 나의 대형 텔레비전이다.

나는 늘 그 텔레비전을 배경삼아 켜놓고 작업을 한다. 매일 밤낮으로 빅과 함께 시간을 보내는 셈이다. 지금까지 살아오는 동안 겪어 본 결혼생활 중에서 가히 최고라 할 것이다. 내가 만일 세 번째로 결혼을 한다면 그 상대는 개가 되겠지만, 네 번째 결혼은 소니 텔레비전을 염두에 두고 있다.

게다가 지금은 월드컵을 비롯해 세계 각지에서 모든 스포츠의 결승 경기가 열리는 여름이다. 결론부터 말하자면, 나는 텔레비전에 달라붙은 껌 딱지처럼 살고 있다.

내 말은, 열심히 일하고 있다는 사실을 강조하는 정도로 이해해 두면 되시겠다.

이 모든 일은 스탠리컵 결승전[69]으로부터 시작되었다. 아이스하키에

---

69) The Stanley Cup Finals. 프로 아이스하키 경기의 최강자에게 주어지는 스탠리컵 결승전 시리즈. 미국 하키연합(NHA) 우승 팀과 태평양 연안 하키연합(PCHA) 우승 팀 사이의 '월드 시리즈'라고 할 수 있다.

눈길 한 번 줘 본 적이 없던 내가 스탠리컵 경기를 보기 시작했고, 보는 것을 멈출 수가 없었다. 내 평생 이것보다 더 재미있는 경기를 본 적이 없다. 덩치 큰 남자들이 전속력으로 스케이트를 타고 달리며 경기장의 벽면과 서로의 몸에 쾅쾅 부딪고, 아이스하키 퍽과 상대 선수의 얼굴을 친다.

대단했다!

재미있다 못해, 온몸의 세포가 한 땀 한 땀 곤두서는 것 같았다. 하다못해 개들도 부동자세로 숨죽이고 지켜볼 정도였으니 말 다했지. 고양이들까지도 그랬다. 스탠리컵 경기를 제정신으로 단 5분만이라도 볼 수 있는 사람이 있다면 누군지 한 번 봤으면 좋겠다. 아이스하키는 남녀노소 누구나 할 것 없이 좋아하는 텔레비전 스포츠계의 포테이토 칩이다. 아니 블루칩이던가?

스탠리컵 결승전은 나의 일상적인 생활 패턴까지 변모시켰다. 게임이 하루걸러 한 번꼴로 밤마다 방영되면서, 스코토라인 패밀리의 집 안에 예전에는 결코 볼 수 없었던 기록적인 수준의 즐거움을 안겨줬기 때문이다. 특히 팀들의 첫 경기가 열리는 수요일 밤이면 난리가 났다. 그리고 스탠리컵 결승전이 끝나자, NBA 결승전이 시작되었다. 아이스하키로 후끈 달아오른 내 의자의 열기가 채 식기도 전에.

내 말은, 더욱더 열심히 일을 하기 시작했다는 얘기다.

나는 평~생 농구 경기를 한 게임도 끝까지 구경한 적이 없었다. 그런데도 농구 결승전에 몰입했다. 딱히 응원하고 싶은 팀이 있는 것도 아니면서. 알고 보니 농구도 엄청 재미있더란 말이지. 덩치 큰 남자들이 미친 듯 뛰어다니면서 볼을 뺏고 팔꿈치로 친다. 게다가 선수들 문신을 보는 재미도 있고, 경기장 관객석의 유명인사 얼굴도 볼 수 있다. 나는 누가 어떤 문신을 했는지 구별해 내려고, 또 어쩌다가 언뜻 비치는 잭 니콜슨의 얼굴을 한 번이라도 더 보려고 애쓰느라 많은 시간을 보냈다. 잭 니콜슨이 문신을 했다면? 아마 백만 년 전에 나는 이미 농구계의 광팬이 돼 있었을 게다.

사정이 이렇다 보니 결국은 아주 자연스럽게 축구 월드컵 결승전 시청으로까지 이어졌고, 월드컵은 인정사정 볼 것 없이 내 책의 마감 시한을 어기게 만들었다. 내내 축구와 축구 선수 싸나이들을 보고 있으려니, 이렇게 재미있을 줄이야!

내 말은, 다시금 계속해서 더 일을 열심히 했다는 뜻이다. 두말하면 잔소리지.

다 큰 남자들이 잽싸게 이리저리 뛰어다니며 공을 차고, 땀에 젖은 머리를 휘날린다. 그들 모두 너무나 뜨겁고도 신비로운 이름을 가지고 있다. 나는 그들이 특유의 악센트도 가지고 있으리라는 걸 장담할 수 있다. 하지만 그들이 어떻게 말하든 누가 신경이나 쓰려나? 뜨거움과 악센트를 감상하려고 나는 축구에서 눈을 떼지 못했다. 오직 나의 열정에 찬물을 끼얹는 것이 있다면 관중들이 부부젤라를 시끄럽게 불어대는 것이다. 열광하는 축구 팬들에게는 미안한 일이지만, 끊임없는 부부젤라 소리 때문에 일에 집중할 수가 없다. 경기장에 비상사태라도 일어난 것처럼 들린다. 내 말은, 원고마감 시한에 쫓기는 나 같은 작가들을 위해 관중들이 그 나팔소리를 좀 줄여줬으면 한다는 거다.

당연히 체중도 상당히 늘었다. 꼼짝도 않고 텔레비전 스포츠만 줄곧 시청한 탓이다. 이건 뭐 그리 놀랄 일도 아니지. 결혼생활이 행복하면 그런 거니까. 빅은 역시 이 문제도 해결해 주었다. 어떻게?

며칠 전에 텔레비전 프로그램 가이드를 보면서 요리조리 리모컨을 누르다가 우연히 피트니스 채널을 접하고는 요가 방송에 들어가 봤다. 초보자 요가가 있기에 즉흥적으로 한 번 따라 해보기로 마음먹었다. 어쨌든 나는 이미 헐거운 옷도 갖춰 입고 있었으니까. 그동안 입어 오면서도 운동복으로 생각해 본 적은 한 번도 없었던 옷이지만.

아무튼 나는 노트북과 프레첼을 옆으로 밀어 놓고 의자에서 일어나 러그 위에 커다란 목욕타월을 깔고 텔레비전에 나오는 프레첼 막대 과자 같은 아가씨를 따라하려고 노력했다.[70] 운동은 앉아서 호흡하는 것으로 시작되었다. 내가 평소에 하던 운동과 비슷하군. 앉아서 숨 쉬는 운동이라면 난 정말이지 끝내주게 잘할 수 있다. 진짜다. 허풍 떨려고 하는 말이 아니라.

이 정도쯤은 여러분 역시 잘할 수 있을 거다.

집에서 한 번 해 보시라.

앉아라. 숨을 들이마시라. 숨을 내쉬라.

앗싸, 성공!

프레첼 아가씨와 나는 다음 동작으로 태양경배 자세로[71] 들어갔다. 이 자세는 일어서서 호흡을 하면서 양손을 휘젓는 게 기본이다. 마치 어린애가 발레를 하는 것처럼 보이지만, 실인즉 태양에게 인사를 하는 동작이다.

해님, 안녕하세요!

---

70) pretzel. '앉아 몸통비틀기'라는 스트레칭 자세를 일컫는 말이기도 하다.

71) Sun Salute. 수천 년 전부터 인도인들이 태양신의 에너지와 보살핌을 받기 위해서 행해 오던 의식에서 비롯된 요가 자세. 일련의 연속된 동작들로 이루어져 있는데, 한 동작 한 동작이 스트레칭 효과에 아주 뛰어나다.

날씨 정말 덥죠?

이건 요가 유머쯤 되시겠다.

이 자세를 취하자 고양이들이 열화와 같은 성원을 보냈다. 그러곤 우리는 개자세[72]로 동작을 바꿨다. 그 자세를 취하자 이번에는 개들이 부쩍 흥미를 가져주시는 게 눈에 보였다. 엉덩이를 하늘로 올리고 손을 바닥에 짚고 있으려니 얼굴은 붉게 상기되고 아까부터 흘린 땀을 모으면 한 바가지는 너끈할 것 같았다. 개들이 한꺼번에 우르르 다가오더니 내 몸에 코를 비비며 쿵쿵거렸다. 그리고 셔츠와 반바지에 묻은 과자부스러기를 핥았다.

맛있는 걸 붙여놓은 옷을 입고 있으면 곤란에 빠진다는 사실, 아셨죠?

다행히도 빅은 내가 과자부스러기를 달고 있어도 잔소리를 하지 않는다.

역시 멋져.

---

72) Downward Dog. 강아지가 기지개를 펴는 동작과 비슷한 요가 자세.

인생에도 마감시간이 있다 — Lisa

모든 게 영원할 거라고 생각했지만,
그렇지 않았다.

    생일날 자신의 생명이 잉태된 곳을 돌아보는 것만큼 뜻깊은 일도 없다. 그러니 내가 생일을 이탈리아의 아스콜리 피체노[73]에서 보낸 것은 당연하다. 그 마을은 2000년의 역사를 지닌 곳이다. 거기에 가니 내 자신이 마치 갓난아기처럼 느껴졌다. 그렇다, 나는 이제 겨우 쉰다섯에 접어든 애송이일 뿐이었으니.

    다음 번 생일에는 아스콜리 피체노보다 두 배나 더 긴 역사를 지닌 영국의 스톤헨지에나 한 번 가볼까.

    그런 곳으로 여행을 가면, 더 젊어지겠지.

    아스콜리 피체노는 친할머니, 친할아버지가 미국으로 이민 오기 전에 살았던 곳이다. 우리 아버지와 남동생은 그곳에 한 번 다녀 온 적이 있었지만, 나는 아직 한 번도 못 가 봤다.

    아스콜리 피체노는 이탈리아 중부의 레마르케(마르케 자치주) 지역의 트론토 강변에 있다. 로마에서 차로 가는데 네 시간이 걸렸다. 실로 그림 같은 농가와 올리브 나무숲을 지나자, 고속도로의 폭이 머리핀처럼 가늘어지더니 산길을 따라 구절양장, 꼬불꼬불한 도로가 이어

---

73) Ascoli-Piceno. 철기시대부터 인류가 거주했던 지역으로, 로마네스크 양식과 중세 시대의 유적들이 많이 있다.

졌다. 나는 산이 보이는 곳을 지날 때마다 눈을 감았다. 사람들은 아마 내가 잠이 들어서 그러는 줄 알았겠지. 아니다, 무서워서 그랬다.

나는 우리 딸 프란체스카, 내 책의 이탈리아인 편집자, 홍보담당자, 통역사와 함께 성냥갑만 한 피아트 자동차를 타고 여행 중이다. 이렇게 써 놓고 보니 영락없이 패거리들을 이끌고 라이벌에게 랩 배틀 도전장을 내미는 래퍼처럼 보인다. 그건 아닌데. 하지만 그들이 고맙게도 내 책을 잘 홍보해 준다면 혹 모를까. 그리고 출판업자의 고향 또한 아스콜리 피체노였기 때문에, 나를 그곳으로 데리고 가겠다는 건 멋진 아이디어라 할 수 있겠다. 고향도 보고 책도 홍보하고!

여러분들은 내가 고향에 가는 일에 왜 생판 모르는 사람을 따라가는지 궁금히 여길지도 모른다.

나도 궁금하다.

그 도시에서 가장 오래된 지역은 도시를 둘러싸고 있는 산에서 채취한 석회질침전물 성분의 트래버틴대리석으로 만들어졌다. 그래서 중세의 분위기를 흠씬 풍기는 주택들에 예쁜 회색빛이 돈다. 집들은 조약돌이 깔린 길을 따라 늘어서 있고, 대부분의 도로는 오솔길처럼 폭이 좁았다. 그 도시의 심장부는 피아차 델 포폴로라고 불리는 광장으로, 경쾌한 아치 모양의 보도와 화려한 산테미디오 성당, 그리고 역사적으로 의미 있는 건물인 시청 등에 둘러싸여 있다. 위키피디아에는 이 광장이 "이탈리아에서 가장 아름다운 것 중 하나."라고 나와 있다. 이번만큼은 위키피디아가 하는 말이 정확하게 들어맞는 것 같군.

내가 갔던 날, 피아차 델 포폴로는 다음 달에 열리는 마상 창시합인 '라 퀸타나'를 위해 깃발 묘기 예행연습을 하고 있는 75명의 남녀

혼합팀으로 가득 차 있었다. 깃발들은 그 팀의 색깔인 밝은 노랑과 맑은 파랑으로 이탈리아의 태양과 하늘의 색조였다. 우리 일행은 비단 깃발을 돌리고 내렸다가 하늘로 던지는 연습장면을 구경했다. 동작 하나하나가 음악의 박자와 정확하게 맞아떨어졌다.

생일을 이보다 더 멋지게 보내는 방법은 다시없을 것 같았다. 하지만 그래도 채워지지 않는 이 허전한 기분은 뭐지?

아버지와 남동생이 아스콜리 피체노 여행계획을 잡은 것은 10년 전이었다. 그들은 프란체스카와 나에게 함께 가겠느냐고 물었으나 나는 싫다고 말했다. 함께 가면 좋겠지만, 할 일이 너무 많다고 생각했다. 두 사람은 이탈리아 여행을 마치고 돌아오면서 사진과 이야기보따리를 잔뜩 가지고 왔다. 사흘 동안 많은 친척들을 만나고 대접을 받았다고 했다. 우리 아버지는 당신의 외사촌들에게서 엄마(내게는 할머니)의 모습을 보았다고 말하면서 목이 메어 말을 잇지 못했다. 그러면서 할머니와 할아버지가 황금과 기회의 나라 미국으로 오기 위해 두고 온 고향땅의 조약돌 깔린 거리를 걸으며 얼마나 감동을 받았는지도 얘기해주었다. 아버지는 할머니가 늘 아스콜리 피체노로 돌아가고 싶어 했던 기억을 들춰내고는 껄껄 웃었다. 필라델피아에서 살았던 기간이 30년이 넘었는데도 고향에 돌아가고 싶었던 이유가 고작, 그곳의 음식이 더 맛있었기 때문이라고 할머니가 그러셨단다.

나는 아버지에게 언제가는 꼭 아스콜리 피체노에 모시고 갈 거라고 말했다. 그건 진심이었다. 하지만 그날이 오기 전에 암이 먼저 아버지를 모시고 떠나버렸다.

그래서였는지는 몰라도, 산테미디오 성당을 구경하다가 나도 모르게 어느새 아버지를 위해 초 하나를 밝히고 있었다. 순간 한없는 후회가 밀려들어 더욱 가슴이 아렸다. 나는 아버지와 함께 가지 않았다. 그때 함께 갔었더라면. 지금이라도 그럴 수 있으면 얼마나 좋을까. 생일날 소원이라고 하기는 서글프고, 그리고 생일 축하 촛불이라고 하기는 야릇했다.

일이 더 중요하다고 생각했지만, 그렇지 않았다. 모든 게 영원할 거라고 생각했지만, 그렇지 않았다. 인생에도 마감시간이 있다는 사실.

그러면서 나는 결국 내 생일 소원을 성취했을지도 모른다는 사실을 깨달았다. 아버지가 서 있었던 곳, 그리고 할아버지가 서 있었던 곳, 그리고 증조할아버지도 서 있었던 그곳, 석조 성당의 차가운 제단 앞에 서 있는 내가 보이지 않은 선으로 그들과 연결되어 있다는 느낌이 나를 찾아왔던 것이다. 아버지와, 그리고 그들 모두에게 느꼈던 그 깊은 유대감. 내가 낳은 딸과 함께 거기 서서 딸애의 반짝이는 눈을 보면서, 나는 그 애가 언젠가 여기 다시 오리라는 것을 알게 되었다. 아마도 딸애가 낳은 손주들과 함께, 수천 년 동안 존재하고 천년을 더 계속 존재할 여기 이곳에.

내 생일을 축하해.

고마워요, 아버지.

사랑해, 내 딸.

느리지도 빠르지도 않은 삶 — Lisa

가운데 차선을 달리는 인생에는
그 나름의 보답이 있다.

어젯밤 고속도로를 운전해서 집으로 돌아오는데, 그 옛날 이글스
Eagles의 노래가 라디오에서 흘러나왔다. "라이프 인 더 패스트 레인
Life In the Fast Lane"(고속경쟁의 인생, 약육강식의 인생, 먹느냐 먹히
느냐의 인생). 그때 나는 가운데 차선을 달리고 있었다.

느린 차선을 달리며 빠른 차선을 노래하는 음악을 듣고 있으려니
기분이 참으로 묘했다.

나는 가운데 차선을 좋아한다. 인생도 가운데 차선으로만 달릴
수 있다면 그렇게 하고 싶다.

나는 어떻게 해서라도 빠른 차선을 피해서 달린다. 숨 가쁘게 사
는 걸 싫어하는 여자니까.

교통법규를 지키고, 제한속도로 운전하는 사람이므로 나는 가운
데 차선에 속하는 사람이다. 너무 빨리 달리는 건 좋지 않다. 그리고
너무 느리게 달리는 것도 싫어한다. 운전대를 잡고 있을 때의 나는, 골
디록스[74] 종결자다.

---

74) 영국의 전래동화 「골디록스와 세 마리 곰」의 주인공인 금발 소녀」의 이름. 세 마리 곰 가족이 사는 오두막에 들어
가 뜨겁지도 차갑지도 않은 먹기에 적당한 수프를 먹고, 너무 딱딱하지도 않고 너무 부드럽지도 않은 적당한 탄
력을 가진 침대에서 낮잠을 잔다.

게다가 가운데 차선은 가장 안전한 차선이기도 하다. 나는 선택의 폭이 넓은 게 좋다. 그래야 사고가 나더라도 왼쪽이나 오른쪽 차선으로 피할 수 있다. 이렇게 이야기하고 보니 나의 두 번에 걸친 결혼과 이혼이 떠오른다. 가운데 차선은 인생의 고속도로에서 플랜 B(차선책)의 필요성을 이해하는 사람들을 위해 존재하는 거다.

빠른 차선을 달리는 인생은 너무 위험하다는 게 나의 지론이다. 빨리 달리다 보면 중앙 분리대를 넘어갈 수도 있다. 또한 고속도로에 떨어져 있는 돌멩이나 지나치게 낮게 나는 기러기들을 피하기도 어렵다.

위험한 걸로 치자면 느린 차선도 마찬가지다. 가로수들이 넘어지는 걸 보면서도 피할 수 없다. 야생동물들이 언제 내 앞으로 불쑥 달려들지도 모른다. 낙석 얘기라면 꺼내지도 마시라. 당신은 혹시 낙석주의 표지판 바로 옆으로 운전해 본 적이 있는가? 아슬아슬하고 위태로운 바위산 옆에는 예외 없이 낙석주의 표지판들이 설치되어 있는데, 낙석을 방지하겠다고 그 위에 닭장을 만들 때 사용하는 것 같은 철망[75]을 덮어놓았다. 제정신이 아니고서야 이럴 수는 없는 일이다.

장담컨대 그 철망이 떨어지는 바위를 막아 줄 가능성이라고는 눈곱만치도 없다. 그 잘난 철망 쪼가리로는 병아리 하나도 제대로 가두지 못하기 때문이다. 우리 집 암탉들 가운데 하나가 철망을 씹어 버리고 둥지에서 달아나려고 해서 철망을 교체해야만 했다.

가운데 차선이 위험해지는 유일한 경우는 밤이 되어 피곤한 트럭운전사들이 까칠해지는 때다. 먼저 한마디 해두자면 나는 트럭운전사들이 좋다. 그나마 내게 추파를 던지는 유일한 남자들이 바로 트럭운

---

75) chicken wire. (망의 눈이) 육각형인 철조망.

전사니까. 멀리서 보면 나도 상당히 매력적으로 보인다는 얘기지.

내가 트럭운전사들을 좋아하는 또 다른 이유는, 그들이 운전을 할 때 내 작품을 오디오북으로 즐겨 듣는다는 이메일을 많이 보내오기 때문이다. 알고 보니 트럭 운전사들이 책을 제일 잘 읽는 사람들이다. 저자 얼굴만 보고 오디오북을 고르지는 않는다는 진리를 여실히 보여주는 대목이 아닐 수 없다.

나는 내 책을 읽는 사람이라면 누구라도 좋아한다. 운전할 때 나를 길 밖으로 튕겨내려고 용을 쓰지만 않는다면.

트럭은 가운데 차선으로 달리도록 되어있다. 그래서 내 뒤에 줄지어 따라오던 대형 트럭 운전사들은 그들의 앞길을 가로막고 어정거리는 나에게 얼른 비키라고 헤드라이트를 번쩍이며 압력을 가하기 일쑤다. 사람들이 흔히 말하는, '칠흑 같은 어둠이 내리고 폭풍우 치는 밤'이란 표현에 딱 들어맞았던 어젯밤에 이런 일을 또 겪었다. 나는 제한속도를 지키며 운전하고 있는데도 트럭운전사들이 빵빵거리며 라이트를 번쩍번쩍 비춰댔다. 차선을 바꾸고 싶었지만 추월 차선(빠른 차선)은 기러기를 피해 내달리는 차들로 꽉 차 있었다. 느린 차선은 낙석때문에 정신줄을 놓은 사람들로 꽉 막혀있었다.

양쪽 차선의 아무도 나를 끼워주지 않으려고 했다. 누가 봐도 분명한 사실인데, 트럭운전사 눈엔 그런 게 보이지도 않는 모양인지 계속 빵빵거리며 위압적으로 내 차 꽁무니에 바짝 따라붙는 바람에 나는 트럭이 쏘아대는 상향등의 불빛 속에 완전히 포위되고 말았다. 흉악스럽게 생긴 상어이빨이 그려진 그 대형 트럭에 테디베어 하나가 붙잡혀온 인질처럼 트럭 창문에서 대롱대롱 매달려 있었다.

혹시 저 차, 스티븐 킹이 운전하고 있는 거 아냐?

긴장해서 손가락이 하얘지도록 힘주어 운전대를 쥔 채, 계속 좌우를 돌아보았으나 차선을 바꿀 재주가 없었다.

여전히 귀청을 때리는 빵! 빵! 소리.

처음에는 왕따를 당하고 있는 그런 기분을 느꼈다. 다음에는 분노가 찾아왔다. 그리고 드디어, 마침내 나는 그 상황을 받아들여야만 한다는 사실을 인정했다. 어찌나 겁을 집어먹었던지 그 운전사에게 엿먹이는 동작을 해 보이고 싶어도 가운데 손가락을 들어 올릴 엄두가 나지 않았다.

이윽고 끼어들 공간을 발견하고 내가 주행하던 차선을 빠져나왔다. 그러자 그 트럭이 물을 튀기며 쌩 지나가 버렸다.

아마 그 운전수는 내 오디오북을 별로 좋아하지 않았나 보다.

그러거나 말거나.

얼마 지나지 않아 나는 내가 있어야 할 그곳, 가운데 차선으로 다시 돌아가 평화롭게 달렸다.

하여간 이글스가 노래에서 뭐라고 했건 상관없다.

가운데 차선을 달리는 인생에는 그 나름의 보답이 있다.

엄마는 터무니없는 이야기의 명수 - Lisa

노인이 되면 하고 싶은 이야기를 마음대로 말할 수 있고,
사람들은 그걸 대단하게 여긴다.

사람마다 누구나 각기 다른 위험 요소를 지니고 살아간다. 어떤 사람들은 폭발물을 해체하는 일을 한다. 공중에 칼 던지기 묘기를 하는 사람들도 있다. 나는 350명이나 되는 내 독자 앞에서 친정엄마에게 마이크를 넘긴다.

내 생각을 말하자면, 친정엄마에게 청중 앞에서 말하라고 부탁하는 것보다 차라리 스카이다이빙을 하는 게 오히려 더 안전할 것 같다. 여러분들은 우리 엄마가 무슨 말을 할지 전혀 짐작도 못 할 거다. 아이들이 기상천외한 얘기를 하는 장면을 떠올려 보면 된다.

우리 친정엄마 역시 기상천외하고 터무니없는 얘기들을 한다.

내가 그동안 관찰한 바를 한 번 이야기해 보겠다. 어렸을 때에는 일곱 살까지는 하고 싶은 이야기를 마음대로 말할 수 있고, 사람들은 그걸 귀엽다고 받아준다. 누구나 아이들의 천진난만함을 좋아하니까. 아이들이라면 모든 게 만사 오케이다.

사람이 나이 들어 일흔 살이 넘게 되면 이와 똑같은 일이 벌어진다. 노인이 되면 하고 싶은 이야기를 마음대로 말할 수 있고, 사람들은 그걸 대단하게 여긴다. 노인은 완전 솔직하게 말해도 되는 권리를 부여받으며, 쇠고랑을 찰 염려도 없다.

당신이 고소를 당하고, 뺨을 맞고, 직장에서 해고당하는 일 같은 건 일곱 살에서 일흔 살 사이에 벌어지는 일이다. 하지만 이건 중요하지 않다. 내가 말하려는 요점은 그게 아니다.

중요한 건, 우리 친정엄마는 지금껏 마이크 앞에 나서는 걸 싫어해 본 적이 한 번도 없었다는 사실이다. 마이크가 열 개라도 마다하지 않을 엄마!

나의 첫 번째 실수는, 내 '빅 북 클럽'(Big Book Club) 파티에 친정엄마를 초청한 거였다. 프란체스카도 왔다. 우리는 집에 텐트를 치고 출장요리와 음악을 동원해서 파티를 개최했다. 발 디딜 틈 없이 사람으로 가득한 파티장은 백화점 플로어 쇼를 보는 것 같았다.

플로어 쇼라는 말은 그냥 나 혼자 해 보는 소리다. 지금 내가 이 글을 쓰고 있는 것도, 나의 사인회도 내게는 모두 일종의 플로어 쇼라고 할 수 있다. 북 클럽 파티를 시작하며 나는 간단한 연설을 하고, 이어서 나에 대한 질의응답 시간을 가졌다.

그래서 이제 독자들은 내가 왜 두 번이나 이혼을 하게 되었는지 그 이유를 알게 되었다.

나는 최근의 내 작품을 읽은 북 클럽들을 초청하고 있으며, 지난 5년 동안 이런 행사를 계속해 왔다. 처음에는 23개 북 클럽으로 시작했는데, 이번에 파티를 개최할 때는 이틀에 걸쳐 112개의 북 클럽을 초청하는 규모로 커졌다. 북 클럽 독자들이 내 소설을 좋아하는 걸 보면 기분이 짜릿해진다. 그리고 독자들이 나라는 존재를 이해하고 읽어 주는 것에 감사한다. 독자들을 직접 만나서 감사의 말을 전하기 위해 이렇게 파티를 여는 것이다.

정말로 감사드린다, 내 책을 읽는 모든 독자들에게.

나는 북 클럽 회원들이 고객이라고는 생각지 않지만, 어떤 면에서는 고객이라고도 할 수 있다고 생각한다. 그러니 우리 친정엄마가 마이크를 잡고, 사전에 써 준 원고 내용에서 벗어나 사람들에게 다음과 같이 말할 때, 내 심장이 콩알만 해지고 기절초풍할 듯 놀랐으리란 걸 여러분은 충분히 이해할 수 있을 거다.

- 파티에 나갈 시간이 되었으니 화장실에서 빨리 나오라고 나를 재촉했다.
- 나를 쫓아다니면서 잔소리 대마왕처럼 다그치는 건 일상다반사다.
- 딸아이는 독자 여러분들이 생각하는 것보다 훨씬 더 기가 드센 여자다.
- 파티를 여는 그날 아침에도 체중계 위에 올라서서 저주를 퍼부었다.
- 딸이 나에게 사 준 보청기를 착용하라고 하는 건, 자신이 번 돈이 제값을 하기를 바라기 때문이다.
- 내가 효자손(등긁개)으로 등을 긁을 때 잘못된 방법으로 긁는다고 참견한다. 딸은 그걸 아래서부터 위로 긁는데, 위에서 아래로 긁는 게 맞다, 등등.

그다음 친정엄마는 실제로 올바른 등긁기 과정을 시연해 보였다. 효자손을 마치 홀(笏)처럼 휘두르면서. 그때 엄마는 신축성이 있는 검은 바지에 흰색 의사 가운을 입고 30년 묵은 브라를 착용하고 있었다.

부디, 여러분의 머릿속에서만 상상하시기를.

참, 우리 친정엄마가 일흔일곱 무렵부터 의사 가운을 입고 다니는 것을 좋아하게 되었다는 이야기를 미리 말해 뒀어야 하는데 깜빡했다. 친정엄마는 의학 수련을 받은 적이 없기에 왜, 어떻게 해서 의사 가운을 입기 시작했는지 잘 모르겠다. 아무튼 친정엄마는 염가 판매점에서 한 벌 사더니 그것이 자신에게 잘 어울린다는 결론을 내렸다. 그래서 지금 그녀는 엄마 박사(Dr. Mom)다.

문자 그대로 엄마 노릇이라면 박사란 호칭이 차고도 넘치실 분이다.

그건 그렇고, 하던 이야기를 마저 해 보자. 친정엄마는 북 클럽 회원들에게 내가 태어나서 몇 해 동안 말을 전혀 안 해서 여러 의사들에게 데리고 다닌 이야기를 하고 있었다. 그 의사들은 내가 말을 배울 수 없다고 생각했단다. 그러다가 드디어, 세 살에 처음 입을 떼면서 내가 한 말은 "쿠키 먹고 싶어."였다는 사실도 털어놨다.

바로 그 순간, 나는 관절염이 약간 있는 친정엄마의 작은 손에서 마이크를 잡아챘다. 나는 말이 늦된 아이였다는 사실에 관해선 입을 다문 채, 그때는 내가 정말로 쿠키를 먹고 싶어서 그랬었다는 부연 설명을 보탰다.

그리고 나는 지금도 쿠키를 좋아한다.

세상에 태어나서 내뱉은 첫마디가 탄수화물에 관한 얘기였다면, 그건 과연 무슨 뜻이겠는가?

(아마도 체중계 위에 올라서서 저주를 퍼부을 것이라는 뜻.)

아이쿠, 상황이 걷잡을 수 없이 더 나빠지고 있군.

친정엄마는 나에 대해 모르는 게 하나도 없다. 그리고 나에 대해 감추려고 하는 게 아무것도 없다. 그래서 내가 참석자들에게 나란 존재가 얼마나 대단한지 설명하려고 온갖 미사여구와 에피소드를 가지고 즐겁게 분위기를 띄우고 나면, 친정엄마가 마이크를 붙잡고 나의 실상을 꼬치꼬치 이야기해서 환상을 깨고야 만다. 이래서 세금 좀 절약해 보겠다고 주선했던 파티는 무참히 박살나고야 만다.

"나 어땠니?" 사람들이 모두 떠난 뒤에 친정엄마가 묻는다.

"최고!" 프란체스카가 외할머니에게 말한다.

어찌된 일인지, 그 의견에 동의하고 있는 나.

엄마, 내 집에서는 내 방식대로 - Francesca

**나는 엄마가 되고,
엄마는 십대의 내가 된다.**

나를 올바르게 키워 준 우리 엄마에게 감사한다. 엄마가 내세우는 규칙이나 일처리 방식에 간혹 투덜거렸던 적도 있지만, 나중에 보면 대개 엄마의 말이 옳았다. 엄마의 그러한 가르침들이 내 몸에도 배어 있다. 그래서 지금은 비교적 깨끗하게 치우고 사는 편이며, 집안일도 잘 꾸려나간다. 적어도 우리 엄마가 방문하지 않을 때는 그렇다.

엄마가 나의 아파트에 와서 함께 머물 때는 뭔가 이상한 일이 벌어진다. 우리의 역할이 바뀌는 거다. 내 아파트가 이상한 나라로 통하는 앨리스의 토끼굴이라도 되는 건지 원. 나는 엄마가 되고, 엄마는 십대의 내가 된다.

엄마는 차로 운전해서 다닐 만한 거리에 살고 있으므로, 짐을 꼼꼼하게 꾸릴 필요가 없다. 여자 노숙자처럼 갖가지 물건을 가방에 꾸역꾸역 넣어 와서는 온 집안에 물건들을 쏟아 놓는다.

엄마가 내세우는 빈약한 변명에 의하면, 내 아파트가 너무 좁기 때문에 물건이 조금만 늘어나도 자연재해에 버금가는 상황이 벌어질 수밖에 없는 거라나 뭐라나.

어찌된 일인지 우리가 중요한 행사에 참석할 때마다, 엄마에게는 아직도 제대로 된 옷이 없어서 내 옷을 빌려 입어야만 한다.

하지만 엄마에게만 뭐라 할 수도 없다. 나는 열다섯 살 때부터 엄마의 옷장을 습격했던 딸이었으니. 그래서 나는 이 일에 있어서만큼은 엄마에게 진 빚이 많다.

엄마가 나의 아파트에 머무르는 걸 좋아하는 까닭은 숙식 무료제공에, 따분하게 혼자 나이 먹어 가는 딸과 좋은 시간을 보내려는 것도 있지만, 뭐니 뭐니 해도 리틀 토니와 피치를 데려올 수 있기 때문인 것 같다. 나도 그 개들을 만나는 게 좋다. 그리고 나의 개 핍도 그들을 반긴다. 하지만 장난감만 한 아파트 안에 장난감만 한 개 세 마리가 있으면 놀라울 정도로 지저분해지게 마련이다.

강아지 털이 수북한 '먼지 구덩이'[76)]를 연상해 보면 딱 들어맞는다.

엄마와 나는 예전에 개 다섯 마리와 고양이 한 마리를 키웠던 적도 있어서, 우리는 애완동물의 털을 관리하는 데 있어서는 가히 전문가 수준이다. 엄마의 집에서는 가구 덮개를 준비했다가 우리가 앉아 있지 않을 때나, 손님이 와 있을 때를 제외하고는 언제나 소파와 안락의자를 덮어 두어야 한다. 지금도 여전히 내가 엄마 집에서 지낼 때는, 화장실에 가려고 일어났을 때조차 우리 엄마는 내게 소파 덮는 것을 깜박한다고 잔소리를 한다.

나의 아파트에서는 낡아빠진 담요로 소파를 덮어둔다. 나는 엄마가 이걸 보면 대견해할 거라고 생각했다. 하지만 엄마는 칭찬 대신, 그 담요를 보고도 못 본 체했다.

그날만 해도 엄마는 벌써 두 번이나 담요 덮는 걸 잊어버려서 내가

---

76) Dust Bowl. 더스트볼. 모래 바람(먼지 폭풍)이 자주 발생하는 북미대륙의 건조 지대.

잔소리를 해야만 했다. "엄마, 담요로 소파를 덮어 놔야지. 더구나 개들이 산책하고 들어온 뒤에는 말이야."

"개네들 그렇게 안 더러워."

"아냐, 더러워."

엄마는 기가 막혀 죽겠다는 듯이 눈알을 굴리며 마지못해 내말에 따랐다.

그게 그렇게나 힘든 일이었나?

다음 날 밤, 우리는 영화를 보러 나가려던 참이었다. 나는 엄마가 소지품을 챙기는 동안 현관에서 기다리고 있었다.

"됐다, 준비 끝." 엄마가 말했다.

"주방 불을 켜놨잖아."

"알아, 개들을 위해서 켜놓은 거야."

머시라고라, 강아지들이 밤새 수험공부라도 해야 한대?

"그건 낭비야." 내가 말했다.

엄마는 한껏 과장된 태도로 한숨을 지으며 주방으로 타박타박 걸어가서는 불을 껐다.

"엄마 지금 그 태도는 뭐야?" 내가 물었다. 하지만 내 입에서 이 말이 채 끝나기가 무섭게, 내 귀에는 예전에 내게 이와 똑같이 말하던 엄마의 목소리가 들려오는 듯했다. 으스스한 기분이었다.

내가 어렸을 때, 일상적으로 하던 자잘한 집안 일 중의 하나는 식탁을 차리는 거였다. 식탁을 제대로 차리는 올바른 방법, 먼저 식탁을 물행주로 닦고 나이프와 포크를 놓아야 했다. 엄마가 준비하는 저녁 메뉴가 뭐가 됐든 언제나 그렇게 식탁을 차렸다.

엄마가 최근에 방문했을 때 나는 엄마에게 식당에 가거나, 배달음식을 주문하지 않고 내가 직접 저녁 식사를 요리하겠다고 설득했다. 엄마에게 내 자신을 잘 챙기고 있다는 걸 보여주고 싶었기 때문이다. 우리 엄마는 내가 충분히 잘 차려 먹고 산다는 사실을 전혀 믿으려 하지 않는다. 그날 내가 저녁 식사를 만든 이후로는 엄마가 테이블을 차리게 되었다.

주방에서 샐러드를 만들어 와서 식탁에 올려놓으며 보니, 각자의 접시 옆에 커다란 키친타월이 놓여있었다.

"식탁용 냅킨이 있는데." 내가 말했다.

"응, 냅킨이 어디 있는지 몰라서 그랬다. 이게 더 편해." 엄마가 대답했다.

내 식대로라면, 우리 집에서는 키친타월이 식탁에 올라오는 게 용납될 수 없는 문제였으나, 나는 입술을 깨물며 참았다.

"다이어트 콜라 마셔야겠다. 너도 마실래?" 엄마가 말했다.

"당근이지. 그리고 일어난 김에 숟가락도 두 개 가져오면 좋겠는데?"

"필요 없잖니."

"있는 게 좋아, 만일의 경우에 대비해서."

"어떤 경우에?"

"우리 엄마가 갑자기 들이닥칠 때!"

그리고 우리 둘은 함께 웃음을 터뜨렸다.

오프라 윈프리와 아인슈타인 - Lisa

나는 '할 수 없다'는 것,
그걸 나는 분명히 깨달았다.

오프라는 '아하 모멘트'[77]란 새로운 용어를 만들어 낸 천재다. 우리가 자신에 대해 무언가 순간적인 깨달음을 얻게 되는 경험을 일컫는 말인데, 대개는 더 똑똑해진 느낌을 갖게 되기 마련이다.

내 경우에는 더 바보가 된 듯한 느낌이 들었던 '아하 모멘트'의 순간이 떠오른다.

얼마 전 멕시코만에 끔찍한 기름유출사건이 일어났을 때였다. 나는 비행기에 앉아있었다. 뒷좌석에 앉은 두 남자는 세 시간 내내 기름유출을 중단시키는 방법을 궁리하느라 머리를 쥐어짜고들 있는 것 같았다.

그리고 바로 그때 내게 '아하, 그렇구나!'의 순간이 찾아왔다.

기름유출사건을 해결할 수 있을 만큼 내 머리가 똑똑하지는 않다는 사실을 깨달았던 거다.

하지만 미리 분명히 해 둘 것은 나는 기름유출사건에 대해 진지하게 유감의 뜻을 표했으며, 그 일이 그냥 웃어넘겨 버릴 일이 아니란 것

---

77) Aha Moment. 순간적인 깨달음. 심리학 용어에서 "아하'하며 깨달음을 얻게 되는 경험. 일상생활에서 어떤 발견과 각성을 경험할 때 느끼게 되는 탄성의 순간을 말한다.

정도는 알고 있었다. 그래서 그 사건에 대해서 닥치는 대로 모두 읽었다. 걱정이 되었기 때문이다.

내가 하려는 말은, 내가 기름유출을 중단시키는 방법을 알지 못했다는 것뿐이다. 나는 지구에 난 구멍에 어떻게 해야 마개를 씌울 수 있을지 모른다. 내가 갖고 있는 블랙베리도 제대로 쓸 줄 모르는 위인이다.

나는 이런 남자들이 존경스럽다. 아이디어가 아주 많은 사람들 말이다. 이런 것이 바로 미국을 위대하게 만드는, 'can-do'정신으로 무장된, 무엇이든 '할 수 있다'는 의욕적인 자세다. 유일한 문제라면, 나는 '할 수 없다'는 것. 그걸 나는 그때 깨달았다.

좀 더 정확히 말하자면, 나는 오만 가지 일을 할 수 있지만 기름유출을 막는 일만은 할 수 없다는 점을 분명히 알게 되었다는 거다.

비행기에서 내 뒤에 앉아있던 남자들을 생각해 보자. 그들은 엔지니어나 그 비슷한 직종에 근무하는 사람들은 아니었다. 그리고 같은 비행기에 타게 되기 전까지는 일면식도 없는 사람들이었다. 나는 비행기가 이륙해서 착륙할 때까지 그들의 대화를 전부 들었기 때문에 이런 사실을 안다. 나는 늘, 특히 비행기에 탈 때는 다른 사람들의 대화를 엿듣는다. 사실 어디에서든 나의 레이더망에 걸린 사람들은 비밀을 부지하기 어렵다고 봐야 한다. 나는 참견을 잘하는 사람이거든. 내가 책을 읽고 있는 것처럼 보일 때는 다른 사람 얘기에 귀를 기울이고 있다는 뜻이다. 당신이 레스토랑에서 그런 나의 모습을 보고는 내가 당신의 이야기를 엿듣지 않았다고 생각한다면 오산이다.

그래도 당신이 얘기를 엿들었느냐고 내게 물으면 나는 아니라고, 못 들었다고 거짓말을 하겠지만.

비행기의 그 남자들은 기름유출 현황부터 시작해서 마개, 캔틸레버[78], 슬리브[79], 글로브[80], 밸브에 대한 토론으로 이어지는 대화에 여념이 없었다.

그들의 대화를 따라잡으려니 머리가 돌아버릴 것 같았다.

그들은 흔히 볼 수 있는 그냥 보통 남자들이었다. 난 그들의 직업이 무엇인지는 말하지 않으련다. 내가 알고 있다 하더라도 그들이 나중에 이 책을 읽을 수도 있으니까. 그리고 그건 나의 신조에도 어긋난다. 비록 내가 당신의 비밀을 듣는다손 쳐도 나는 그걸 다른 데 가서 옮기지는 않는다.

비밀은 비밀에 부쳐둔다는 게 나의 신조다.

어쨌든 이 남자들은 기름 오염을 해결하려고 노력했을 뿐만 아니라 대화를 하면서 서로 호감을 가지게 되었나 보다. 비행기 여행이 끝날 무렵 그들이 서로 명함을 주고받은 걸 보면 알 수 있다. 명함을 주고받는 건 남자들이 서로 좋아할 때 하는 일이다.

결론, 나는 그들 덕에 행복했다. 하지만 난 그들과 다르다.

내가 세 시간 동안 이야기를 하면서 즐거울 수 있는 일들을 생각해 보면 많이 있다. 아이들, 가족, 친구, 개, 고양이, 음식, 조랑말, 다이어트. 아, 그리고 음식 얘기는 절대로 빠지면 안 되겠지.

내가 음식 얘기를 했던가?

---

78) cantilever. 한쪽만 고정된 들보(beam). 외팔보.

79) sleeve. 긴 축 등을 끼우는 쇠붙이.

80) glove. 유리, 금속판으로 만든 반사용 반사갓. glove valve. 나사에 의하여 밸브를 밸브시트에 밀어붙여 유체를 폐쇄하는 밸브로서 밸브 속에서 흐름의 방향을 바꾸고 전개 때에도 밸브가 유체 속에 있으므로 유체의 에너지 손실이 크지만 밸브의 개폐 속도가 빠르고 내압성도 있으므로 수도와 증기용으로 널리 사용된다.

음식.

하지만 지레에 대한 얘기는 해 본 적이 없다. 단 한 번도.

내 말은, 어떤 몹쓸 회사가 지구에 구멍을 뚫어서 지금 그곳이 새고 있는데 당신은 어떻게 지구를 수리할 텐가?

나는 모른다.

왜 모르냐고?

난 아인슈타인이 아니니까.

오프라도 아니니까.

거의 종일 내 머릿속에 떠도는 것이라곤 텔레비전 광고에서 나오는 CM송이다. 난 CM송 같은 건 잊어버리는 법이 없다. 외우기까지 한다.

내 머릿속에는 최근의 CM송들도 입력되어 끝도 없이 흘러나온다. 가히 무한반복 시스템이라 할 수 있다. 나의 뇌에는 청각능력을 관장하는 측두엽에 CM송만 저장하는 부위가 따로 있는 모양이다. 주방 싱크대를 닦으면서, 머리를 감으면서, 식기 세척기에서 접시를 꺼내면서 나는 최근의 CM송을 흥얼거린다.

텔레비전 광고에 나왔던 거라면 심지어는 엠파이어 플로링의[81] 전화번호도 기억하고 있다.

여러분도 틀림없이 외우고 있을 거다.

그래서 내 결론은 이렇다.

음, 누가 바다에 난 구멍을 막을 만큼 똑똑할까? 바로 CM송을 만드는 사람들이다.

---

81) Empire Flooring. 엠파이어 투데이(Empire Today, LLC)의 바닥재 사업부문 회사. 엠파이어 투데이는 일리노이 주에 기반을 둔 유명한 주택 개조 및 가구 회사로 카펫, 바닥재, 창호 전문 업체이다.

기름 유출로 인한 오염을 해결하는 데 도움이 될 나의 유일한 아이디어는 바로 이거다.

엠파이어 플로링에 전화해 보시라.

난 그들이 멋진 카펫으로 구멍 난 바다를 덮으리라 믿어 의심치 않는다.

아하!

　때로는 원수 같고 때로는 친구 같은

다락방의 골동품 - Lisa

**생명이 없는 물건만이 오래될수록 값어치가 더 나간다.
사람은 그냥 연장자라고 불러 줄 뿐이다.**

다락방에서 꽃병 하나를 발견했다는 사람에 대한 글을 지금 막 읽었다. 그 꽃병은 중국인 구매자에게 8,600만 달러에 팔렸다고 한다.

세상에 이런 일이? 그리고 우리 집 다락방엔 왜 그렇게 허접스러운 물건밖에 없단 말인가?

이런 이야기를 들으면 내 상식으로는 도저히 이해가 안 된다. 횡재했다는 이야기를 들으니 부러워서 실성하기 일보직전이다. 그런 일은 시도 때도 없이 일어난다. 사람들은 자기네 다락방에서 발견한 물건으로 행운을 거머쥔다. 단순한 지도인 줄 알았는데 알고 보니 밑에 렘브란트의 그림이 있었다든가. 아니면 지나간 달력을 들춰 보니 마지막으로 하나 남은 독립 선언문이 감춰져 있었다든가.

이런 사람들은 대체 어떤 사람이지? 그 사람들이 사는 동네는 대체 어디일까? 사람들은 어떻게 해서 그런 대단한 다락방을 손에 넣었는지?

우리 집 다락방에 있는 건 이런 물건들이다. 옛날 책들, 그러나 돈이 될 만큼 오래되지는 않음. 낡은 옷가지, 그러나 돈이 될 만큼 오래되지는 않음. 낡은 의자들, 그러나 돈이 될 만큼 오래되지는 않음. 사실 오래된 것으로 치면 내가 우리 집 다락방에 있는 것들보다도 더 오래되었다. 그리고 나 자신도 그렇게 큰돈이 될 것 같지는 않다.

분명한 건, 생명이 없는 물건만이 오래될수록 값어치가 더 나간다. 사람은 그냥 연장자라고 불러 줄 뿐이다.

꽃병 이야기로 돌아가 보자. 나는 그 사진을 온라인에서 보았다. 꽃병치고는 귀엽게 생겼다만, 내가 만약 제 구실도 못하는 우리 집 못난이 다락방 구석에서 그 꽃병을 발견했다 해도, 특별하게 눈길을 끌 만한 물건으로는 보지 않았을 거다. 그 꽃병은 청색, 황색, 녹색 바탕에 옆면에는 물고기 두 마리가 그려져 있었다.

물고기 한 마리에 4,200만 달러인 셈이네.

내가 보기엔 그저 평범한 금붕어 같은데.

다락방에 있던 그 꽃병은 18세기, 더 정확히 말하자면 청나라의 건륭 왕조(1735~1796) 때부터 전해져 온 거였다.

하지만 그런 걸 어느 누가 짐작이나 했겠는가? 만일 내가 그 꽃병을 봤다면, 나는 명나라 물건이라고 말했을 것 같다.

하지만 그건 건륭 왕조 시대의 물건이었다. 건륭이라니, 전혀 듣도 보도 못한 이름이다.

내가 그 꽃병의 시대를 정확하게 알지 못했다고 해서 수치스럽게 생각해서는 안 될 일이지. 아무튼, 그 다락방에서 감탄할 만한 꽃병을 발견한 사람들은 그걸 들고 경매장으로 갔다. 그곳에서 전문가들로부터 그 물건이 200만 달러는 나갈 거라는 소리를 들었다.

하지만 나중에, 30분 동안 진행된 경매에서 경락가는 7,000만 달러로 뛰었다. 1분에 200만 달러씩 뛴 셈이었다.

시간은 그야말로 돈인 건가.

어쨌거나 당신은 어떻게 해서 7,000만 달러였던 가격이 최종적으로 8,600만 달러가 됐는지 궁금하시리라. 숫자가 차이 나는 것은 경매장에 돌아가는 중개수수료와 중개수수료에 붙는 세금 때문이다.

놀랄 만한 수수료다. 그렇지 않은가? 나는 나눗셈을 잘 못하지만, 얼추 393,838퍼센트는 되는 것 같다. 8,600만 달러나 나가는 그 꽃병의 가치를 200만 달러로 저평가했던 것에 비하면 내 계산이 아주 터무니없지는 않을 것이다.

싼 게 비지떡.

보도에 따르면 경매 중개인은 그 꽃병의 최종 낙찰 가격에 놀라워했다고 한다.

당신도 놀라운가?

그는 중국에서 온 구매자가 돈 보따리를 싸들고 왔다는 낌새는 있었지만 "결코 이렇게 엄청난 가격에 팔리게 될 줄은 몰랐다."고 말했다.

정말?

이 경매 중개인은 지구상에서 가장 세상 물정에 어두운 사람임에 틀림없다. 최근에 내가 온라인으로 조사했을 때 우리 연방 정부가 중국에서 꿔 온 돈이 2조 달러나 되더라.

내가 장담하건대 우리가 그 돈을 갚는 데 큰 문제는 없어 보인다.

제대로 된 다락방들을 찾아내기만 한다면 말이다.

내 머릿속의 안개— Lisa

당신은 쉴 자격이 충분하다.
적어도 하루에 여섯 번씩은.

얼마 전 신문에 실린 기사 하나를 보고 겁이 덜컥 났다. 아니, 탄수화물에 관한 기사라서 그런 건 아니고.

우리의 뇌에 관한 얘기였다. 그 기사의 요점은, 온라인에 들어가서 여기저기 온갖 웹사이트를 옮겨 다니는 일이 사실은 뇌의 회로를 변화시켜서 이는 결국 집중력을 잃게 만든다. 그리고……

헉?

내가 어디까지 말했더라?

뭐라고?

아 이런.

좋지 않은 소식인 걸. 5분 전, 나는 일을 하고 있어야 했는데 온라인에 들르느라 잠시 쉬었다. 나는 페레즈힐튼닷컴, 피플닷컴, 그리고 슈퍼피셜닷컴 같이 내가 좋아하는 모든 가십 사이트를 기웃거리다가 고커닷컴과 고퍼그유어셀프닷컴으로 옮겨 갔다.

나는 마지막 한 군데는 방문하지 않으려고 한다. 내가 추리닝 바지를 고를 때 무척 까다롭다는 걸 아는 당신의 짐작대로 그곳은 패션 관련 사이트다.

나는 또 갤러리캣닷컴과 퍼블리셔스위클리닷컴과 같이 업무와 관련된 웹사이트들에 들어간다. 그리고 페이스북과 트위터에도 글을 올린다.

친추(친구추가), 팔로. 이런 방법으로 우리는 추리닝 바지를 벗고 외출복으로 갈아 입지 않고도 서로를 알게 된다. 나는 인터넷을 통해 기차 여행을 하면서 정거장을 많이 들른다. 내가 운행하는 노선은 여기저기 굽이돌아 순회하는 코스다. 이길 저길 우회하다 입체교차로도 통과하고 그러면서 조지 클루니에 대한 관심을 표하고 나서야 순환선 종착역인 내가 일해야 할 곳으로 돌아온다.

그러면 이 모든 것이 내 머릿속의 회로에 반영된다는 말인가?

너무나 신나는 일이라고 말하고 싶은 충동을 느끼는데, 사실은 그게 바로 내가 하고자 하는 말의 핵심이다.

게다가 이건 온당치 못하다. 일벌백계한다고 범죄가 사라지는 거 봤나. 연방 법률, 하다못해 맥도널드의 규정에도 모든 사람은 일하다가 이따금 쉴 자격이 있다지 않는가.

당신은 쉴 자격이 충분하다. 적어도 하루에 여섯 번씩은.

그렇다면 당신이 쉬면서 즐겁자고 하는 일이 당신의 뇌를 파괴할 수 있다는 말이 과연 타당하단 말인가?

그건 마치 즐거워 죽겠다는 얼굴을 한 채로 하루 종일 근무하라는 말과 같다. 그리고 행여 다른 사람들이 이렇게 해줬음 하고 당신이 바란다면, 당신이라도 행복하기를. 우리의 뇌는 당신 때문에 온통 다 망쳐 버렸으니까.

그 기사에는 '예'와 '아니오'로 답을 하면서 테스트해 볼 수 있는

자가 집중력 검사도 있어서 나는 그 검사를 해 봤다. 여러 가지 모양의 빨간색과 파란색 막대를 가지고 하는 것이었다. 나는 최선을 다해 머리를 쥐어짜면서 예와 아니오를 선택해 나갔다. 그리고 -33퍼센트의 결과를 얻었다. 내가 질문의 방향을 제대로 이해하지 못한 것치고는, 이 점수라도 나온 게 황송하다.

나는 검사에 전혀 집중할 수가 없었던 거다.

설상가상, 당신이 중년 여성이라는 사실도 떠올려 보라.

어쨌든 모든 중년 여성은 50이 넘어가면 뇌에 무슨 일인가가 일어난다는 사실을 알게 된다. 나는 그에 관한 내용이 실린 기사도 읽었다. 그 기사에 호르몬이 감소하면 뇌기능 저하가 일어난다고 뭐라 뭐라 쓰여 있었던 것도 생각난다. 폐경기가 되면 마음이 걷잡을 수 없이 심란해지고, '뇌 안개'[82] 현상이 일어난다는 거였다.

아니면 그 비슷한 얘기였던가.

무엇엔가 집중하는 게 참 힘들었던 시기였다. 당시의 나는 잠시 정신을 빼놓고 살았던 것 같다.

하던 이야기로 돌아가서, 내가 아는 거라고는 뇌의 관점에서 보자면 폐경기가 무척 슬픈 소식이라는 거다.

이 말이 주는 파장을 생각해 보자.

무슨 말인고 하니, 일정 연령에 이른 우리와 같은 사람들은 컴퓨터 문제에 있어서는 이중고를 겪는다는 뜻이다. 요컨대 당신에게 여성호르몬이 부족하다면 웹서핑을 지금 당장 그만두어야 한다는 말이다.

---

82) brain fog. 머리가 혼란스럽고 안개같이 뿌예서 분명하게 생각하거나 표현하지 못하는 상태. 수면이 부족하거나 신경 계통에 인지적 문제가 생겼을 때 이런 현상이 나타난다.

노트북에서 물러나시라.

당신은 뭘 읽어도 이해가 되지 않는다. 그리고 당신이 이해했다손 쳐도, 그 내용을 까먹고 만다.

당신은 죽은 사람이다. 인지적인 면에서는 말이다.

오프라인에서의 사정도 이보다 나을 게 없다. 어떤 기사에서는 '뇌 안개'는 언제든 발생할 수 있으며 "여성들은 종종 다리미 코드를 빼놓는 걸 깜빡 잊은 건 아닌지 걱정한다."고 보도했다.

음, 내가 전혀 걱정하지 않는 일이 한 가지 있다면, 다리미 전원을 끄는 일이다. 나는 다리미 전원을 절대 켜지 않는다. 사실은 다리미가 없으니까. 그리고 다리미와 노트북 가운데 하나를 고르라면 나는 노트북을 선택하겠다.

은행 울렁증 — Francesca

일이란 경험이 쌓이는 만큼 쉬워지는 법.

    새내기 작가로 첫출발하면서 내 인생 최고의 걱정은 돈이 없다는 거였다. 월세, 식료품비, 핍의 사료를 살 돈. 그리고 내 다리를 10센티미터는 더 길어 보이게 할 부츠 같은 것도 가끔은 사야 할 텐데.

    어쨌든 두어 끼쯤 건너뛰는 건 그럭저럭 견딜 수 있다.

    하지만, 나의 두 번째 걱정이 뭔지 아는 사람?

    답. 돈 관리하기.

    어떤 뮤추얼 펀드에 투자하면 좋을까, 뭐 그런 종류의 거창한 얘기를 하려는 건 절대 아니다. 내겐 그런 곳에 쓸 돈이 없다.

    롱다리 부츠를 사고 나면 빈털터리가 될 테니까.

    나는 쉬운 일에도 긴장하고 바들바들 떤다. 은행에 가는 것 자체가 꺼림칙하고 겁이 나는 것이다. 수표를 입금하는 것과 같이 내 마음을 편안하게 해 주어야 할 단순한 일조차도 불안유발자가 되어 버리는 걸 어쩌랴. 내가 독립해서 뉴욕으로 이사를 온 후, 처음으로 고액 수표가 생겼을 때의 일이다. 나는 수표를 가지고 동네 은행에 가서 신규계좌를 개설하기 위해 창구직원과 이야기를 나눴다. 나는 계좌에 넣을 첫 예금으로 그 수표를 내밀었다.

    "아, 수표 입금기능이 추가된 새로운 ATM(현금자동입출금기)이 도

입되었으니 그걸로 설명을 드리겠습니다." 은행원이 말했다.

"그냥 지금 바로 입금해 줄 수는 없나요?" 내가 물었다.

"할 수 있죠. 하지만 ATM이 훨씬 빠르고 쉽습니다. 그리고 입금액 한도도 없어요![83]"

봉투가 어쨌다고? 나는 봉투 안에 넣어야 더 안심이 된다. 침을 발라서 봉한 것도 좋기만 하다.

나는 내 돈을 조금이라도 더 안전하게 할 수 있다면 봉투를 피로 봉인할 용의도 있다.

하지만 나는 너무 순둥이라서 항의는 하지 못하고 내 발로 걸어서 ATM으로 보무당당히 행진했다. 직원의 지시대로 고분고분 내 카드를 긁고 패스워드를 입력했다. 그 기계는 나더러 수표를 얼른 집어넣으라고 재촉했다.

나는 여전히 내 수표를 움켜쥔 채 내 수표를 거기 넣어도 안전한지 재확인해 주길 바라는 마음으로 그 은행원을 쳐다보았다.

"그냥 넣기만 하면 됩니다!"

수표의 절취선 부분이 ATM의 차디찬 투입구에 닿자마자, 그 굶주린 쇠붙이의 입술 안으로 수표가 빨려 들어갔다.

수표를 먹은 기계가 트림조차 하지 않는 것이 나는 놀라웠다.

"금액을 확인하세요." 직원이 ATM의 화면을 가리키며 말했다. "저게 맞죠?"

나는 모른다, 저게 맞나? 끝자리에 보이는 센트 숫자가 맞는 거였나? 센트 숫자도 정확히 기억하지 못하면서 나는 왜 내가 기억하고 있

---

83) envelopes. 입금 가능한 금액. 프란체스카는 이를 '봉투'로 알아들었던 것이다.

는 달러 숫자가 맞는다고 생각했을까? 나는 걷잡을 수 없이 꼬리에 꼬리를 무는 의심의 수렁에 빠졌다. 내 기억이 맞는지 확인해 줄 유일한 종이는 지금 저 굶주린 짐승 같은 쇠붙이 속에 들어가 있다.

"투입구로 정확하게 들어가는 모습, 멋지지 않습니까? 허허"

멋져?

나는 속이 메스껍고 울렁거리던데.

울렁증에 다른 이유가 있었던 건 아니냐고? 있다, 인터넷 뱅킹. 그래도 인터넷 뱅킹에 필요한 여러 겹의 안전장치를 설치하는 여정을 무사히 마쳤으므로 앞으로는 유용하게 쓸 수 있겠지.

하지만 아직도 인터넷 뱅킹을 할 때는 실수를 해서 일을 그르치지 않을까 겁이 난다. 온라인으로 청구서를 결제하거나 다른 통장으로 이체할 때만 되면 나는 노이로제에 걸린다. 인터넷 뱅킹을 하려면 우선 테이블 위에 노트북만 남기고 깨끗이 치운 다음, 조명을 환하게 켜고 음악이나 텔레비전은 모두 사절. 방해를 받지 않고 최상의 집중력을 발휘하게끔 주변 환경을 조성하고 나서, 은행 홈피의 각 페이지를 천천히 읽으면서 은행이 요구하는 대로 각 항목을 주의 깊게 클릭한다.

이런 일들 모두가 내가 안도하는 수준으로 보기에는 너무도 찰나적으로 이루어진다. 예를 들면 도대체 왜 나의 인터넷 뱅킹 사이트는 돈을 결제하기 전에 한 번 더 확인할 수 있는 팝업 창을 만들어 놓지 않은 걸까? 나는 화장품쇼핑몰에서 립글로스 하나를 사더라도 장바구니에 담긴 품목, 포인트 적립, 그리고 배송지 주소를 다시 확인하지 않으면 살 수가 없는 성격이다. 인터넷뱅킹을 하다가 실수로 단 한 번만 잘못 클릭해도 '0'이 하나 더 붙은 방송 수신료나 인터넷 회선 요금을 지 수도 모르는데.

실제로 그런 일은 한 번도 없었으나 언제든 발생할 수 있는 일이다!

어떤 온라인 특집들은 쓸데없는 겁까지 준다. 내 계정 페이지의 맨 위에는 커다란 대문자로 '잔고 부족'이라는 카테고리가 있다. 그걸 볼 때마다 나는 마음속으로 "OMG(오마이갓) 통장 잔고 바닥!"이라고 읽게 된다. 항상, 그것도 커다란 대문자로 말이다. 그 아래에 깨알같이 적힌 글을 읽어 보면 이렇다. "통장 잔고보다 초과 인출되는 경우가 발생하기 전에 당신을 도와드리기 위해 은행에서는 당신의 잔고가 불충분할 때 자동적으로 이메일을 발송해 드립니다."[84]

정말로 나를 도와주려고 그러는 거니, 인터넷 뱅킹? 나를 놀라게 하지 마라. 깜짝 놀랄 내용을 그렇게 큰 글자로 전면에 박아놓으면 어쩌란 말이냐. 그걸 보노라면 내 혈압이 초과 인출되는 기분이다.

인터넷 뱅킹 기술이 아무리 발달되었다 하더라도, 그 기술은 수표 거래를 할 때에는 무용지물이었다. 드물지만 꼭 수표를 발행해야 하는 경우에 나는 제대로 했는지 단계마다 확인하느라 '따따블'로 체크를 해야 한다. 그러다 보면 이 무슨 멍청한 짓거리인가 싶기도 하다.

누군가 내 수표를 위조할 수도 있다. 그래서 나는 수표장에 일정한 나만 아는 위치에 서명을 하려고 한다.

이건 농담이 아니고 진짜 궁금해서 묻는 건데, 그 서명하는 부분의 위치가 진위여부를 판명할 때 중요한 단서가 되는 거 맞나요?

나는 은행에서 온 우편물은 한 쪼가리도 버리지 않고 전부 남겨둔

---

84) 미국의 은행은 대부분 잔고가 부족한 상태에서 결제를 하면, 초과 인출 결제를 거부하는 것이 아니라 은행에서 결제를 해 주는 대신 추가로 비용을 청구하는 시스템이다. 1달러 초과 인출에 약 25달러 정도를 추징한다고 한다.

다. 그리고 편지들은 모두 OCD 폴더[85]에 넣어 보관한다. 은행에서 온 계좌 거래내역서를 개봉하기 직전까지, 설령 과도한 지출이 없었다는 사실을 알고 있어도 긴장하게 된다. 그 봉투를 열게 되면 끔찍한 사건이 드러날 것 같은 오싹한 느낌이 들어서 그런다.

결국 그 은행원뿐만 아니라 나도 봉투를 좋아하지 않았던 것일까?

나는 내 계정이 해킹당할까 두려웠다. 그래서 문자, 숫자, 단어, 머리글자, 팰린드롬[86]을 조합한 가장 복잡한 패스워드를 생각해냈다. 아무도 내 패스워드를 알아맞히지 못하리라.

그중에서도 특히 내가 제일 그랬다.

패스워드 작명(?) 전략의 결함은 내가 이탈리아에서 공부하고 있을 때 극명하게 드러났다. ATM에서 현금을 뽑아야 할 일이 생겼는데, 미국과는 달리 그곳 ATM 키보드 숫자판에는 문자가 병기되어 있지 않다는 게 문제였다. 난 평소에 단어 하나씩을 떠올려가며 비밀번호를 기억에서 끄집어낸다. 하지만 숫자만 적힌 키보드로는 단어를 유추할 수가 없었다.

아하! 그래서 나는 숫자판에 함께 적혀있는 문자의 위치를 참고하려고 핸드폰을 꺼냈다. 하지만 블랙베리는 옛날 핸드폰과는 달리 자판의 배열이 컴퓨터의 쿼티 키보드와 똑같다는 사실이 기억났다.

나, 바보 천치.

그래서 나는 로마의 한 카페에 앉아서 냅킨 위에 예전에 사용했

---

85) 주름이 생기지 않도록 보관해주는 여행용 의류 수납 케이스.

86) palindrome. ① 회문(回文). 앞뒤 어느 쪽에서 읽어도 같은 어구·문장. 예 Madam, I'm Adam 등. ② 4각 언어. 가로·세로 어느 쪽으로 읽어도 같은 단어가 되는 단어표(word square). ③ 앞뒤 어느 쪽에서 읽어도 같은 숫자. 36563 등.

던 핸드폰 자판을 그리느라 머리를 쥐어짜야만 했다.

숫자 1의 자판 위에는 문자가 하나도 없지, 아마? 2에는 ABC가 있었고……

그러다가 마침내 블랙베리의 모바일 웹으로 '미국 ATM 자판'을 구글 이미지 검색에서 찾아보면 되겠다는 생각이 퍼뜩 떠올랐다. 마치 외국인 범죄자라도 된 듯한 기분이 살짝 들긴 했지만, 어쨌든 현금 인출이란 소기의 목적은 달성할 수 있었다.

이럴 때 보면 기술력의 발달 덕분에 우리의 삶이 더욱 효율적으로 되어가고 있다는 사실은 맞는 거 같다.

하지만 내가 돈에 대해 노심초사하는 하는 건 아직 손에 익지 않은, 처음 해 보는 일이라서 그런 거겠지. 일이란 경험이 쌓이는 만큼 쉬워지는 법.

지금 내게 연습을 해 볼 시간이 좀 더 있다면 좋으련만.

세월 참 빠르다— Lisa

나이 드는 일이 상당히 괜찮게 느껴지기도 하는데
그건 아주 단순한 생각들 속에서도
그 안에 담긴 심오한 진실을 보게 되기 때문이다.

시간은 흐르는 물 같다.

여러분 들 중 몇몇은 상투적인 문구라고, 몇몇은 속담이라고 하겠지만 어쨌든 나에게는 그 어느 쪽이 되었든 중요하지 않다. 나는 '공부가 가장 쉬웠어요' 타입이 아니기에 진부한 이야기가 나와도 별로 불평하지 않는다. 나이 드는 일이 상당히 괜찮게 느껴지기도 하는데 그건 아주 단순한 생각들 속에서도 그 안에 담긴 심오한 진실을 보게 되기 때문이다. 그리고 나는 마침내 '시간은 흐르는 물 같다'는 말의 뜻을 이해하기 시작했다.

외면하려고 해도 도저히 잊어버릴 수가 없게 만드는, 그래서 이것저것 챙기게 만드는 메일이나 독촉장들이 내게는 참으로 많이 들어온다. 특히 세금을 납부할 시기가 가까워지면 한층 더 빈번해진다. 나는 자영업자로 분류되므로 분기마다 세금을 내고 있다. 내 짐작이 맞는다면 앞으로 다가올 세금 납부 시기는 4월 15일인 것 같은데, 바로 얼마 전에도 뭔가 세금을 내지 않았던가? 지난번에 세금을 낸 것이 불과 몇 분 전의 일만 같은데, 벌써 몇 개월이란 시간이 지났다는 거야? 매번 정부에 갖다 바칠 수표에 서명하고 돌아앉자마자 또 수표를 끊어야 할 일이 나를 기다리고 있다. 무엇에 쓰이는지도 모르는, 천문학적으로 비용이 많이 드는 오만 가지 나랏일에 보태 쓰라고 계속 수표에 서명을 해야만 하는 거다. 그래서 나의 좋은 시절은 정부 앞으로 줄줄이 발행하는 수표 더미에 달라붙어 하릴없이 끌려간다.

내가 내야 할 세금에 대해 불평해서는 안 된다는 사실은 알고 있다. 보너스, 마세라티,[87] 맨해튼의 고급 주택을 필요로 하는 수많은 월스트리트 투자 은행가들을 도와줘야 하니까. 그 고급 주택을 살 때 들어간 돈도 내 주머니에서 나간 돈이겠지. 정부는 지금 그들을 온갖 비리 혐의로 고소하고 있다. 그건 바로 정부의 소송비용을 대기 위해 내가 계속 정부에 돈을 대주어야 한다는 뜻이기도 하다. 빅뉴스가 아닐 수 없다. 그 와중에 내 수중에는 돈이 남아나지 않을 것이고, 내 손에 남겨진 쥐꼬리만 한 돈으로는 일용할 양식 따위의 허접스러운 것밖에 사지 못하게 될까 두렵기 때문이다. 아니면 내가 그 돈마저도 은행에 처박아 놓을 경우, 우리 정부가 국민을 대신해 제기한 소송에 대항하는 은행가들의 변호사 비용으로 그 돈이 흘러들어 가게 된다. 결국은 내가 수표에 끊임없이 서명을 해야만 지속가능한 미래가 펼쳐진다는 건가.

돈은 이렇게 돌고 돈다.

정부가 돈을 거둬들이는 순간, 돈은 모두 썩어서 퇴비가 되어 버린다.

건강보조식품광고보다 더 자주 메일을 보내오는 주 정부, 연방 정부, 그리고 지방세 고지서들을 보면 더도 덜도 할 것 없이 똑같은 느낌이 든다. 상품광고나 정부기관이나 하는 말들은 다 같다. 단조로움을

---

87) Maserati. 이탈리아의 고급 스포츠 카.

깨고 한눈에 잘 보이게 하려고 때깔 고운 총천연색으로 온갖 도배를 하고, 그것도 모자라 3개월 후보다 지금 미리 돈을 지불하면 얼마나 돈이 절약되는지 보여주는 조그마한 도표까지 첨부한다. 나는 돈을 절약하기 위해서뿐만 아니라, 정부기관에 납부해야 할 다른 고지서와 겹치는 것을 피하기 위해서라도 언제나 미리미리 결제를 해둔다. 이런 식으로 나는 번갈아 가면서 주 정부에 지불할 수표를 월, 수, 금요일에 발행하고 연방 정부에 지불할 수표는 화, 목, 토요일에 발행한다.

이게 바로 내 인생이다.

앞으로도 매주 일요일이 되면, 나는 다음 주에 사용하기 위한 수표책을 좀 더 주문해둬야 할 게다.

세금문제뿐만 아니라 다른 일들을 생각해 보아도 역시 시간은 흐르는 물 같다. 내겐 가끔씩만 사용하는 오래된 트럭이 한 대 있다. 그리고 그 트럭이 며칠 전에 말썽을 부려서 정비소에 연락해 견인시켰다. 정비공이 말하길 지난번에 그 트럭을 마지막으로 점검한 때가 2009년 1월이었다는 거다.

"2009년?" 나는 놀랐다. "벌써 그렇게 됐어요?"

"그렇다니까요." 정비공이 대답했다.

헐! 전혀 말이 안 되는 소리처럼 들렸다. 차라리 1955년이라고 했으면 오히려 현실감이 있었을 게다.

정비공이 한마디 덧붙인다. "자동차 등록 유효기간도 지났더군요."

"이미 갱신했을 텐데요. 차에 붙어있는 스티커는 확인해 봤나요?"

"번호판에 붙어있는 스티커는 2008년도에 발부된 거였어요."

"그럴 리가 없는데." 나는 중얼거리면서 현기증을 느꼈다.

"확인해 보고 싶어도 트럭 안에 차량 등록증이 안 보이더란 말입니다."

있을 리가 없지. 이 사람아. 내가 트럭을 사자마자 처음으로 한 일이 등록증을 잃어버린 거라네. 그런데도 내 입에서는 이런 말이 튀어나왔다. "혹시 저 스티커 위에 덧붙여 놨던 새 등록증 스티커가 떨어진 건 아닐까요?"

"설마 그럴 리가요." 그가 대꾸했다. 그리고 나는 그의 말이 옳다는 걸 알고 있다. 그런 등록증 스티커는 마치 금속이든 도자기든 강력하게 접합시키는 접착제로 붙인 것처럼 힘이 좋다. 등록증 스티커로 우주 왕복선을 수리해도 끄떡없을 거다.

그래서 나는 등록증을 갱신하기 위해 차량 등기소에 가야만 했다. 그런데 그 전에 104달러나 되는 턱없이 비싼 수수료를 납부하는 데 필요한 현금을 인출하기 위해 ATM에도 다녀와야 했다. 수수료는 현금으로만 받기 때문이었다. 그래야 정부가 세금을 더 쉽게 퇴비로 만들수 있을 테니까.

그리고 ATM 기계에다 3달러의 사용 수수료도 상납했다. 그 돈은 의심할 여지없이 햄프턴의 고급 주택에 살고 있는 부자 은행가들에게 건네질 거고, 그 돈은 시가를 태우는 용도로 쓰여 온몸을 불사르게 되겠지.

그러니 여러분은 이제 돈이 어디로 흘러가는지 알게 되었으리라.

시간은 흐르는 물 같다.

돈도 그렇다.

내가 생각해도 난 너무나 스마트해- Lisa

생명이 없는 물건한테 바라는 게 많기도 하지.

내게도 스마트폰이 하나 필요하기는 한데, 문제는 스마트폰이 뭔지 알 만큼 스마트하지가 못하다는 것.

우선 스마트폰이 어떤 건지 확실히 알지도 못한다. 예를 들면, 스마트폰이 핸드폰과 뭐가 다른지도 모르고 있다. 통화를 주고받는 것 이상의 다른 뭔가도 가능한 핸드폰의 일종인가 보다 추측해 보지만, 스마트하다는 걸 증명하려면 얼마나 많은 일들을 해야 하나?

생명이 없는 물건한테 바라는 게 많기도 하지.

실제로는 사람에게 바라는 것일 수도.

내가 스스로 할 줄 아는 건 그저 몇 가지밖에 없다. 지금 그냥 대충 머리에 떠오르는 대로 적어 보면 다음과 같다. 글쓰기, 먹기, 애완동물 키우기.

따라서 내 자신이 이렇게 기능이 부실하다는 면에서 보면 대다수의 보통 사람들과 다를 바 없다는 걸 알게 된다. 이는 즉, 사람들을 핸드폰이라고 치면 우리 보통 사람들은 하버드대(즉, 스마트폰)에 입학할 수 없다는 뜻이다.

나는 블랙베리를 사용하고 있다. 블랙베리로 전화를 주고받고 이

메일을 하고 웹사이트를 찾아다니고 사진을 찍을 수 있다. 그밖에도 여러 가지 재주가 많이 있겠지만, 더 이상의 다른 기능은 내게 필요하지 않다.

내게 정말로 필요한 건 덤폰(dumbphone: 일명 바보폰. 스마트폰과 반대라는 의미-옮긴이)이 아닐까.

내 핸드폰이 스마트폰이라고 가정해 보자. 그러는 게 알기 쉽겠다. 스마트폰은 내 친구의 전화번호와 이메일 주소를 기억한다. 내가 기억하는 것 이상으로 말이다. 그리고 사진이 촬영된 시간 순으로 모든 사진 파일을 저장해 준다. 그것 역시 내가 저장하는 것보다 훨씬 솜씨 좋게. 그리고 마지막으로 스마트폰은 통신비로 내가 한 달에 300달러씩이나 지불하게 만드는 재주도 있다. 그거야말로 아주 스마트하다.

그런데 블랙베리의 액정 화면에 커다랗게 금이 가는 바람에 기기를 바꿔야 할 때가 되었다. 더구나 300만 달러 이하로 내 핸드폰을 업그레이드할 자격이 있다고 알려주는 이메일 광고도 받았겠다, 이참에 얼른 기기를 변경해야겠다는 생각이 들었다.

에이, 설마!

그 업그레이드 사기광고 메일에 낚인 사람이 나밖에 없을 거란 얘기를 하려는 건 아니겠지. 그 사기꾼들은 당신이 핸드폰을 구입할 때는 정상가격을 물리지만, 만약 당신이 2년의 약정 기간이 지나기 전에 기기를 업그레이드하려면, 당신의 만이라도 넘겨줘야 할 정도로 커다란 희생을 치르게 만든다.

차라리 마피아와 손을 잡는 게 더 공정한 거래 되시겠다. 조직범죄

형태도 가지가지로군. 그렇다, 내가 지금 말하려는 건 바로 AT&T [88] 이
야기다.

재미있는 건, 시간을 거슬러 올라가 보면 이동전화와 카폰 그리고
그 이전 세대인 버튼식 전화와 다이얼식 전화, 그리고 AT&T가 유일한
전화 회사였던 시절까지를 내가 모두 겪어봤다는 사실이다. 내 나이
가 그만큼 많다는 거겠지. 정부는 소비자들의 입맛에 따라, 소비자들
에게 다양한 선택권을 주기 위해서는 독점기업인 AT&T가 해체되어야
한다고 했다. 그리고 여러분은 그 결과가 어떻게 나타나고 있는지 직
접 눈앞에서 보고 판단할 수 있다. 수많은 통신사들, 그리고 그 통신
사 모두가 지금 당신에게 핸드폰 업그레이드 비용으로 300만 달러를
물리고 있으니까.

대단해!

이제 당신은 어느 통신사에 당신의 만이를 맡기면 좋을지 고르는
일만 남았다. 즉 그들을 대부로 삼으란 말이다. 아니면, 음, 말론 브란도
의 그 '대부' 패밀리를 고르든지.

아무튼지 핸드폰 좀 업그레이드해 보겠다고 설치다 보면, 이때야
말로 정부가 우리를 위해 열심히 뛰고 있다는 사실을 몸서리치도록
실감할 수 있다.

나로 말할 것 같으면, 지금이 바로 우리가 정부를 업그레이드해야
될 때가 아닌지, 뭐 그런 생각을 하고 있는 중이다.

스마트폰을 교체하기는 해야겠는데, 바꿀 땐 바꾸더라도 나는 제
대로 고르고 싶었다. 요즘엔 핸드폰 하나 고르는 데도 선택의 폭이 너

---

88) American Telephone & Telegraph Co. 미국전신전화회사. 미국에서 가장 큰 전화통신회사.

무 넓어져서, 나름대로 검색을 많이 해보고 광고도 꼼꼼히 살펴보았다. 그런데 기껏 알아낸 거라고는 스마트폰에 기본적으로 세 가지 사양이 있다는 것 정도. 블랙베리, 아이폰, 그리고 안드로이드폰.[89]

앗, 잠깐! 나는 두 가지 중에서만 선택해야겠다.

안드로이드폰이라면 선택이고 자시고 할 것도 없다. 전에 어떤 영화에서 봤는데, 안드로이드는 킬러로봇이더군.[90] 그러니 나는 안드로이드가 있는 곳으로는 발걸음도 떼지 않을 테다.[91]

안드로이드가 겁나게 무서우니까.

내게 안드로이드폰을 팔고 싶다면, 그걸 만드는 회사는 여자들이 좋아하는 이름으로 핸드폰 명칭을 바꾸는 것만이 살 길이다. 초콜릿. 강아지. 아니면 조지 클루니 등 호감 가는 이름이 좀 많은가.

이런 얘기가 나오게 되리라는 건 당신들도 짐작하고 있었을 것이다.

당연히 나는 애플 스토어로 갔다. 애플 스토어의 매장이 온통 흰색으로 치장되어 있다는 걸 안다면, 당신도 이미 한 번쯤은 들어가 본적이 있다는 얘기다. 거기서 나는 아이폰을 하나 집어 들고 기기를 시험해보며 여러 가지 기능들을 두루 살펴봤다. 아이폰으로 할 수 있는일이 수백 가지는 되더라.

과연, 스.마.트.했다.

---

89) android. 구글에서 개발한 안드로이드 OS(운영체제)를 탑재한 스마트폰. 구글폰은 안드로이드 OS탑재는 물론 구글의 주요서비스(구글맵, 지메일, 유튜브 등)을 내장한 스마트폰.

90) Blade Runner(블레이드 러너). 1982년 영국의 리들리 스콧(Ridley Scott) 감독이 연출하고 해리슨 포드(Harrison Ford)가 주연을 맡은 영화로, SF영화의 고전으로 평가받고 있으며, 필립 K. 딕(Philip K. Dick)의 소설 『안드로이드는 전기 양을 꿈꾸는가? Do Androids Dream of Electric Sheep?』를 영화화한 작품이다.

91) android는 원래 대표적인 SF용어로서, '인간을 닮은 것'이라는 뜻의 그리스 말에서 유래되었다고 한다. 겉보기에 말이나 행동이 사람과 거의 구별이 안 되는 로봇(인조인간, 복제인간)을 뜻한다.

게다가 아이폰에는 통화하는 상대방을 영상으로 볼 수 있는 기능
도 있었다. 물론 그 통화상대도 나를 볼 수 있겠지. 나는 급흥분하기
시작했다. 프란체스카와 전화로 수다를 떨면서 얼굴도 맞댈 수 있다
니, 얼마나 재미있겠는가. 그리고 프란체스카도 내 얼굴을 보면서 통화
할 수 있다면 더 즐거워할 것이다.

그런데 그때, 다른 사람들도 전화로 나를 볼 수 있다는 데 생각이
미쳤다. 잠옷 바람의 내 모습, 안경을 쓰고 있는 내 얼굴을.

배관공도.

전기공도.

소개팅 상대도.

다음으로 떠오른 생각은, 내가 통화를 하면서 시시때때로 글을 쓰
고, 음식을 먹으며, 애완동물들과 놀아준다는 사실이었다.

그래서 나는 아이폰을 사지 않았다.

난 정말 심하게 스마트하다니까.

거부할 수 없는 엄마의 조언 - Francesca

**엄마의 의견을 무시할 거면서도
왜 나는 엄마에게 조언을 들으려고 애쓰는 것일까?**

　　나는 무슨 일을 하든 엄마에게 일일이 조언을 구하는 편이다. 닭 가슴살 한 가지를 요리할 때도 얼마나 오랫동안 삶아야 하는지, 오븐은 몇 도에 맞춰야 하는지 물으려고 엄마한테 전화를 건다. 내가 입을 옷을 고를 때에도 옷 사진들을 엄마의 핸드폰으로 전송해서 물어본다. 주방에 쥐 한 마리가 나타나도 족히 200킬로미터나 떨어져 있는 엄마에게 전화부터 건다.

　　내가 사귀는 남자들에 대해서도 엄마에게 조언을 구한다.

　　남자문제에 관한 한 엄마의 조언에 순순히 따르는 법이 없으면서도 그런다.

　　엄마가 해주는 말들이 별 볼일 없어서 그러는 건 절대 아니다. 엄마처럼 두 번이나 결혼을 해 본 사람은 한두 가지, 아니 적어도 두 가지 지혜는 확실하게 터득하는 법이니까.

　　그래서인지 엄마가 해 주는 조언들은 다 쓸모가 있는 내용들이다. 완전 엄마다운, 엄마에 의한 맘 어드바이스다.[92] 십중팔구, 거의 매번

---

[92]　Mom Advice. '엄마의 조언'. 엄마들에게 육아, 돈, 요리법, 이유 계획 등에 대한 요령, 조언, 기사를 제공하는 인터넷 사이트의 이름이기도 하다.

나는 엄마의 조언을 갈망한다. 내게 부족한 지혜를 채워 줄 맘 어드바이스를. 하지만 요즘 남녀의 사랑은 엄마 세대의 '갑순이와 갑돌이' 식 사랑과는 천양지차(天壤之差) 천양지판(天壤之判) 아니더란 말인가.

그럼 왜 나는 질문을 계속하느냐고?

나는 내가 틀린 건 틀렸다고 인정할 줄 안다. 그리고 이번이 바로 그런 경우다. 엄마의 의견을 무시할 거면서도 왜 나는 엄마에게 조언을 들으려고 애쓰는 것일까? 사춘기 시절의 반항적인 태도를 아직도 못 버려서? 엄마가 하는 말이라면 일단 퇴짜부터 놓고, 온몸으로 '어이상실'을 외치며 눈살을 찌푸리던 과거의 습성에서 이제 그만 벗어날 때도 됐는데 말이지. 심리적 이유(離乳)는 요원의 불꽃이란 말이던가, 쩝.

오, 나의 엄마.

엄마의 조언에는 나름의 그럴듯한 구석도 있다.

그리고 엄마의 터무니없는 논리를 듣는 재미가 쏠쏠하다는 점도 솔직히 시인하련다. 얼마 전에 나는 어떤 파티에서 귀여운 남자를 한 명 소개 받았다. 만남을 계속할 것인지 결정을 내리지 못한 상태였지만, 그렇다고 그냥 내치기엔 아쉬움이 남는 상대였다.

"페이스북에서 그 남자하고 친구 맺기를 해야 되는 걸까, 엄마?" 내가 물었다.

"아니. 내 생각에 그건 좀 꺼림칙할 것 같다, 애."

"엄마, 전에 내가 어떤 변호사하고 첫 데이트를 하려고 할 때, 만나기 전에 그 남자 범죄경력 조사부터 해야 한다고 엄마가 그랬던 거 기억나?"

"그때는 네 안전을 위해서였지. 이건 다른 얘기잖니."

"칫, 엄마는 뭘 몰라."

하지만 엄마가 알 까닭이 있겠는가? 엄마가 내 나이였을 때, 사람들은 전화로 서로 통화했다. 그리고 우리들이 온라인에서 관심사들을 찾아 읽는 대신, 그들은 오프라인에서 시간을 끌며 천천히 상대방을 알아 가야만 했다. 압권인 것은, 그때 그 사람들은 물리적으로 실제로 눈앞에 나타나기 전까지는 서로를 만날 날만 기다리며 상대가 어떻게 생겼을까 상상해야 했다는 거다.

맞아! 누굴 만날 만큼 그렇게 한가한 사람이 어디 있겠어? 다들 바빠 죽겠는데.

우리 엄마는 또 데이트가 불가능해질 지경으로 규제가 심하고 따지는 것도 많다. 예를 들면 내가 이번에 만나게 된 어떤 남자가 나한테 한잔하러 나가자고 하기에 나는 어떤 옷차림이 좋을까 물어보기 위해 엄마에게 전화를 했다. 그런데 엄마의 관심은 다른 데 있었다.

"한잔이라니? 넌 저녁을 먹으러 나가야지."

"엄마! 그 남자가 말한 건 한잔하자는 거지, 밥을 먹자는 게 아니거든. 그리고 어쨌든 한잔하면서 첫 데이트를 시작하는 것도 좋잖아."

"그건 데이트가 아니거든. 데이트라면 식사를 해야 하는 법이야."

"엄마는 지금 무슨 얘기를 하는 거야? 그건 아니지. 데이트 종류가 얼마나 많은데. 커피 데이트, 점심 데이트, 한잔 데이트."

"난 그런 거 모른다. 넌 왜 밥은 안 먹으면서, 술은 마시겠다는 거니? 그 남자가 널 취하게 만들려고 작심한 거 아니냐?"

"엄마 지금 제정신이 아닌가 봐. 성인남녀가 만나서 한잔할 수도 있는 거지."

"난 '음주 데이트' 근처에도 못 가 봤어."

"한 번도?"

"사실은 술집이 어떻게 생겼는지도 모른다."

"와, 말도 안 돼."

술집에 한 번도 가 본 적이 없다는 얘기는 엄마가 즐겨 입에 올리는, 말도 안 되는 레퍼토리 중의 하나다. 나로서는 심히 믿기 어려운 말이지만, 엄마는 계속 그렇다고 고집을 부린다. 엄마가 그렇다면 그런 거지 뭐. 엄마가 이런 사람이란 걸 알면서도 계속 물어보는 나는 뭐냐. 처음부터 시작을 말았어야 하는 거다.

어쨌든 그날 밤, 나는 엄마의 조언 없이 내 스스로 고른 옷을 입고 전혀 별나지 않은 '음주 데이트'에 나갔다. 고작 두 사람이 마실 술인데, 한 병이나 주문한 걸 보면 그날 내 데이트 상대는 뭔가 흑심이 있었던 모양이다. 그런데 석 잔째에 벌써 그 남자의 눈이 풀리기 시작했다. 그러더니 계속 자기 얘기만 떠들어대는데, 그것도 했던 얘기를 하고 또 하고 계속 되풀이하는 바람에 따분해서 죽을 뻔했다. 그날 이후로는 그 남자를 다시 볼 일이 없었다.

그렇다고 해서 그 일로 인해 내가 큰 손해를 본 건 아니다. 그 이후에 나는 훨씬 더 좋아하는 사람을 만나기 시작했다. 그 사건 덕에 연애하는 일이 수월해진 건 아니지만. 친구들과 나는 새로운 사람을 사귀기 시작할 때의 미묘하고도 까다로운 몇 주의 시기에 대해 한없는 인내심을 발휘하며 논의를 거듭하고 있는 중이었다. 전시(戰時) 작전참모들의 모임을 방불케 하는 우리들의 전략회의는 한 시간을 훌쩍 넘는 경우가 다반사였다. 그렇게 훌륭한 참모들이 있는데도 내가 왜 전쟁에 대해서는 쥐뿔도 모르는 민간인인 우리 모친님께 또다시 조언을 구했는지 알다가도 모를 일이다.

"엄마, 내가 그 남자한테 전화를 걸어야 하는 걸까?"

"너 그 남자를 만나고 싶어서 그러는 거니?" 엄마가 물었다.

"음, 그런 거 같아. 그런데 어제 문자를 주고받을 때, 그 남자가 오늘 저녁에 시간이 날지도 모른다는 말을 하긴 했지만, 데이트 약속을 확정짓지는 않았거든. 지금까지도 그 남자한테서는 연락이 없으니 내 맘대로 다른 약속을 잡기도 애매해. 그렇다고 그 남자 전화만 무작정 기다릴 수도 없고. 내가 먼저 전화해서 물어볼 수도 있겠지만, 할 일 없이 빈둥거리면서 그 남자 전화나 기다리고 있는 여자처럼 보이고 싶지는 않아. 어떤 상황인지 알겠지, 엄마? 그 남자한테 틀림없이 다른 일이 생겼거나, 아니면 '시간이 날지도 모른다'고만 했지 '시간이 날 거다'라는 뜻으로 한 말은 아니었거나 둘 중에 하나겠지."

"얘가 지금 무슨 얘길 하고 있는 거니. 네가 하는 말은 하나도 못 알아듣겠다."

"엄마!"

"너 오늘 밤 그 남자가 보고 싶다는 거야, 아니면 다른 일을 하고 싶다는 거야?"

"그 사람 만나고 싶어."

"그럼 그 남자애한테 전화해."

"그게 그렇게 간단하지가 않아. 그 남자한테 전화를 할 수가 없어."

"할 수 있어."

"못해. 이건 '연애의 기술'을 요하는 문제거든. 밀당(밀고 당기기),

말하자면 '작업의 정석' 같은 거야. 그 남자를 그냥 만나기만 하는 걸로는 충분치 않아. 그 남자가 나를 보고 싶어서 안달복달하게끔 만들고 싶어."

"남자가 너를 원하도록 만드는 건 네 일이 아니거든요, 이 사람아. 네가 원하는 게 뭔지 파악하는 게 바로 네 일이야."

이처럼 우리 엄마는 단칼에 정곡을 찌르는 말을 해 준다.

그러니 엄마의 조언을 구하려고 애쓰는 건 내가 뭘 잘못 생각하고 있어서 그러는 건 절대 아니란 말씀.

하지만 때때로, 아주 가끔은 어마마마의 말씀을 귀담아듣는 것도 좋겠지.

오! 즐거운 나의 헬스클럽- Lisa

눈에서 멀어지면 마음에서도 멀어진다.

　　우리 집에 차려놓은 나의 작업실에는 모든 물건과 가구들이 내 손
만 뻗으면 닿는 곳에 있다. 그리고 내 몸무게는 점점 늘어났다. 이 두
가지 사실이 절대 무관하지 않다는 게 슬슬 감이 오기 시작했다.

　　나는 동선을 절약할 수 있도록 필요한 걸 모두 가까이에 갖춰놓고
사는 타입이다. 그 결과, 당연히 몸을 많이 움직일 필요가 없다. 그렇게
해서 몸무게가 2.5킬로그램 증가하고 나서야, 내가 합리적이라고 생각
했던 생활방식이 별로 현명하지 않은 결정이란 걸 깨닫게 되었다.

　　이렇게 되기 시작한 건 지난해부터였다. 위층에 있는 나의 작업실
에서 일하는 걸 중단했던 시기이기도 하다. 원래는 침실이었던 방에
책상과 텔레비전, 그리고 책장을 갖추어 작업실을 꾸몄는데, 벽의 한
면에는 온통 내 책의 표지들을 넣어 만든 액자로 뒤덮여 있었다. 마치
자부심 가득한 나 자신에게 바치는 '명예의 전당'처럼 말이다.

　　정정하겠다.

　　내게 자부심이 있다면 저런 벽 따위는 필요가 없겠지.

　　아무튼 딸 프란체스카가 독립해서 집을 떠난 후에는 조용한 곳을
찾기 위해서 굳이 내가 위층에 머물 필요가 없었다. 그전에도 나는 아

래층으로 내려와 주방에서 일하곤 했다. 나는 주방에다 '여름 사무실'
이란 이름을 붙여 주었다.

'여름 사무실'에서 내 노트북의 자리는 냉장고 바로 옆이다. 어쩌
다 보니 나는 집안을 돌아다닐 필요가 없는 생활방식을 유지해 왔고,
그 결과 지금은 가정용 헬스클럽이 필요한 지경에 이르렀다.

아이러니한 일 아닌가. 우리 집은 예전에도 내가 헬스클럽으로 사
용하던 곳이었으니까. 위층의 작업실에서 일할 때는 그래도 계단을 바
삐 오르내리느라 제법 운동량이 많았었다는 뜻이다.

우리 집 계단은 나의 운동기구로 괜찮은 셈이었다.

그런데 지금 내가 하는 일이라고는 오로지 하루 종일 앉아있는 것
뿐이다.

엘립티컬 머신[93]도 위층 작업실 구석에 처박혀 있다. 거기서 일할 때
는 그 기구를 이용하곤 했다. 실제로 책상 앞까지 도달하기 위해서는
그 기구에 걸려 넘어지다시피 해야만 했기 때문이다. 그런데 이젠 그
기구를 볼 수도 없게 되었다. 당신도 알다시피 이런 속담도 있잖은가.
"눈에서 멀어지면 마음에서도 멀어진다."

그 속담이 엘립티컬 머신을 두고 하는 얘기인지 확실치는 않지만.

운동기구가 있으나 없으나 결과는 똑같았다. 운동을 하려면 집에
가정용 헬스클럽이 필요하겠다는 생각을 하다가, 우리 집에는 이미 운
동기구들이 갖춰져 있다는 사실이 생각난 걸 보면 말 다했지.

으헉.

이러니 운동기구가 없어서 그랬다는 핑계는 더 이상 먹히지 않게

---

93) elliptical machine. 유산소 운동 기구.

돼 버렸다.

다음에 나오는 말은 내가 그동안 마음속으로 수없이 해 왔던 혼잣말이다. '위층에 올라가서 엘립티컬 머신으로 운동을 해야지.' (고마해라, 이런 말 많이 했다 아이가.) 하지만 그 전에 먼저 운동복 문제를 해결해야 했다. 나는 낡은 반바지 몇 개와 새로 산 언더 아머(Under Armor) 브랜드의 흰색 셔츠를 하나 가지고 있었다. 그 셔츠는 사실 우리 딸 프란체스카에게 주려고 샀다. 프란체스카는 정말로 운동도 하고 달리기도 하니까. 그러고 나서 내가 입을 것도 하나 더 샀다. 나도 운동과 달리기를 하게 될 날이 올까 염두에 두고 미리 장만해 뒀던 것이다.

그런데 새 셔츠를 포장에서 꺼내보고 나서야 나는 그 셔츠가 운동 선수들이 주로 입는 몸에 딱 달라붙는 스판덱스 재질의 제품이란 걸 알았다.

내가 산 건 미디엄 사이즈였는데, 미디엄은커녕 딱 우표딱지만 했다.[94]

그 쫄쫄이 셔츠가 내 몸을 다 받아넣을 수 있을 만큼 늘어나리라고는 생각되지 않았지만, 어쨌든 입어 보기로 했다. 셔츠에 머리를 들이밀 때부터 벌써 숨이 막혀 질식할 것만 같았다. 애면글면 간신히 머리를 내밀고 보니 엄청 늙은 쭈그렁 거북이와 싱크로율 100퍼센트. 그 다음에는 어깨를 비틀어 가며 몸통을 구겨넣고 셔츠를 끌어내리자, 가슴에 철갑을 두른 듯 옥죄는 느낌이 왔다. 그것은 A컵 브라 사이즈의 여성에게는 썩 보기 좋은 모습이 아니다.

언더 아머를 입은 나의 모습이 어떻게 보이건 간에, 그 셔츠를 입고

---

94) Postage Stamp. '우표'라는 뜻 외에도 '매우 좁은 공간, 장소'란 의미도 있다.

나서 보니 전체적으로 운동선수 같은 포스가 느껴져서 기분은 좋았다.

셔츠를 한 장 입었을 뿐인데 자부심이 가득 차올랐다.

그래서 나는 엘립티컬 머신으로 뛰어올라가 작동버튼을 눌렀다. 내 몸무게를 입력해서 세팅하는 순간이 오기 전까지는 열의가 넘쳤다. 나는 4.5킬로그램을 줄인 숫자를 입력하고 머신에 올라섰다.

그래요, 친애하는 독자님들, 나는 거짓말을 했습니다.

생명도 없는 그 불쌍한 운동기구에게 말이죠.

그다음에 나는 머신의 페달을 돌리기 시작했다. 그리고 30초도 안 돼서 정지 버튼을 누르고 갑옷 셔츠를 벗어야 했다. 땀이 비오듯 쏟아졌기 때문이다.

그래서 사람들이 그 옷을 언더 아머라고 부르는 게 틀림없다.

왜냐하면 중무장한 당신의 옷 속(아래)[95]으로 땀을 흘리게 만들어버리니까.

어쨌거나, 얼마 지나지 않아 나는 운동을 포기하고 주방으로 걸어 내려왔다.

어, 내 말은 '여름 사무실'로 내려왔다는 뜻이다.

---

95) 원문은 under your armer. '언더 아머(Under Armour) 운동복과 음이 같은 것에 착안한 유머.

나를 위한 은밀한 즐거움 – Lisa

나는 결코 만사를 내 뜻대로 하려는 사람은 아니다.
나는 그저 최고 기록을 세우고 싶은 것뿐이다.

나는 투표가 매우 중요하다고 믿는 사람이다. 국민으로서의 권리이자, 특권이라고 생각하기 때문이다. 그 때문에 나는 온갖 쇼 프로그램에서 시청자 투표를 할 기회가 생길 때마다 투표를 한다.

나는 투표하고 투표하고 투표한다. 투표라면 무조건 달려들고 볼 일이다.

예전부터 그랬던 건 아니다. 전에도 텔레비전 쇼들을 즐겨 보곤 했지만 시청자 투표에 참여할 생각은 눈곱만치도 없었다. 내가 투표한다 해도 그 사실을 알게 될 사람이 아무도 없건마는, 왠지 그런 일에 투표를 한다는 사실이 한심하게 느껴졌기 때문이다. 세상에는 텔레비전을 보면서 투표를 하는 사람과 하지 않는 사람의 두 부류가 있다.

그 경계선을 가르는 나이는 아홉 살 정도로 보면 되지 않을까.

그런데 이 문제에 대해 내 생각을 바꾸게 된 계기가 있었다. 내가 응원하고 있는 사람이 우승을 못하고 있던 때였다. 게다가 이 세상을 향해 내 목소리도 한 번 내 보고 싶었다. 국민의 의사가 잘 전달되어야 위대한 국가가 되는 거 아니겠나. 그래서 지금은 나의 권리이자 특권, 그리고 투표권을 잘 행사하기 위해 열심히 기량을 발휘하고 있다.

소파에 앉아서.

나는 문자로 투표한다. 내 생각에는 문자가 이미 트렌드로 자리를 잡은 것 같다.

정치에 관련된 선거도 문자로 투표할 수 있게 한다면 모든 사람이 투표에 참여할 것 같다. 투표소에 가느라 힘들어하지 않아도 되고, 악천후에도 거뜬히 투표를 할 수 있을 테니까. 그리고 문자 투표는 보안을 유지할 수 있다. 예를 들면 나는 문자로 신용카드 계좌의 잔고를 확인할 수 있다. 그리고 나는 누군가가 내 계좌의 잔고를 아는 것보다는 내가 어느 쪽에 투표했는지를 아는 게 좋다.

정치인을 뽑는 선거에서도 문자 투표방식을 시행해야 한다고 본다. 그러면 우리 유권자들은 투표율 100퍼센트 달성을 책임져 줄 것이다. 그리고 우리의 정치가들은 더 훌륭한 국민가수로 성장해 주겠지.

그리고 더 좋은 건 텔레비전 시청자 투표는 여러 번 할 수 있다는 점이다. 아주 마음에 드는 방식이다. 왜 투표를 딱 한 번만 하고 끝내야 되는데? 열 번도 투표할 수 있다. 그렇게 하면 당신의 의사를 진짜로 정말로 잘 드러내 보일 수 있다.

뭐, 내가 실제로 그렇게 한 건 딱 세 번이었지만, 써 먹을 만한 방법이므로 여러분께도 강추!

평소에 나는 텔레비전 오디션 프로그램에 나온 가수 중에서 제일 좋아하는 한 명에게만 투표하기로 정해 놓고 있다. 내게 주어진 투표권을 행사하는 게 목적이지, 투표결과를 내 뜻대로 장악하려고 그러는 건 아니기 때문이다. 나는 결코 만사를 내 뜻대로 하려는 사람은 아니다. 나는 그저 최고 기록을 세우고 싶은 것뿐이다. 비록 나 자신만을 위한 은밀한 즐거움이지만 말이다. 왜냐하면 내가 텔레비전 프로그램에 투표를 하고 있다는 사실은 비밀이니까.

혹시 여러분들은 나를 텔레비전 오디션가수들에게 투표를 한다고 사방팔방 떠벌리고 다니는 사람으로 생각하고 있는 건 아니겠죠?

사람들이 물으면 나는 부인할 생각이다. 그리고 그들이 이 글을 읽었다면, 꾸며낸 이야기라고 둘러대겠다.

그리고 그 사람들에게 나는 밤에는 독서를 즐긴다고 말하리라.

나는 정치판의 선거에서도 동일한 자세로 임하고 있다. 대통령 선거[96]일지라도 예외는 없다. 나는 지난번 선거에 출마했던 양쪽 후보 아무에게도 투표하지 않았다는 사실을 거리낌 없이 밝히겠다. 대신 내가 지지하는 후보 이름을 투표용지에 써 넣었다. 내가 지지하는 후보가 당선되지 않으리라는 건 알고 있었다. 혼자서 열성적으로 지지해 봤자 당선은 불가능하다. 하지만 나는 정말로 내가 고른 후보가 훌륭하다고 생각했기 때문에 누가 후보로 출마했는지 거들떠도 안 보고 내가 미는 사람을 찍었다. 공식적인 자리를 빌려서 말이다.

왜 그렇게 어렵게 말하느냐고? 한마디로, 나는 내 주장을 관철시켰다.

그 누구도 아닌 바로 나에게.

그리고 어리바리한 내게 투표용지의 어느 곳에 후보자 이름을 써 넣어야 하는지 가르쳐 주고 펜까지 빌려주어야 했던 그 불운한 선거관리인에게도. 그때 나는 기표소에 들어가기 직전까지도 그 선거가 기명투표[97] 방식으로 진행된다는 사실을 몰랐으니까. 내가 얼마나 계획

---

96) 미국 대통령 선거는 유권자들이 대선 후보에게 직접 투표하는 것이 아닌, 선거인단 숫자로 대통령을 결정하는 일종의 간접선거.

97) write-in ballot. 유권자가 투표용지에 기재된 후보가 아닌, 자신이 지지하는 사람 이름을 직접 적어 넣는 선거방식.

성이 부족한 사람인지 이런 걸 보면 알 수 있다. 두 번씩이나 이혼하게 된 것도 나의 이런 태도가 빌미를 제공한 것 아닐까.

이제 문제는 텔레비전 쇼의 시청자 투표에 여러분 역시 관심을 쏟아붓게 되리라는 점이다. 자신이 응원하는 사람이 승리하기를 바라는 건 당연한 일이다. 골프를 치면서 매 홀마다 누가 이길지 내기를 하는 것도 이와 같지 않을까. 나는 골프를 치거나 내기를 하지는 않지만, 판돈이 커지면 이기고픈 열망도 커지는 법이다.

어쨌든, 지금 투표를 하고 있는 나로서는 조바심이 나지 않을 수 없다. 텔레비전을 보면서 심심풀이로 시작한 투표가 이제는 투표를 하기 위해서 텔레비전을 본방사수하는 경지에 이르렀다. 예를 들면, 바로 이 순간 나는 곧 텔레비전에 방영될 '싱 오프' 결승전을 기다리고 있다. 그리고 나는 어느 아카펠라 그룹이 가장 잘했는지 도저히 마음의 결정을 내릴 수가 없어서 지난주에는 가장 잘했다고 생각한 두 그룹에 투표를 했다. 각 그룹에 한 번씩 투표를 한 것이다. 투표결과에 혼선을 빚게 하려고 그러는 게 아니라, 의사표현을 하려고 하는 것뿐이다. 내 견해를 대변하기 위해서.

지금 나는 내가 지지하는 후보들이 우승하지 못할까 봐 걱정이 늘어졌다. 그들이야말로 상을 받아 마땅한 후보임에 틀림없는데 말이다. 평가단(심사위원)이 선호하는 후보는 다른 그룹이란 사실을 나는 알고 있다. 그래도 내가 미는 그룹이 우승을 해야 한다.

나는 선거판에 지나치게 정치색이 짙어지는 게 싫다. 여러분은 그렇지 아니한가?

아인슈타인과 상대성 원리 - Lisa

무엇보다도 가장 빨리 흘러간 시간은
두말할 것 없이 아이들이 성장하는 데 걸린 시간이다.

   아인슈타인은 시간이 상대적이라는 사실을 발견했다. 그리고 나는 아인슈타인이 그 법칙을 찾아냈을 때 어디 있었는지 자신 있게 말할 수 있다.

   엘립티컬 머신 위에 있었음이 틀림없다. 두말하면 입 아프다.

   내가 그 기계 위에 올라설 때는 5분이 그렇게 긴 시간이라고는 생각하지 않았다. 폭설로 개들을 산책시킬 수 없어 부족한 운동량을 채우기 위해 나는 그 기계를 다시 이용하기 시작했다. 개들은 엘립티컬 머신을 사용할 필요가 없다. 그들은 웃는 얼굴로 나를 쳐다보고 있다.

   몸 전체가 스톱워치인 루비는 시간을 잰다.

   엘립티컬 머신 위에서 시간을 빨리 가게 하기 위해 내가 할 수 있는 일은 아무것도 없다. 나는 기계 위를 걸으며 팔을 아래위로 흔들면서 하염없이 텔레비전을 시청한다. 하지만 내 눈은 기계에 붙어있는 시계의 반짝거리는 디지털 숫자만 계속 쳐다보고 있다. 기계에 올라선지 2분쯤 지나면 그때부터 나는 시계를 보며 숫자를 헤아리기 시작한다. 그리고 숫자들이 2:36에서 2:37로 바뀔 때쯤 되면 그 1초가 족히 20분은 지속되는 것 같이 느껴진다. 때때로 나는 내 자신과의 사투를 벌인다. 시계를 수건으로 가려 보기도 하지만 이게 사람을 더 미치게 만든다. 모진 고문의 시간이 얼마나 남았는지 알고 싶어 죽을 지경이 되니까.

내 말은 운동 시간이 얼마나 남았는지 시계를 확인하고 싶어진다는 얘기다.

수건을 치워 봐도 시간은 제자리다. 잔여시간은 언제나 내가 생각했던 것 이상으로 남아있다.

며칠 전에는 멀쩡하게 돌아가고 있는 그 시계를 손가락으로 톡톡 건드려 보기까지 했다. 전원이 잘 연결되어 있는지 확인하기 위해서였다. 시계에는 아무 문제가 없었다. 잘만 작동되고 있더라.

내 몸이 제대로 작동하지 않아서 그렇지.

그러고 있으려니 내가 강연을 하고 있는데 아무도 웃는 사람이 없었던 일이 생각났다. 나는 그때마다 마이크 전원이 연결되지 않았던 게 틀림없다고 믿곤 했는데, 실제로 마이크가 꺼져 있었던 적은 없었다.

꺼져 있었던 건 바로 나 자신이었다.

먼 옛날, 내가 작가로 입문하려고 애쓰던 바로 그때, 나는 작가가 되기 위해 시도해 볼 만한 방법은 영화 대본을 쓰는 것이라고 생각했다. 그래서 영화 대본을 써서 할리우드의 에이전트 100명에게 보냈다. 답신을 몇 통이나 받았을 것 같은가?

한 통도 못 받았다.

나는 우편함, 우편번호, 우편제도, 아니면 인류 문명 전반에 걸쳐 뭔가가 대단히 잘못 돌아가고 있음이 틀림없다고 확신했다. 하지만 아니었다. 난 그저 실패를 거듭하고 있었던 것뿐이다.

이와 똑같은 일이 엘립티컬 머신 위에서도 벌어지고 있었다.

낙제, 불합격, 실패.

나는 실패라면 이골이 난 사람이다. 나는 실패를 잘 받아들인다. 당신 또한 잘 받아들일 수 있다. 연습만 열심히 한다면 그럴 수 있다.

나는 엘립티컬 머신 위에서 운동하려고 30분을 노력한다. 그러면서도 한편으로는 도그 이어[98] 이론과 비스무리한 이론을 하나 정립해 보는 중이다. 사람이 30분 동안 운동을 하면, 그 시간은 운동을 하지 않을 때의 7년에 해당한다는 게 내 이론의 요지다.

상대성 이론을 적용해 보면 그렇다는 얘기.

반면, 새해는 금방 왔다 가버린다. 어찌나 빨리 지나가버렸는지, 마치 날아가 버린 것처럼 느껴진다. 실로, 엘립티컬 머신 위에서의 30분과 1년 전체 중에서 내가 어느 쪽을 더 길다고 느끼고 있을지 당신은 그 답을 알리라.

지금 당신 마음속에 떠오른 그 생각이 바로 정답이다.

생일 역시 이런 식이다. 예를 들면, 엄밀한 의미에서는 내가 쉰다섯인 게 맞다. 하지만 마음만은 홀~쭉한 스물다섯이니 어쩌랴.

잠깐. 방금 새로운 생각이 하나 떠올랐다.

내가 만일 평생을 엘립티컬 머신 위에서 살아간다고 해 보자. 그럼 나는 내 수명의 일곱 배를 사는 셈이네.

어쩜 내가 이렇게 깜찍하게 개념 있는 생각을 해내다니!

그리고 내가 며칠 전에 겪었던 것과 같은 당황스러운 일은 앞으로

---

98) dog year. 정보화 사회의 변천의 빠름을 비유한 말. 개의 1년은 대체로 인간의 7년에 해당한다는 연구 결과가 보고되었다. 즉 1 dog year는 52일로 친다. 한편, 개의 1년이 사람의 15년에 해당한다는 이론도 있다.

없었으면 좋겠다. 그날 나는 우리 딸 프란체스카, 나의 가장 친한 친구인 프란카, 그리고 프란카의 딸 제시카와 저녁 식사를 했다. 프란카와 나는 같은 법과대학원을 다녔다. 그리고 우리는 곧 있을 동창회 모임에 대한 이야기를 하고 있었다. 졸업하던 해가 몇 년도였는지 잘 기억이 나지 않았던 내가 이렇게 말했다.

"이번이 졸업 20주년째던가, 그렇지?"

그러자 프란카가 대답했다. "아니, 25년째일 걸, 아닌가?"

분명 우리 둘 다 수학엔 젬병이었음이 틀림없다. 그러니 법대를 갔겠지. 그런데 프란체스카와 제시카가 우리를 보고 웃기 시작했다.

프란체스카가 말했다. "두 분은 1981년에 법대를 졸업했어요. 그러니까 서른 번째 동창회인 거죠."

프란카와 나는 아연실색, 어찌할 바를 모른 채 서로의 얼굴만 바라보았다. "그게 말이 되는 소리니?" 프란카가 내게 물었다.

"말도 안 되는 소리지." 내가 대답했다. 그리고 머쓱해진 우리 둘은 애꿎은 와인만 축냈다.

무엇보다도 가장 빨리 흘러간 시간은 두말할 것 없이 아이들이 성장하는 데 걸린 시간이다. 프란체스카는 이제 곧 스물다섯이 된다. 그리고 이건 확실히 수학적으로는 설명할 수 없는 난제다.

그렇다면 마음이 스물다섯인 내가 프란체스카와 동갑이란 계산이 나오니까.

게다가 프란체스카는 어제 겨우 열 살이었고, 그저께는 아장아장 걸었고 그보다 몇 초 전까지는 갓난아기였는데.

그러니까 프란체스카는 아직 어린아이여야 말이 된다는 말이다.

이런 생각을 하면 엄청 실망스럽고 한풀 꺾이는 기분이다. 하지만 딸애한테는 아무 말도 하지 않았다.

이게 도대체 어떻게 된 일이란 말인가. 시간은 눈 깜짝할 사이에 지나가 버리고, 아이들도 어느 새 다 커버렸는데, 빌어먹을 엘립티컬 머신은 왜 이다지도 더디 가는지.

아인슈타인 그 양반, 정말 천재인 건 맞다.

하지만 그에게 전속 트레이너가 있었을 것만 같다는, 이 느낌은 뭐지.

생의 말(馬)을 타고 계속 앞으로 - Francesca

당신이 계속 앞으로 나아가면
그 어떤 것도 당신을 내동댕이칠 수 없다.

내가 아끼던 말 조이가 얼마 전에 세상을 떠났다. 조이는 서러브레드종의 아름다운 회색 암말로, 내가 가졌던 첫 번째 말이자 나의 곁을 떠난 첫 번째 말이다. 조이가 사망하던 그 시간에 나는 시내에 있었는데, 소식을 듣는 순간 누군가 나를 진정으로 이해해 줄 수 있었던 사람과 영원히 단절되는 느낌이 들었다. 나로서는 이해하기 힘든 감정이었다. 개나 고양이를 잃은 것과는 너무도 달랐다. 더 좋거나 나쁘거나 그런 게 아니라 완전히 다른 차원이라고나 할까.

애완동물마다 독특한 개성을 가지고 있다. 내 고양이는 내 개와 다르고, 내 개 핍은 우리 엄마의 개와 다르다. 그러나 내가 데리고 있는 애완동물 하나하나와 나의 관계는 똑같다. 사랑밖에 모르는 관계. 나는 핍에게 거의 아무것도 요구하지 않는다. 그저 내 말을 잘 듣겠거니 하고 막연히 기대하는 것 말고는, 핍에게 애정이 결핍되지 않도록 퍼붓는 나의 사랑을 끊임없이 흡입해주기만 바랄 뿐이다.

나는 조이에게 나를 등에 태워 달라고 했다. 우린 파트너였으니까. 조이와 나는 함께 달리고 함께 훈련하며 서로를 알아갔다. 사람은 말을 존중해야 한다. 어쨌든 말은 크고 힘이 센 데다, 고의로든 부주의로든 사람을 위험에 빠뜨릴 수 있는 동물이므로. 하지만 대부분의 말들은 사람을 배려할 줄 안다. 우리 조이는 확실히 그랬다.

그렇다고 조이가 마냥 성인군자 같은 말(馬)이란 말은 아니다. '조이를 타는 게 가장 쉬웠어요.'라고는 말 못하겠다. 하지만 결코 심술궂고 못된 말은 아니었다. 조이는 나에게 도전의식을 고취시키는 대상인 동시에 나를 돌봐주는 충실한 베이비시터이기도 했다. 조이를 타는 일이 적당히 요령을 피워서 될 일은 아니었으나, 내 능력 밖의 엄청난 기량을 요하는 일 또한 아니었다. 내가 조이를 탄 건 막 성장하기 시작할 무렵이었다. 그리고 나는 성장했다. 나를 키운 건 팔할이 조이였다.

우리가 처음 만났을 때 조이와 나는 나이가 거의 같았는데, 조이는 열한 살이었고 나는 열두 살이었다. 경마장에서 닳고 닳은, 럼펠스틸츠킨[99]처럼 생긴 카우보이 부츠차림의 전직 경마기수가 조이를 인계해주던 때가 생각난다. 그는 조이를 트레일러 밖으로 끌어내기 위해 다짜고짜 조이의 백설 같은 꼬리를 확 잡아당겼다. 그러자 조이가 밖으로 모습을 드러냈다. 조이는 백조처럼 우아한 목을 하늘이라도 찌를 듯 꼿꼿이 세우고 있었다. 둥글고 커다란 갈색 눈 주위를 흰색 테두리가 감싸고 있어 마치 안경을 쓰고 있는 것처럼 보였다.

조이와 나는 서로 겁을 먹어서 눈이 동그래졌다. 나는 너무 조금 살았기 때문에 겁을 냈고 조이는 너무 많이 살았기 때문에 겁을 냈다. 그 암말은 그때까지 몇 번이나 팔려 다녔는지 모른다. 팔려가서 사랑을 받다가 다시 버림을 받곤 했던 것이다. 조이는 제대로 돌봄을 받지

---

99) Rumpelstiltskin. 자신의 이름을 알아맞히지 못하는 사람의 아기에게서 영혼을 빼앗아 간다는 독일 민화 속의 사악한 난쟁이. 이름을 알아맞히면 그 이름의 본인이 파멸한다는 이야기는 각국의 민담에 고르게 나타난다.

못해 깡마른 몸으로 우리에게 왔다. 조이는 쉽게 겁을 먹는 말이었고 나는 어리바리한 승마기수였다. 통상 말하는 이상적인 조합은 아니었던 거다. 하지만 우리는 서로에게 환상적인 파트너가 되었다.

조이는 그때 사춘기가 막 찾아오기 직전의, 독이 오를 대로 오른 불안정한 상태의 나를 다스려 준 해독제나 다름없었다. 조이가 나의 상태를 고스란히 되비춰 주는 거울 역할을 해주었기 때문이다. 내가 겁을 먹으면 조이도 겁을 먹었다. 내가 내 자신을 책망하면 조이도 나를 책망했다. 내가 좌절하면 조이는 고약한 성미를 드러냈다.

개울을 건너는 일은 우리가 부딪친 커다란 난관 가운데 하나였다. 트레일 라이드[100] 중에 아주 조그만 개울을 만나도 조이는 겁을 먹곤 했다. 물이 발굽에 닿자마자 조이는 되돌아 가려고 앞발을 쳐들었다. 조이는 우리가 개울 근처로 향하고 있다는 걸 알거나 내가 개울을 건너려는 기대감으로 충만해 있다는 걸 눈치채면 뻣뻣하게 버티고 선 채 등을 활처럼 굽히고 뒷발질을 하면서 앙탈을 부렸다.

조이의 등에서 긴장이 느껴지면 나는 본능적으로 신중해지면서 공처럼 둥글게 몸을 움츠려 조이의 몸에 최대한 가까이 다가간다. 조이와 나의 사정없이 두근거리는 가슴을 진정시키기 위해서 하는 동작이었다. 하지만 그러고도 우리는 한 번도 개울을 건너지 못했다. 몇 번인가는 내가 땅으로 곤두박질칠 뻔한 적도 있었다.

조이에게 나는 솔선수범하는 자세를 보여줘야 했다. 긴장을 풀거나 적어도 긴장하지 않은 척이라도 하고 앞으로 나가야 한다는 걸 나

---

100) trail ride. 말에 캠핑장비와 먹거리를 싣고 지정된 코스를 한 바퀴 도는 야외 스포츠. 'horse or pony trekking' 또는 'Horse Pack Riding'과 같은 말.

는 터득했다. 기수가 계속 앞으로 말을 몰고 가면 말은 그 기수를 내동댕이칠 수 없다.

그리고 그 교훈은 이후 내 인생의 고비마다 유용하게 대처할 수 있게 해 주었다. 이별, 낙담, 의기소침한 나날들이 이어질 때면 나는 승마를 배울 때 들었던 명령어를 생각한다. 계속 앞으로 가. 당신이 계속 앞으로 나아가면 그 어떤 것도 당신을 내동댕이칠 수 없다.

하지만 내가 조이의 죽음으로 인한 상실감을 딛고 앞으로 나아갈지라도, 나와 함께했던 그 멋진 친구이자 스승인 조이를 결코 잊지 못하리라. 나는 조이가 마지막 여행을 떠나는 자리에 참석하지 못했지만, 작별인사를 나누지 못한 것보다 더 서운하고 아쉬운 건 조이가 나에게 준 그 모든 가르침에 감사할 기회를 놓쳤다는 사실이다.

외강내유(外剛內柔). 부드럽게 다루는 것이 오히려 강할 수 있다는 것. 다른 사람에게나 자기 자신에게나 참을성이 있어야 한다는 것. 자기 회의에 빠지거나 자신감이 부족한 경우는 누구에게나 찾아온다. 그렇다고 해도 극복 불가능한 일은 아니다. 깊이를 알 수 없는 물에 발을 담가야 할 때도 있다. 그 어느 때보다도 더 높은 장벽을 만나게 될지도 모른다. 그리고 때로는, 할 수 있는 한 최대한의 노력을 기울여 스스로 그 장애물을 향해 앞으로 나아가야 한다. 용기는 옵션이다.

안락한 집을 떠나 새로운 곳에서 살게 된다면, 인생의 말을 타 보는 것도 좋겠다.

계속 앞으로 가.

응급상황- Lisa

보험금 액수보다 돈이 더 드는 경우라면
무조건 응급상황이다.

응급상황에 부딪친 사람들의 반응은 제각각이다. 겁에 질려 미친
듯이 우왕좌왕 뛰어다니는 사람이 있는가 하면, 냉정을 유지한 채 즉
각 필요한 행동을 개시하는 사람도 있다.

그리고 나처럼 행동하는 제3의 부류도 있다.

나는 위에서 예를 든 양쪽 모두 아니다. 나는 응급상황을 부정하
는 축에 들어간다.

가장 최근에 일어난 일을 소개해 보자.

딸 프란체스카가 집에 왔다. 그리고 우린 둘 다 거실에 있었다. 나
는 노트북으로 작업을 하고 딸애는 텔레비전에서 방영되는 코미디 드
라마를 보고 있었다. 개들은 모두 소파에서 나와 프란체스카 옆에 엉
겨붙은 채 잠들고, 리틀 토니만 그 무리에서 떨어져 있었다.

참 이상하기도 하지.

매일 밤마다 창가에 서서 깜깜한 어둠 속을 향해 짖어대는 리틀
토니 말이다.

리틀 토니, 넌 우리가 좋은 밤을 안녕히 지내시는 꼴을 못 보겠다
이거지.

나는 리틀 토니가 무슨 생각을 하는지 알고 있다. 리틀 토니는 밤에는 용과 바다괴물과 별자리들이 죄다 살아난다고 믿고 있기 때문에 그들이 범접할 수 없도록 창가에서 밤새 짖어대는 것이다. 몸무게가 4.5킬로그램밖에 안 되는 가소로운 존재에 불과하다는 사실도 잊은 채, 주제도 파악 못하고 표독해질 때면 리틀 토니는 정말로 분노에 불타는 까만 콩알처럼 보인다.

프란체스카가 내 맞은편에 앉아서 묻는다. "엄마는 저렇게 짖어대는 소리를 어떻게 견뎌낼 수 있는 거야?"

나는 리틀 토니로부터 1.5미터도 안 떨어져 있는 곳에서 노트북으로 열심히 작업하고 있던 중이었다. 하지만 나는 리틀 토니가 짖는 소리를 무시하는 법을 배워 익힌 사람이다. "무슨 개소리가 난다고 그러니?" 내가 딸에게 물었다.

때맞춰 짖는 소리가 그쳤다. 나는 그것 역시 알아차리지 못했다. 그런데 프란체스카가 물었다. "리틀 토니가 어디로 갔지?"

그제야 나도 리틀 토니의 행방이 궁금해지기 시작했다. 사방을 둘러봐도 리틀 토니는 보이지 않았다. 나는 노트북을 옆으로 밀어두고 강아지 수색에 나섰다. 리틀 토니는 주방에 있었는데, 내가 다가가자 나를 올려다보며 입에 넣은 뭔가를 간신히 삼키고 있었다.

꿀꺽, 리틀 토니가 마침내 힘든 과업을 완수했다.

그러고 보니 리틀 토니 옆의 바닥에는 내가 신던 긴 양말 한 짝이 놓여 있군. 추리 작가인 캐슬(미드 '캐슬'의 주인공)이 아니더라도 무슨 일이 일어났는지 단박에 알 수 있겠다. 양말을 집어 들고 살펴봤는데, 보기만 해서는 리틀 토니가 얼마나 씹어 먹었는지 표시도 안 났다. 나는 양말을 신어봤다. 결론, 양말 한 짝이 통째로 감쪽같이 사라졌다.

"응급 수의사한테 전화해, 엄마." 프란체스카가 말한다. 난 그렇게까지 할 필요는 없다고 생각했다.

"이건 응급상황이 아니야. 내일 똥 누면 나오는지 보자."

"내 생각은 다르거든, 엄마. 전화하는 게 좋겠어."

"아니야." 나는 그럴 필요 없다는 뜻으로 프란체스카에게 손사래를 쳤다. "전화해 봤자 그리로 데리고 오라는 말만 할 거야. 기다려도 돼. 리틀 토니는 괜찮을 거야."

"안전빵으로 가자, 엄마. 전화해. 응?"

그래서 나는 전화를 걸었고, 그들은 리틀 토니를 데리고 오라고 했다. 우리는 리틀 토니가 진료를 받는 동안 접수대 근처에서 기다렸다. 한 시간이 지나서야 의료진이 리틀 토니를 데리고 나와서는 자신들이 리틀 토니를 살려냈다고 말했다.

휴, 십년감수했다. "정말이죠?"

"예." 그 수의사가 고개를 끄덕인다. "그 양말은 얇고 잘 늘어나는 거라서 개가 그걸 똥으로 배출하지 못합니다. 전화하길 잘하셨습니다."

얼굴이 뜨듯해졌다. 낯 뜨겁다는 게 이런 거로군.

프란체스카는 내 얼굴을 구경하느라 바빴다.

리틀 토니는 트림을 시원하게 했다.

그러고는 바로 다음 날, 나는 역시 노트북에 집중하는 중이고. 밖에는 바람이 심하게 불고 있었다. 우지끈하는 소리가 들려 창밖을 내다봤더니, 거대한 상록수 한 그루가 차고 지붕 위로 쓰러져 있었다.

나는 멍한 상태로 눈만 깜박거렸다. 그 상황을 이해하고 정리하는

데 몇 초가 걸렸다.

이건 분명 응급상황으로 간주해도 될 것 같았다.

나무가 땅과 수평을 이루다니, 나무로서의 도리가 아니지. 이건 누가 봐도 응급상황이야.

그래도 차고 지붕이 부서진 것 같지는 않았다, 놀랍게도. 사람도, 개도, 고양이도, 자동차도 전혀 피해를 입지 않았다. 그 큰 나무가 우리 집 앞 진입로와 엇비슷한 방향으로 쓰러져 있는 것 외에는 모든 게 평소와 다를 바 없어 보였다. 응급상황임을 알리는 전화를 걸라고 말해 줄 프란체스카는 없는데, 그럼 지금 나는 누구에게 전화를 걸어야 하는 걸까. 어젯밤 내가 응급상황을 부정하는 축에 낀다는 사실을 확인했던 터라 다시는 그런 실수를 하지 않겠어.

그런데 이게 정말 응급상황이야, 아니야?

그래서 나는 보험회사에 전화를 걸었다. 보험사 직원이 하는 말이, 2500달러의 보험금을 내가 수령할 수 있단다.

그 나무를 치우는 데는 어림해서 1000달러 정도밖에 들지 않으리란 계산이 나왔다.

그러면서 나는 응급상황인지 아닌지 판단할 수 있는 기준을 나름대로 정하는 법을 배웠다.

보험금 액수보다 돈이 더 드는 경우라면 무조건 응급상황이다.

쓰러진 나무 - Lisa

부실의 징후는 나의 몸통에도 이미 나타나고 있었다.
가엾은 허리.

나무 한 그루가 그렇게 우리 집 차고 위로 쓰러졌으나 아무런 피해도 입지 않고 마무리되었다. 그건 좋은 소식이기도 하고 나쁜 소식이기도 했다. 쓰러진 나무를 치우느라 돈푼깨나 썼지만, 그보다 더 많은 보험금을 지급받았으니까.

그 바람에 나는 우리 집 주위의 나무들에 관심을 갖게 되었다. 그러고 보니 나무들이 참 많았다. 더 좋은 소식이자 더 나쁜 소식. 저 나무들이 쓰러지면 대체 치우는 데 얼마가 들며, 보험금은 또 얼마이런가?

그 나무들이 무슨 나무인지, 어떤 종류인지는 하나도 모른다. 내게는 나무가 관심 밖의 사물이었기 때문이다. 용적률이 작은 나의 뇌로는 축적할 수 있는 정보의 양이 한정되어 있으며, 뇌 속에는 내가 글을 쓰는 데 필요한 내용들, 그리고 롤링 스톤스와 엠파이어 플로링 CM송의 가사들같이 필수적으로 외워야 될 것들로 이미 포화상태라는 생각을 하면서 움직이는 내가 집 밖 나무에까지 신경을 쓸 리가.

그래서 나는 우리 집에 있는 나무들의 이름도 못 외운다. 나는 그 나무들에 롤링 스톤스 멤버들의 이름인 믹과 키스를 붙여놓고는, 그 정도면 됐다는 생각으로 만족스럽게 지내 왔다.

하지만 나는 그 나무들을 보는 게 무척 즐겁다. 특히 그 나무들이 밝은 황색과 화려한 오렌지색으로 변하는 가을, 아니면 풍성한 녹색 잎들이 잔디밭에 그늘을 드리우는 여름 풍경을 좋아한다. 결론은 우리 모두 '나무는 좋은 것이여'에 동의할 거란 뜻이다. 대개들 그럴 것이라고 생각한다.

하지만 그러고 나서 나무들과 떨어진 나뭇잎들에 관심을 갖고 가까이서 살펴보기 시작했더니, 짙고 굵은 색의 오래된 가지들 끄트머리가 점점 가늘어져서 뾰족하게 된 모습이 눈에 들어왔다. 언제부터 나무들이 저렇게 앙상해져서 마치 하늘에서 날아온 단검처럼 되어 버린 거지?

과장된 표현이라고 타박해도 할 수 없다. 하지만 평범한 가재도구도 초강력 살상무기로 쓰일 수 있다고 가르친 친정엄마 같은 사람 밑에서 자랐다는 사실을 상기해 보시라. 예를 들자면 엄마의 가르침은 이런 식이다. 식기세척기에 넣어 둔 칼에 찔릴 수도 있다. 헤어드라이어 때문에 감전사할지도 모른다. 토스터기는 살의를 품은 존재다.

그래서 나는 나무들을 자연미의 표상이 아니라 치명적인 무기로 간주하기 시작했다.

그 나무들이 쓰러지면서 언제든 나와 개, 고양이들을 덮칠 수 있다. 그리고 우리 집 나무들 중에는 진입로 위로 가지를 뻗고 있는 것들도 몇 그루나 된다. 그것들이 지나가는 차나 보행자 위로 쓰러질 수 있다는 생각만으로도 치가 떨린다. 우리 집 나무 때문에 이런 일이 생긴다면, 나는 나 자신을 도저히 용서할 수가 없을 것 같았다.

아직 발생하지도 않은 사건을 놓고, 나는 이미 유죄선고를 받은 거나 진배없는 기분이었다. 게다가 그로 인해 더 안 좋은 일이 생길 것만 같은 예감까지 부록으로 딸려왔다.

그래서 나는 정원사에게 전화를 했다. 정원사가 와서 나무들을 하나씩 가리키며 설명을 하기 시작했다. 그는 나무들 이름을 모두 알고 있었다. 솔송나무. 사탕단풍나무. 붉은떡갈나무. 뽕나무. 백합나무.

나무이름들이 어쩜 그리도 예쁘게 들리던지.

정원사가 이번에는 숫자를 읊어대기 시작했다. 450달러, 340달러, 540달러. 이건 그리 예쁘게 들리지 않는군. 그런 다음 내 손에 안긴 건 두 쪽짜리 견적서였다.

조이스 킬머가[101] 나무에 대해 뭐라고 써 놓은 게 있었는데, 뭐였더라? '내 결코 볼 수 없으리, 나무처럼 아름다운 시를……' 이런 내용이었지, 아마. 그렇다면 나는 결코 두 눈 뜨고 봐주지 못하리, 나무처럼 아름다운 시를……견적서처럼?

견적서를 보니 손질을 해줘야 할 나무들이 많은 모양이다. 죽은 가지들은 쳐내야 하고, 쓰러진 나무 밑동은 말끔히 잘라서 실어 내가야 했다. 그래서 정원사와 작업일정을 잡으려고 이야기 중이다.

나무들 때문에 이런 일들을 해야 한다고?

집을 고치는 데 돈이 드는 건 당연하다고 생각하지만, 나무 손질에 드는 돈은 계산에 넣어본 적이 없다. 우리 집 뒷마당 지반이 낮아서 둔덕을 만들기 위해 굴착기 기사를 불러야만 했던 때가 생각났다. 여러분들이 혹시 궁금해할까 봐 얘기하자면 둔덕은 해변에 쌓인 모래 턱 같은 건데, 둔덕을 쌓으려면 단지 돈이 좀 든다는 차이가 있다.

---

101) Alfred Joyce Kilmer (1886~1918) 미국의 언론인이자 시인, 문학 비평가, 강사, 편집자. '나무 Trees'란 시로 유명하다.

아니다, 사실은 나도 둔덕이 뭔지 잘 알지 못한다. 잘 모르니 전문가(?)가 시키는 대로 할 수밖에. 그러다 보면 추가비용이 계속 들게 된다. 흙을 파헤치기 시작하면 손댈 곳이 자꾸 늘어나는 법.

그리고 나무에 관한 얘기들 중에는 완전 외계어처럼 들리는 내용도 많았다. 예를 들면 그 정원사는 차고 위로 쓰러진 나무는 가문비나무이며, 우리 집 정원수 중의 최고 리더의 하나인 그 크고 오래된 나무는 치우는 데만 380달러를 잡아먹는다고 했다.

최고 리더가 뭔지는 몰라도, 내게는 너무 많아 정리 해고해야 한다는 얘기로 들렸다. 바닥에 쓰러진 리더를 따를 사람은 아무도 없다.

여러분은 바닥을 치고 있는 리더가 대통령으로 출마하는 것을 상상할 수 있나요? 아뇨, 생각할 수 없어요! 포기하고 집에나 가시죠!

그리고 케이블 작업을 해줘야 할 전나무 한 그루 수리비(?)는 90달러나 한다. 나무들에게도 케이블이 필요할 줄은 몰랐다. 나무들이 DVD 플레이어라도 가지고 있나?

견적서 가운데에는 이런 대목도 나온다. 사탕단풍나무는 무성한 가지들을 쳐내서 "몸통이 부실해지는 것을 막아야 한다."고. 부실해지면 좋을 리 없잖아요, 그죠?

부실의 징후는 나의 몸통에도 이미 나타나고 있었다.

가엾은 허리.

여성 대통령– Lisa

엄마들은 모두 집의 대통령이다.

지금 나는 인생의 중대한 변화를 맞이하고 있다. 하지만 여러분이 '변화'를 생각할 때 떠올리는 그 '변화'와 같은 의미인지는 잘 모르겠다.

나는 회사를 설립하고 있는 중이다.

그렇다. 내가 1인 기업이 되는 것이다. 게다가 나는 지금 아마씨도 먹고 있지 않다.

단도직입적으로 말하면, 20년 가까운 세월에 걸쳐 20권 가까이 되는 책을 쓰고 나니 내 자신이 회사가 되어야 할 때가 되었다. 나에게 이 일을 권고한 사람은 어느 변호사였다. 그 이유는 다른 변호사들로부터 나를 보호하기 위해서라고 한다.

그건 테드 번디가 자신도 연쇄 살인범인 주제에, 당신에게 또 다른 연쇄 살인범인 제프리 다머로부터 멀리 떨어져 있으라고 경고하는 것과 비슷하지 않은가.

아무튼 그 변호사는 나에게 '소송'과 '노출'이란 단어를 사용해가며 회사를 만드는 게 좋다는 확신을 심어주는 데 성공했다. 나는 그 두 단어를 듣고 겁이 덜컥 났으니까. 난 결코 내 자신을 '노출'시키고 싶지 않다. 나처럼 피하지방이 뭉쳐서 울퉁불퉁해진 셀룰라이트 덩어리를 떠메고 다니는 사람이라면 이해하고도 남을 일이지.

그리고 나는 회사를 설립한다는 아이디어가 내 자존심을 살릴 수 있는 기회를 제공한다는 점에서 무시할 수 없는 호소력을 지녔다는 점도 털어놔야겠다. 내가 1인 기업이 되면 누가 회장님(대표이사)이 될 건지는 삼척동자도 안다.

크레이지 코르기종의 강아지인 루비일까.

아니지, 그건 바로 나.

나를 회장님이라고 불러 주시라.

하지만 루비한테는 이 사실을 알리지 마셔. 루비는 내게 '노출' 이상으로 무섭고 폭력적인 존재다. 나는 루비에게 손가락을 물어뜯기며 산다. 그 개는 말 그대로 일용할 양식을 먹여 주옵시는 내 손을 깨문다.

어쨌든 하던 이야기로 돌아가자. 회사를 설립하는 일은 내가 있던 자리에서 한 발 더 내딛는 것과 같다. 자가 고용단계에서 한 걸음 나아가 내 자신이 회사가 되는 것이다. 갑자기 내 자신이 합법적인 존재로 격상되는 느낌이 들었다. 동거하던 커플이 결혼 결정을 내리기라도 한 것처럼 말이다. 내가 나 자신과 결혼하는 게 다를 뿐.

이번 결혼만큼은 성공할 것이라고 믿~쑵니다!

나의 세 번째 남편감은 개나 대형 텔레비전이 아닌, 바로 내 자신이다. 어쨌든 우리는 전혀 싸우지도 않으며 언제나 의견이 일치할 것이고, 그리고 우리는 종교마저도 동일한 것을 믿게 될 것이다. 초콜릿 케이크를 경배하는 종교라면 만사 오케이.

그리하여 세부사항을 결정하기 위해 소집된 중요한 회의에서 변호사들이 나에게 던진 첫 번째 질문은 다음과 같다. "회사 이름을 어떤 것으로 정하면 좋겠습니까?"

"모르겠는데요." 내가 대답했다. 중대한 일을 논하는 회의석상에서, 늘 아무 생각도 없는 사람이 바로 나다. "내가 내 회사를 뭐라고 부르면 좋을까요?"

"당신이 좋아하는 이름을 선택하면 됩니다." 그들이 대답했다. 그래서 나는 그들에게 말했다. "마이크로소프트."

그들에게는 내 유머와 위트가 먹히지 않았다. 하루에 적어도 300번 이상 질리도록 그 이름을 듣고 있는 사람들이라서 그런가. 그들이 내게 물었다. "성함이 리사 스코토라인이니 LLC는 어떻습니까?"

어디선가 많이 들어 본 소리다. 그런데 하나도 재미없게 들렸다. 나는 그 문제를 놓고 생각에 잠겼다. 나는 텔레비전 쇼나 영화가 끝나면 줄줄이 등장하는 회사 이름들이 하나같이 멋지고 재치 있다는 사실에 늘 눈길이 끌리곤 했었다. 내 회사의 이름에도 뭔가 흥미를 끄는 요소가 있어야 했다. 어쨌든 나는 쿨 맘[102]의 기업체 버전과 같이 재미있는 회사의 회장이 된 내 모습을 상상하고 있었던 거다.

게다가 나는 회사 이름을 어떻게 지을지에 대해 이사회에 물어보는 것부터가 권한을 행사해보려는 나의 첫 시도를 난항에 빠뜨리고, 회장 각하로서의 위신을 실추시키고 있다는 사실을 깨달았다. 그래서 나는 그들에게 이 문제를 좀 더 생각해보겠다고 말했다. 그 말은 내가 집에 가서 딸 프란체스카에게 물어보겠다는 뜻이다.

딸이 말했다. "'금발이 똑똑해'는 어때?"

---

102) Cool Mom. 엄마가 된 여성들을 위한 인터넷 사이트. 일상생활을 담은 동영상, 그리고 쿨맘 사이트를 만든 텔레비전 사회자이며 코미디언이자 아기 엄마인 다프네 브로그던의 블로그로 유명하다.

딸이 말해 준 그 이름은 듣자마자 내 귀에 착 감겨들었다. 그래서 나는 금발이면서도 똑똑한 LLC가 되기로 마음먹었다. '금발이 너무해' 대신에 말이다. 무슨 말인지 알아듣겠어요? 고정관념을 하나씩 바꾸면서 세상을 변화시켜 보자.[103]

정말 회장님답지 않은가.

나는 변화를 추구하는 회장님 후보다.[104]

그건 그렇고, 내게 LLC의 뜻이 무어냐고는 묻지 마시라. 나는 LL Cool J가 '아가씨들은 멋진 제임스를 사랑해'(Ladies Love Cool J)란[105] 뜻이라는 걸 알고 있다. 그러니까 LLC는 '아가씨들은 C 뭐시기를 사랑해'(Ladies Love C something)라는 의미쯤으로 알아 두면 된다.

나도 안다고요.

아가씨들은 초콜릿 케이크(C로 시작되는 뭐시기 중의 하나)를 사랑한다는 것!

회사 이름은 LLC로 정하는 게 좋겠다. 그러면 우리들 중 이 말이 무슨 뜻인지 아는 사람들만 알아듣고, 그 밖에 다른 사람들은 내가 술 취해서 지은 이름이라고 생각하라지.

아까 하던 이야기로 돌아가자. 내가 회사 이름을 짓고 나니, 그 변호사들이 서류를 작성하겠다고 했다. 그런데 기분이 묘했다. 나는 내 인생의 변화에 대한 불안으로 밤새 잠을 이루지 못했다. 내가 과연 한

---

103) 금발 머리를 한 여성에 대한 고정관념은 두 가지가 있는데, 하나는 금발 머리 여성은 매력 있고 바람직하다는 것이고 또 하나는 금발 머리 여성이 "지성보다는 외모에 의존하는 여성"이라는 인식이다. '멍청한 금발 미녀'라는 인식은 금발 미인을 주제로 한 농담에서 자주 나타난다.

104) change. 버락 오바마가 대통령 후보 경선에서 내건 슬로건.

105) LL Cool J. 'Ladies Love Cool James'의 약자로 James는 래퍼이자 배우인 엔터테이너 제임스 토드 스미스(James Todd Smith, 1968~)를 가리킨다.

기업의 회장이 될 만반의 준비를 갖추고 있는 것인지 알 수 없어서였다. 차라리 학급의 코미디 반장이나[106] 하는 게 마음 편할 거라는 생각이 든다.

우리에게는 여성 대통령이[107] 한 번도 없었다. 하물며 내가 해 본 적이 없음은 말할 것도 없고.

그때 나는 깨달았다.

많은 여성들처럼 나는 가정을 꾸려나간다. 엄마들은 모두 그렇게 하고 있다.

우리 엄마들은 모두 집의 대통령이다. 우리는 계획을 세우고, 일정대로 실행을 하며, 운송과 배달을 조정한다. 어떤 지출은 인가하고 다른 것들은 불허한다. 난방이 되는지, 옷이 깨끗한지, 도시락은 쌌는지 확인한다. 가족들의 저녁으로 피자를 주문하는 대신 반드시 뭔가 제대로 된 식사를 준비한다.

그러니까 우리는 한 번도 여성 대통령이 없었던 게 아닌 셈이다.

사실 우리에게는 언제나 여성 대통령이 있었다.

그 여성 대통령은 바로 우리 엄마들이다.

지금 우리에게 필요한 건 뭐? 승진!

---

106) Class Clown. ① 반에서 종종 (바보 같은) 농담을 해서 다른 학생을 웃기는 학생. 잘난 체하는 사람. ② 미국 코미디언 조지 칼린이 내놓은 세 번째 코미디 앨범.

107) president. '대통령', '회장', '(대학)총장', '사장', '이사장' 등의 뜻.

세상의 모든 엄마들에게 - Francesca

당신들은 우리에게 최고입니다.
바로 당신이 우리를 가르치고 키워 주셨습니다.

나는 훌륭한 엄마가 있다는 것이 어떤지에 대해서는 지금까지 잘 알고 있었지만, 훌륭한 엄마가 되는 문제에 대해서는 잘 몰랐다. 강아지 한 마리를 키우는 것만으로는 엄마가 된다는 게 어떤 건지 알 수가 없다. 발뒤꿈치도 못 따라간다.

그러려면 적어도 개가 세 마리는 되어야 한다.

우리 엄마는 얼마 전 신간 북 투어를 떠났다. 그리고 그건 녹초가 되는 힘든 일정이었다. 이틀마다 다른 도시에서 고도의 에너지를 필요로 하는 사인회를 열고, 서점 주인들과 회동해야 하며, 기름진 기내식을 먹어야 한다. 엄마는 그런 일들을 아주 좋아하지만 몹시 힘에 부치는 일이기도 하다.

하지만 그건 집에서 엄마 노릇하는 것과 비교하면 아무것도 아니다.

나는 지금까지 미처 모르고 있었다. 엄마가 없는 동안 나는 개 세 마리를 돌보고 있었다.

나의 개 핍 외에 엄마의 개 리틀 토니와 6개월 된 어린 강아지 피치를 건사했다. 나는 내가 힘이 닿는 한 엄마를 돕는 것이 기쁘다. 그래서 나는 엄마에게 개들을 돌보는 정도는 문제없이 해낼 거라고 말했다. 그런데 그 일은 생각했던 것 이상으로 훨씬 힘들었다. 아이를 돌보는 일처럼 힘들었던 것이다.

처음에는 기저귀만 갈아주면 되겠거니 생각했다.

그렇지만 이 일은 내가 너무 섣부른 판단을 내린 거였다.

나는 외둥이로 컸지만 자식 사랑에 대한 얘기는 귀에 못이 박히도록 들었다. 금쪽같은 맏이, 사랑을 독차지하는 막내, 건성으로 대하는 가운데 아이. 나는 이런 말들이 사실일 줄은 정말 몰랐다.

피치는 조그맣고 귀엽고 그리고 사고를 잘 당하는 아이였다. 나는 자리를 옮길 때마다 피치를 데리고 다녔다. 그러지 않은 경우에는 피치를 내 무릎에 앉혀놓았다. 그래야 물건 속으로 들어가거나, 무엇을 입에 넣거나, 바닥에 오줌을 싸지 않는지 확인할 수 있었다.

나의 맏이인 핍은 가장 행동이 반듯하고 내가 제일 먼저 사랑하게 된 아이다. 따라서 핍은 말썽도 부리지 않고 제 앞가림도 잘해서 아주 착한 아이라는 칭찬을 자주 받았다.

가운데 아이인 리틀 토니는 나쁜 짓을 해서 들통이 나기 전까지는, 나는 그 애가 있다는 사실조차 잊어버릴 정도였다. 미안하구나, 리틀 토니.

개들에게도 심리치료사가 있는 거, 맞죠?

시간을 쪼개 똑같이 사랑하려고 무진 애를 쓰는 동안 나는 우리 꼬마 숙녀의 인생에서 중요한 국면을 맞이하는 사건을 놓치고 지날 뻔했다. 피치의 첫 생리를 두고 하는 말이다.

나도 안다, 내 자신조차도 그 사실을 역시 믿기 어려웠다. 하지만 이걸 엄마의 직관이라고 부르든, 아니면 소파 위의 붉은 점이라고 부르든 나는 곧바로 그게 뭔지 알아차렸다.

그런데 개가 여성이 되면 뭘 어떻게 해주어야 한담?

하느님, 듣고 계세요? 저, 프란체스카예요.[108] 그리고 저는 이 개에게……

첫 번째로 직면한 문제는 피치가 무지 조그맣다는 것이다. 그 개의 몸무게는 4.5킬로그램이 채 안 된다. 그래서 나는 피치에게 맞을 만한 강아지용 작은 기저귀를 찾기 위해 애완동물 가게를 집집마다 돌아보느라 발품을 팔아야 했다.

그렇다고 피치가 기저귀를 순순히 차고 있었느냐면, 그것도 아니었다. 피치는 기저귀에서 벗어나 보겠다고 그걸 잡아당기면서 버둥대고 물어뜯으며 생난리를 쳤다.

아기들은 이렇게 한시도 가만있지를 못한다.

기저귀 때문에 발버둥을 치던 피치가 지쳤는지 아주 잠깐 동안 소강상태에 접어들자, 이번에는 리틀 토니가 피치 대신에 기저귀를 괴롭혔다.

엄마의 작은 도우미 같으니라고.

무엇보다도 그때 나는 '개같이'[109] 아팠다. 절대 말장난 아님. 예측 불허의 봄 날씨 탓에 나는 심한 코감기에 걸렸다. 하지만 부모들이라면 모두 잘 알고 있듯 엄마들은 아플 수가 없다. 아니 아프다 해도 자신의 몸은 전혀 돌보지 않는다.

나는 감기약이 필요했다. 그렇지만 이 어린 것들만 집에 남겨두고

---

108) 주디 블룸의 성장소설인 《하느님, 듣고 계세요? 저 마가렛이예요》에서 따온 말.

109) sick as a dog. 몸이 극도로 안 좋은, 죽도록 아픈, 컨디션이 안 좋은 등의 뜻으로 사용된다.

약을 사러 나가고 싶지 않았다. 정신을 차리고 보니 어느새 강아지 하나는 내가 업고 다른 두 마리는 걸려서 드러그 스토어 앞에 도착해 줄을 서 있는 게 아닌가.

사람들이 힐끔거리며 쳐다보았으나 나는 개의치 않았다. 내 머릿속에는 토니가 응가를 하러 갈 시간이 얼마나 남았는지, 집에 강아지 기저귀가 몇 장이나 남아 있는지, 그리고 금방 전에 바닥에 틀림없이 붙어있던 껌 딱지가 지금은 안 보이는데 그걸 핍이 먹었는지 안 먹었는지, 그런 생각밖에 없었다.

나는 이미 돌아올 수 없는 강을 건넜다. 개들이 내 인생의 최우선 순위로 등극해 버린 것이다.

비록 세 마리의 개들이 사람의 아이들과 똑같지는 않겠지만, 엄마가 그들을 우선시하는 순위는 아이들을 대할 때와 똑같다. 우리 엄마는 나와 함께 집에 있기 위해서 직업, 즉 엄마의 인생 전체를 바꾸었다. 엄마는 결정을 내려야 할 일이 생기면 나를 가장 먼저 생각했다. 그 결과, 나도 어떤 일을 하든 엄마를 제일 먼저 챙기게 되었다.

항상 우리를 제일 먼저 생각해주며 어렵고, 따분하고, 지저분하고, 재미도 없는 일들을 이타적인 마음으로 도맡아 처리해주는 세상의 모든 엄마들에게 감사하는 바이다. 당신들은 우리에게 최고입니다.

우리가 우리 자신의 아이들을 낳아 키우는 그날까지.

바로 당신이 우리를 가르치고 키워 주셨습니다.

인생의 사계— Lisa

나이에 도전해서 싸움을 거는 건
이미 지고 들어가는 게임을 시작하는 일이다.

　폐경기에 수시로 얼굴이 화끈거리는 일과성 열감(熱感)이나 턱에
보이는 회색 수염에 대한 농담을 한 적은 있지만, 나는 사실 나이를 먹
어가는 문제에 대해서는 아직 솔직하게 털어놓은 적이 없다.

　대부분의 여자들처럼 나도 그 문제에 대해 줄곧 생각해 오긴 했지
만 말이다. 그리고 대부분의 여자들과 마찬가지로 나도 나름대로 생
각의 갈피는 잡아뒀다.

　우리에게 신의 가호가 있기를.

　내가 생각하고 있는 걸 말해 보자면 이렇다.

　겨울이 아닌, 봄에 대한 이야기부터 시작하자.

　오늘 개들을 산책시키면서 올해 첫 번째의 크로커스 새잎을 보았
다. 며칠 지나면, 고양이의 부드러운 발길에도 스러질 정도로 부드럽고
연약한 잔디 싹도 올라올 것 같다. 나무들은 앤디스 민트 초콜릿의 포
장지처럼 아주 밝은 색의 자그마한 초록 싹눈을 틔우게 되겠지. 꽃망
울을 아직 단단하게 움츠리고 있는 장미덩굴들은 늦봄까지 꽃을 보여
주지 않을 것이다. 장미는 봄비에 젖고 봄날의 따뜻한 햇볕을 받으며,
계절이 여왕인 봄이 그들에게 생명을 불어넣은 후에야 차례차례 꽃잎

을 펼친다.

사람들은 모두 봄을 좋아한다. 그 까닭을 아시는지?

젊음 그 자체이기 때문이다.

사람들은 모든 계절이 다 사랑스럽다고도 말한다.

정말 그럴까? 사람들이 과연 겨울을 좋아할까? 내가 말하는 겨울은 아무나 선뜻 좋아한다는 말이 쉽게 나오는 그런 겨울을 말하는 게 아니다. 슈가 파우더처럼 희고 고운 첫눈이 세상을 포근하게 감싸는 겨울이 아니란 말이다.

거꾸로 세워서 한번 흔들어주면 눈보라가 일어나 하늘 가득 함박눈이 펄펄 내리는 스노 글로브 속의 환상적인 겨울 또한 아닌 거다.

끝없이 강풍이 몰아치는 가운데 제설기를 동원해서 눈을 치우며 소금을 뿌리느라 몸은 꽁꽁 얼면서도 땀은 좔좔 흐르는 그런 겨울을 나는 지금 말하고 있는 거다. 집구석 그늘진 곳에 지저분하게 눈이 쌓이는 겨울. 학교에 가기 싫어하던 아이들조차도 다시 학교에 가고 싶어 할 만큼 지겹도록 눈이 많이 오는 겨울. 추위로 집안에 갇혀 초콜릿 칩 쿠키를 굽다 지쳐 다시는 쿠키를 굽고 싶지 않을 만큼 추운 겨울. 어찌 보면 매년 겨울이 《불만의 겨울》[110]이다.

팔자주름이 깊어지는 겨울. 이 말이 무슨 뜻인지, 당신이 여기 와서 보면 알게 될 거다.[111]

내가 새삼 나이에 대한 생각을 하게 된 것은 '노화 방지'를 목적으로 출시된 최근의 스킨케어 제품들 탓이다. 그걸 만든 사람들은 자기

---

110) the winter of our discontent. 퓰리처상(1939년)과 노벨상(1962년)을 수상한 작가 존 스타인벡 John Ernst Steinbeck(1902~1968)이 1961년에 발표한 소설의 제목.

111) Give peace a chance. 반전사상이 잘 나타나 있는 존 레넌의 노래 제목.

네 제품을 팔아먹으려고 우리더러 나이에 '거역'하고 싶다면 크림, 로션 등 마법의 묘약을 사라고 부추긴다. 예뻐지는 방법은 "잔주름과 굵은 주름살을 지우는 것"이라며 "시간의 할아버지에게 거역할 수 있거든 한 번 해 봐!"라고 우리를 꼬드긴다.[112]

헐!

대체 이 전쟁은 누가 먼저 시작한 거냐고?

우리더러 맞서 싸워야 한다고 그런 사람은 누구니?

왜 우리가 군살이 축 늘어진 팔뚝을 거부하기 위해 싸워야 하는 건데?

이 모든 노화 방지 지침서와 비법들을 우리가 믿어야 하는 건가?

게다가 화장품 회사들만 이렇게 난리를 떠는 게 아니라, '안티 에이징'에 효과적인 식품의 리스트들도 시중에 나도는 모양이다. 그래서 아보카도와 브로콜리까지 덩달아 노화와의 전쟁에 끌려나오고 있다.

하지만 채소에서 안티 에이징 효과를 기대하지는 말자. 채소, 걔네들은 그 어떤 것에도 안티 짓을 할 아이들이 아니다.

그리고 마지막으로, 나 또한 안티가 아니다.

나의 생활신조는 싸움이 될 만한 문제를 갖고 싸우라는 거다. 그리고 싸울 작정이라면 반드시 내가 이길 수 있는 놈만 골라서 싸우란 말이다.

나이에 도전해서 싸움을 거는 건 이미 지고 들어가는 게임을 시작하는 일이다.

쉬운 말로 하면 싸우지 말고 사이좋게 지내라는 뜻이다.

---

112) Father Time. 시간의 할아버지. 시간을 의인화한 가상의 존재. 큰 낫과 모래시계를 든 노인의 모습으로 그려진다.

평화.

수용. 관용. 감사. 당신이 봄을 좋아한다면 겨울도 좋아해야 한다. 청춘을 즐겼다면 노년도 좋아할 줄 알아야 한다. 그리고 레블론 화장품사에서 뭐라고 선전을 하든, 모두 똑같은 이야기들에 불과하다.

언제까지나 젊은 여자로 살 수는 없는 일이다.

젊은 여자처럼 보이는 일조차도 언제인가는 끝이 있으리니.

그러니 싸움은 그만두어야 한다.

평화가 찾아올 기회를 달라.

지금 내가 하는 말을 오해 없이 들어주기 바란다. 결코 나쁜 뜻으로 하는 말이 아니다. 분명히 말하지만, 나는 보톡스와 필러시술을 받은 어느 누구와도 아무런 문제없이 잘 지낸다. 각자의 취향이요, 선택일 뿐이다. 나도 머리 색깔을 바꾸고 콘택트렌즈를 착용한다. 하지만 자신의 가장 아름다운 모습을 보이고자 하는 욕망과 자신의 본질을 부정하는 태도는 근본적으로 다른 문제다.

그리고 이건 각자 스스로에게 묻고 답해야 될 일이다. 그리고 오직 자기 자신에게만 정직하게 답하면 된다.

나는 지금 '머언 먼 젊음의 뒤안길에서 이제는 돌아와 거울 앞에 선' 여자들에 대한 이야기를 하려고 한다.

나이가 들어간다는 사실을 받아들이기란 참으로 쉽지 않은 일이다. 나이든 얼굴, 즉 깊이 파인 주름살과 잔주름을 대면하려면 마음을 굳게 먹어야 한다. 늙어가는 얼굴을 직면하려면 이처럼 굳은 마음이 필요한데, 마음에 철판을 까는 일에만 수십 년이 걸린다.

나이를 먹는다는 게 어떤 건지 젊은이들은 결코 알 수 없는 일이다.

당신도 한 번 나이 들어 보시라.

예를 들어, 전에는 나도 아무거나 실컷 먹어도 몸무게가 늘지 않았다. 지금은 아무것도 안 먹어도 살이 찐다. 음식을 쳐다보기만 해도 몸무게가 늘어나는 것 같다. 빵 제품명 냄새만 맡아도 2킬로그램 추가!

하지만 요즈음의 나는 외모나 몸매에 대해서 그리 걱정하지 않는다. 사실은 내가 어떻게 보이든, 아무도 신경 쓰고 봐 주는 사람이 없어서 그렇다.

여러분은 이 일을 긍정적으로도, 부정적으로도 생각할 수 있다. 나로서는 긍정적인 쪽을 택하겠다. 그편이 자유롭다. 내가 하고 싶은 대로 할 수 있으니 걱정이 줄었다. 여자들은 수시로 '걱정'을 달고 산다. 마치 제2의 천성이라도 되는 양 걱정을 내세우는데, 걱정을 내려놓기 전까지는 그것이 얼마나 무거운 짐인지 여러분은 꿈에도 모를 거다.

외모에 대한 걱정을 내려놓은 덕분에 남는 시간으로 나는 더 많은 일을 한다. 내 인생이 끝나는 날까지 그러하리라. 얼굴에 신경 쓰느라 일을 덜 하는 것보다는, 차라리 좀 덜 생겨 보이더라도 더 많은 일을 하는 게 낫다고 생각한다.

사실 나는 내 묘비에 다음처럼 새기고 싶다. '그녀는 엄청나게 많은 일을 했다. 땀에 젖은 셔츠에도 아랑곳하지 않고.'

여자들은 각자 자신만의 이야기를 쓰고 있는 셈이다. 자신이 살아온 인생에 대한 이야기.

그리고 자녀나 손주의 출생을 지켜보는 일 등, 우리 주변에서 일어나는 일 하나하나로 그 이야기의 줄거리를 만들어나간다.

말하자면, 그 한 줄 한 줄이 모여 우리의 인생이 완성되는 거라는.

그리고 우리 자신만의 인생 이야기에 등장하는 주인공이자 작가
로서의 우리 임무는 한 줄 한 줄이 멋지도록 살아가는 거다. 아름다우
면 더 말할 나위가 없겠지.

그러니 지우개 따위는 던져 버리고 잘 써 내려가자.

이제부터는 아름다운 이야기만 쓸 수 있도록 해 보자.

우리는 절친 – Lisa

딸의 가장 친한 친구가 되어라.
그러면 당신은 가장 친한 친구를 얻게 된다.

딸이 있어서 엄청 좋은 일은 딸이 당신에게 최신 유행의 멋진 책, 텔레비전 프로그램, 그리고 음악 등 '젊은 문화' 쪽을 안내해 줄 수 있다는 점이다. 그리고 여러분은 딸애에게 스틸리 댄[113], 낸시 드루[114], 그리고 오지 & 해리엇[115]과 같은 고대 역사의 유물에 대해 한 수 가르쳐 줄 수 있다.

이거 모두 1950년대의 문화유산들, 맞죠?

예를 들면, 딸 프란체스카는 내게 루퍼스 웨인라이트[116] 등 새로운 뮤지션과 음악들을 많이 소개해 주었다. '나의 핸드폰은 당신을 위해 진동하고 있어'란 제목이 붙은 노래의 작곡가인 루퍼스 웨인라이트는

---

113) Steely Dan. 1970년대를 풍미한 미국의 록 밴드.

114) Nancy Drew. 1930년대에 유명했던 소녀 탐정 캐릭터로 수많은 작가들이 캐롤라인 킨이라는 공동 필명으로 작품을 썼다. 낸시 드루가 활약하는 작품은 소설만 500편 정도이며 그 외 영화, 드라마, 게임으로도 여러 차례 만들어져 영미권 국가의 어린이들에게 매우 친숙한 캐릭터이다.

115) Ozzie & Harriet. 1952~1968년에 ABC 방송에서 방영된, 실화를 바탕으로 한 시트콤 '오지와 해리엇의 모험' 시리즈의 주인공 부부 이름. 이 시리즈는 1950년대 이상적인 미국 가족생활과 동일시되었다. 미국 텔레비전 역사상 가장 오래 방영된 생방송 시트콤이기도 하다.

116) Rufus McGarrigle Wainwright (1973~) 싱어 송 라이터. 현재까지 정규앨범 7장과 DVD 2장을 발표했고, 영화음악을 작곡했으며, 수많은 곡을 편곡했다. 정통 오페라도 한 곡 썼으며, 무대음악에 셰익스피어의 14행 소네트를 도입하는 등, 지적인 노랫말과 가슴을 먹먹하게 하는 매력적인 목소리, 뛰어난 작곡능력과 연주력, 혁신적인 무대연출과 스타일리시한 매너로 문화 전반에 걸쳐 상당한 영향력을 끼치는 팝가수. 2010년에 내한 공연을 펼치기도 했다.

최근 절정의 인기를 구가하고 있는 중이다.

그런데 알고 보니 그건 사랑노래더라. 블랙베리가 아니라 어떤 사람에 대한.

그 노래는 우리 세대가 저 옛날 유선전화기 시절부터 불러왔던 노래들과 판이하게 다르다. 당시의 우리에겐 진동이 울리는 물건이라고는 아무것도 없었다. 적어도 내가 기억하기로는 그렇다. 머지않아 나는 진동도 못 울리게 될 것이다. 가만, 그런데 내가 지금 무슨 소리를 하고 있는 거야?

좋아하는 걸 딸과 공유할 수 있다는 건 멋진 일이다. 그리고 똑같은 걸 딸과 함께 좋아하게 된다는 건 수십 년 묵은 금광맥을 발견한 것에 버금가는 횡재다. 심봤다! 이런 일은 물론 엄마와 딸에게만 한정되는 건 아니다. 우리 아버지를 위해 1960년대 최고의 음반 가운데 하나인 비치 보이스의 앨범 펫 사운즈(Pet Sounds)를 틀어드렸던 일이 생각난다. 그리고 우리 아버지는 내가 그렇게 해드린 걸 아주 좋아하셨다. 답례로 아버지는 나를 위해 나나 시몬의[117] 레코드를 틀어주었다.

여러분이 내 얘기를 읽고 나면 '앨범'이나 '레코드'와 같은 난해하고 신비로운 참고 자료만 찾으려 들지도 모르겠다.

프란체스카와 나, 둘이서 공통적으로 좋아하는 텔레비전쇼, 영화, 책들은 많다. 하지만 어떤 텔레비전쇼 하나만큼 무척 아주 몹시 매우 특별하게 좋아하는 건 없다. 그건 물론 '섹스 앤 더 시티'다.

우리는 그 텔레비전쇼가 방영된다는 간단한 언급만 듣고도 단박에 꽂혀서, 그때부터 골수팬이 되어버렸다. 매회 방영된 에피소드들이

---

117) Nina Simone(1933~2003). 미국의 재즈 음악가. 본명은 유니스 웨이몬(Eunice Waymon).

모두 좋았기에 모조리, 일일이 다 기억하고 있다. 우리는 영화로 만들어진 '섹스 앤 더 시티'도 좋아해서 그 후속편이 만들어지기를 기대하고 있다. 그러면 우리는 또 다른 '섹스 앤 더 시티'를 보면서 이야기하고, 울고 웃을 수 있다. 우리는 거기에 등장하는 여배우들, 특히 캐리 역의 사라 제시카 파커와 미란다 역의 신시아 닉슨을 좋아한다. 그리고 우리는 캐리, 미란다, 샬럿, 그리고 사만다 사이의 우정이 좋다.

그러니 신시아 닉슨이 가끔씩 오디오북으로 만들어지는 작품들의 녹음에 참여한다는 소식을 듣자마자 나의 다음번 소설인《세이브 미》[118]의 오디오북 녹음을 그녀에게 맡길 수 있는지 출판사에 물어본 까닭이 금세 이해되시리라. 운이 아주 좋았다. 상황이 아주 완벽하게 맞아떨어진 것이다. 그래서 프란체스카와 나는 뉴욕의 녹음스튜디오에 가서, 귀하고 아름다운 보석처럼 빛나는 신시아 닉슨이 녹음하는 광경을 녹음실 밖에서 지켜보게 되었다.

천사들이 내려와 큐 사인을 내리는 것 같았다.

우리는 그녀가 내 소설을 녹음하는 걸 들으며 완전히 넋이 나갔다. 그리고 내가 쓴 작품인데도 그녀의 목소리를 거치니 더욱 훌륭하게 들렸다.

지금 저런 걸 두고 바로 재능이라고 하는 거야!

프란체스카와 나는 최근에 우리의 칼럼집들을 오디오북으로 만드는 작업에 참여해 직접 녹음을 했다. 그리고 내가 해야 할 일은 오로지 내 자신의 역할 하나만 녹음하면 되는 것뿐이었는데도 얼마나 어려웠던지. 책 한 권에 쓰인 단어들을 큰 소리로 완전히 집중해서 끝까

---

118) Save Me. 우리나라에서 『세이브 미』란 제목으로 번역, 출간되어 있다.

지 읽는 데만 사흘이 걸렸다. 필라델피아 말투를 고치려고 노력하는데 걸린 시간은 셈에 넣지 않고서도 말이다.

파이팅!

하지만 소설 하나를 녹음하는 일은 완전히 차원이 다르다. 《세이브 미》는 여성과 남성 등장인물들이 줄지어 나온다. 그리고 주인공 중의 한 명은 화재로 연기에 질식할 뻔해서 쉰 목소리로 연기해야 하는 여덟 살 먹은 소녀였다.

농담이 아니다.

그리고 신시아 닉슨은 이런 목소리들을 혼자서 다 연기해내야 했다. 그녀는 쉰 목소리는 물론 목소리의 뉘앙스, 굴절, 억양만 가지고 그 소설에 나오는 모든 캐릭터를 연기해내고 그들의 특징을 깊이 있게 묘사해야 했던 거다. 그녀는 놀라웠다. 그에 못지않게 놀라웠던 건 오디오북의 존재였다. 정말 대단하다는 생각이 들었다. 나이든 세대가 살았던 시대의 기술력으로는 아마 난롯가에서 듣던 옛날이야기가 오디오북과 가장 가까운 형태였으리라.

신시아와 우리는 점심시간에 식사를 하러 갔다. 녹음스튜디오의 사운드 엔지니어, 출판사에서 온 오디오북 제작의 명수인 로라 윌슨도 함께한 자리였다. 식사시간 내내 신시아는 세상 물정에 밝으면서도, 믿을 수 없을 만큼 멋진 모습을 보여주었다. 그리고 그녀는 여신처럼 보였고, 여신으로 군림할 수 있는 위치에 있었는데도, 여신처럼 굴지 않았다. 프란체스카도 사랑스럽고 매력 있게 보였다. 나는? 난 그저 내 이 사이에 음식이 끼어 있지 않기만을 기도했다.

우리는 점심을 끝내고 녹음 스튜디오로 돌아와 신시아의 목소리가 펼치는 마법의 세계에 귀를 기울이다 적당한 시간에 자리를 떴다. 작업하는 데 눈치 없이 너무 오랜 시간 지켜보는 건 실례니까. 집으로 돌아오는 내내 우리들의 대화는 '섹스 앤 더 시티'에 나왔던 미란다(신시아) 이야기로부터 시작해서 《세이브 미》에 나오는 주인공의 엄마를 비롯해 일반적인 모성애의 양상, 그리고 엄마들과 딸들의 이야기로 막을 내리기까지 끊임없이 계속되었다.

그동안 우리 둘이 나누었던 그 어떤 이야기보다도 유익했던 대화들 중에서도 으뜸이었을 것이다.

이런 것이 바로 예술이 추구하는 궁극의 목표가 아닐까. 책, 음악, 영화, 오페라, 연극, 회화, 모두 다 마찬가지다. 나는 이 모든 예술장르들의 지고지순한 목적은 사람들을 더 가깝게 만들고, 그래서 그들이 서로 하나가 되어 유대감을 느낄 수 있도록 하는 것이라고 생각한다.

프란체스카와 나의 경우처럼 이미 가까운 사람들끼리도 하나가 되는 느낌은 중요하다.

어쨌든 프란체스카와 나는 가장 친한 친구다.

우리 둘이 맺는 관계가 쌓여 우리가 사는 나날들을 만들어 낸다. 녹색 재킷을 두고 티격태격하면서, 또 녹음스튜디오를 방문하고 돌아오면서 황홀했던 순간을 공유했던 오늘 오후의 대화를 통해서, 우리 둘이 서로에게 가장 친하고 사랑스러운 친구가 되었을 때조차도 우리는 새로운 관계를 맺고 있는 것이다. 프란체스카와 나는 좋은 순간과 나쁜 순간을 쉴 새 없이 그리고 매일 만들어 나간다. 그리고 이런 순간이 바로 우리 둘을 묶어 주는 연대감의 원천이요 재료다. 하루하루가 다르고, 매일 매일이 새롭다.

세상에는 서로에게 가장 친한 친구인 엄마와 딸들이 많이 있으며, 우리들 모두는 이러한 관계가 서로에게 대단한 행운이라는 것도 알고 있다.

그리고 여러분들 가운데 아직 이런 경지에 도달하지 못한 사람들을 위해서, 상황은 언제나 바뀔 수 있다는 말이라도 해 줄까요?

물론 단시일 내에는 바뀌기 힘들다.

내가 해 봐서 알기 때문이다. 프란체스카와 내가 옥신각신할 때 나는 엄마로서의 직권을 남용하고 싶은 마음이 굴뚝같았다. 엄마라면 모두들 그런 권한을 갖고 있으니까. 당신이 지금 이 순간에도 딸하고 하찮은 일로 지지고 볶는 엄마, 아니면 지난 몇 년 동안 그래왔던 엄마라 하더라도 당신은 이 관계를 바꿀 수 있다. 딸이 다가오기만을 기다리지 마라.

당신이 먼저 치고 나가라.

당신은 엄마다. 소위 어른이라 일컬어지는 존재, 맞죠?

그러니 당신이 먼저 미안하다고 말하라. 그리고 상황을 바로잡으라. 관계를 개선하는 데 필요하다고 생각하는 모든 일을 하라.

당신이 얼마나 딸을 사랑하는지 기억해 보시라. 첫발을 떼기가 그렇게 어렵지는 않을 것이다. 당신에게 딸이 있다는 게 얼마나 커다란 행운인가. 명심하시라. 당신은 딸을 사랑하고 그리고 그 딸도 당신을 사랑하고 있다는 사실을.

모든 문제의 해답은 사랑이다.

그리고 아무도 엄마보다 더 강하게, 더 힘들여 사랑해 주는 사람은 없다.

그러니 딸의 가장 친한 친구가 되어라.

그러면 당신은 가장 친한 친구를 얻게 된다.

평생 함께할 수 있는 친구 말이다.

리사 스코토라인

　리사 스코토라인(Lisa Scottoline, 1955~)은 1990년대 이후 서스펜스 장르의 선두 주자이다. 그녀는 펜실베이니아 대학교에서 영문학사와 법학박사 학위를 받고 유명 법률회사 변호사로 근무하며 쌓은 경험을 바탕으로 법정 스릴러물을 주로 쓰고 있다. 그녀의 소설은 32개 국가에서 출판되었고, 미국 내에서만 2500만부가 팔렸다.

　필라델피아에서 나고 자란 리사 스코토라인은 펜실베이니아 대학교에 입학해, 4년 과정을 3년 만에 마치는 동안 '여학생 조정 팀'의 창설을 돕고, 우등으로 졸업했다. 영문학을 전공하며, 유명한 작가인 필립 로스를 비롯한 일군의 작가들로부터 현대 미국 소설을 열심히 공부했다. 펜실베이니아 대학 로스쿨에 진학, 역시 우등으로 법학 박사학위를 받고 결혼을 했으며, 국제적인 로펌에서 소송 변호사로 근무했다.

　리사는 결혼 5년 만에 남편과의 관계가 파경에 접어들 때쯤 딸을 임신했고, 딸이 태어난 직후 결혼생활은 막을 내렸다. 아기와 집에서 지내고 싶었던 리사는 직장생활을 계속할 수가 없어서 소설을 쓰기 시작했다. 그녀는 법률소설의 대가 존 그리샴과 스콧 터로의 책을 좋아했으며, 독자들은 여성이 쓴 법정 스릴러를 좋아할지도 모른다는 생각에 사로잡혔다. 용기 있는 이 서른 살 여성은 첫 소설을 써서 성공하고 말겠다는 일념과 함께 5년을 투자하고 5만 달러의 빚을 내겠다는 결심을 밝혀 부모를 깜짝 놀라게 만들었다.

　이로부터 다시 5년 후인 1993년, 그녀의 손에는 한도를 초과

해버린 신용카드 다섯 장과 완성된 소설 『메리가 가는 곳마다』(Everywhere that Mary Went) 한 권이 남았다. 책은 리사가 시간제로 서기관 일을 시작한 지 일주일 만에 하퍼 콜린스 출판사에 팔렸고, 미국 추리작가협회가 주는 '에드거상(賞)'(추리소설의 창시자로 추앙받는 에드거 앨런 포를 기리기 위한 상) 후보에 올랐다.

1995년 에드거상을 수상한 『마지막 호소』(Final Appeal)를 포함해 뉴욕 타임스 베스트셀러로 선정된 18편의 소설을 출간했다. 에드거상 이외에도 많은 상을 수상했으며, 코스모폴리탄지(誌)에서는 리사에게 '두려움을 모르는 여자상(賞)'을 수여했다. 현재 모교인 펜실베이니아 로스쿨에서 '정의와 허구'(Justice and Fiction)란 제목의 글쓰기 강좌를 지도하고 있으며, 필라델피아 인콰이어러지(誌)에 매주 'Chick Wit'라는 칼럼을 기고하고 있다. 주인의 말을 잘 듣지 않는 애완동물들-개 네 마리, 고양이 두 마리 그리고 병아리 몇 마리-과 함께 평생을 거주해 온 필라델피아에서 지금도 살고 있다.

리사 스코토라인의 책들은 뉴욕 타임스, USA 투데이, 월스트리트저널, 퍼블리셔스 위클리, 워싱턴 포스트, 로스앤젤레스 타임스 등 주요 매체 베스트셀러 상위권을 굳건히 지키고 있다. 그녀의 작품에 등장하는 주인공들의 면모는 더할 나위 없이 대중적이며 현실적인 캐릭터들이어서 독자들이 스스럼없이 다가갈 수 있다. 현재 범죄/미스터리 소설계에서 그녀의 작품은 거대 프랜차이즈 기업의 구매력 있는 제품만큼이나 인기 상종가를 치고 있다. 게다가 싱글맘으로서 자신의 딸 프란체스카 스코토라인 세리텔라를 하버드 대학교를 우등으로 졸업한 재원으로 키워냈다. 그 엄친딸과 함께 칼럼을 쓴 것이 좋은 반응을 얻게 되어 책으로 펴낸 것이 바로 이 『엄마와 딸』이다.

　　우리나라에 번역, 소개된 그녀의 작품으로 『세계 서스펜스 걸작선, 1』(황금가지, 2005)에 수록된 단편 〈숨겨 갖고 들어가다〉(Carrying Concealed) 그리고 삶의 지혜와 교훈이 담긴 엘린 스프라긴스의 에세이집 『지금 알고 있는 것을 그때의 내가 알았더라면』(글담출판사, 2008))에 수록된 두 쪽의 짧은 글이 있고, 최근 발표한 작품들은 다음과 같다.

소설

Everywhere that Mary Went(1993)	Devil's Corner(2005)
Final Appeal(1994)	Killer Smile(2005)
Running from the Law(1996)	Dirty Blonde(2007)
Legal Tender(1997)	Daddy's Girl(2007)
Rough Justice(1998)	Lady Killer(2008)
Mistaken Identity(2000)	Look Again(2009)
Moment of Truth(2001)	Think Twice(2010)
The Vendetta Defense(2002)	Save Me(2011)
Courting Trouble(2003)	Come Home(2012)
Dead Ringer(2004)	

논픽션

Why My Third Husband Will Be A Dog(2010)

My Nest Isn't Empty, It Just Has More Closet Space(2010)

Best Friends, Occasional Enemies(2011)

프란체스카 스코토라인 세리텔라

프란체스카 스코토라인 세리텔라(Francesca Scottoline Serritella)는 하버드 대학교를 우등으로 졸업하였으며, 토머스 템플 홉스상, 배런 브릭스 픽션상 그리고 찰스 에드먼드 호먼 크리에이티브 라이팅 부문상을 수상하였다. 현재 소설을 집필 중이며, 엄마와는 달리 딱 한 마리의 애완견만 데리고 뉴욕에서 살고 있다.

다 자라서 이제 20대가 된 딸을 둔 엄마들은 이 책을 꼭 읽어야 한다. 나이로는 50대에 접어든 중년여성들이 바로 이 책이 원하는 첫 번째 독자들이다. 그리고 50대의 여성을 엄마로 둔 20대의 여성들도 충분히 읽을 자격이 있다. 그러므로 모녀간에 머리를 맞대고 사이좋게 읽으시기를. 간혹 엄마보다 이모나 고모와 친하게 지내는 경우도 있는데, 그런 커플(?)들이 읽어도 좋을 것 같다. 말인즉슨 모든 여성들이 이 책을 읽었으면 좋겠다는 뜻.

변호사 출신의 미국 미스테리 스릴러 소설계의 대표적인 남성작가에 존 그리샴이 있다면 여성작가의 대표로는 리사 스코토라인을 꼽을 수 있다. 스코토라인의 소설 세계에서는 주로 부당한 문제에 맞서 소송을 제기하거나, 소송을 당해 그에 맞서 자신을 지키기 위해 스스로 싸우는 강한 여성들이 등장한다. 『엄마와 딸』은 소설의 주인공과는 달리 작가의 실제 삶을 그린 작품으로, 필라델피아 최대의 일간지인 필라델피아 인콰이어러지에 리사 스코토라인과 그녀의 딸 프란체스카 세리텔라가 정기적으로 기고한 글을 모아 출간한 에세이 겸 칼럼집이다.

두 사람의 칼럼은 여성의 시각에서 바라본 인생 이야기를 유머러스한 필치로 표현하고 있으며 다양한 소재를 화제에 올리고 있어서 읽을거리가 풍부하다는 평을 받고 있다. 이 칼럼들을 모아서 앞서 출간된 책이 『남자보다 강아지』 그리고 『내 둥지는 비지 않았어, 찬장만한 공간이 있다고!』이며, 그 이후의 원고들을 모아 펴낸 책이 『엄마와 딸』이다. 『남자보다 강아지』에 실린 칼럼들을 게재할 때는 리사 스코토라인 단독으로 원고를 썼으며, 두 번째 칼럼집인 『내 둥지는 비지 않았어, 찬장만한 공간이 있다고!』에 수록된 부분부터 딸인 프란체스카가 합류해서 함께 칼럼을 쓰기 시작했는데, 프란체스카는 20대 대표주자로 그 나이의 젊은이들이 겪게 되는 인생의 크고 작은 사건들을 코믹하게 들려준다.

엄마인 리사와 딸 프란체스카는 각자의 세대를 대변하는 역할을 맡고 있지만, 어느 누가 읽어도 공감할 수 있는 내용을 다루고 있으므로 묻지도 따지지도 말고 모든 세대가 읽으면 좋겠다. 본문에도 언급된 것처럼 먼저 나온 두 권의 칼럼집은 텔레비전에서 방영되는 것을 목표로 검토 중이라고 한다. 우리나라 텔레비전에서도 볼 수 있게 되면 얼마나 재미있을까!

스코토라인의 책은 현재 2,500만 부 이상이 팔렸고, 그녀의 책은 전 세계 32개국 이상의 나라에서 번역 출판되고 있으며 영미권의 주요 베스트셀러 목록에 빠짐없이 오르고 있다. 『엄마와 딸』을 번역하면서 참으로 많이 웃었다. 분명 황당하고 곤혹스러운 상황임에 틀림없는데도 그 묘사가 너무도 솔직하고 재미있어서 웃겨 죽는 줄 알았다. 우리나라에서는 아직 『세이브 미』 한 권만 출판되었는데, 스코토라인의 다른 책들도 곧 만날 수 있게 되기를!